KB059213

그 강한 빛을 가진
거무스름한 눈동자가
나와 아이샤를 봤다.

"......파가의
아이 파랑
아스타였던가?
우리 아들
지다와
엮였다는 건
너희겠지?
그 방탕한
아들놈에
대해, 너희가
알고 있는
이야기를
들려줘."

"예. 숲가에서 지다와 가장 깊이 얽인 건 틀림없이 나겠죠."

아이 파는 뾰로통 모드를 지속 중이었기에 내가 이야기하게 되었다.

바르샤
《붉은 수염당》 당수 골람의 아내. 아들 지다를 쫓아서 숲가까지 찾아왔다.

"아스타는 숲가의 동포다!
아스타 본인이 그렇게 생각하고
주변의 우리에게도 불평은 없으니까,
그걸 남이 이러쿵저러쿵
떠들어댈 이유 따윈 없어!"

"저 사이크레우스라는
귀족에게, 자신의 얄팍함을
부끄러워 할 마음이라는 건
존재하지 않느냐?"

이세계요리의길

Cooking with wild game.

VOLUME 12

EDA 지음

코치모 일러스트
손종근 옮김

S NOVEL

커버 그림, 본문 일러스트 | **코치모**

MENU

제1장 ★★★ 반가운 역참 마을

1

하얀 달 10일.

아이 파와 모두의 노력으로 성 밑 마을의 투란 백작가에서 풀려나고 그다음 날이었다.

루의 촌락에서 하룻밤을 보내게 된 나와 아이 파는, 족장인 돈다 루의 허락을 받아서 역참 마을로 향하고 있었다. 호위로 동행한 것은 루도 루와 신 루, 익숙한 멤버를 포함한 사냥꾼 다섯이었다.

물론 장사 재개까지 허락된 것은 아니고, 사전 준비로 역참 마을의 상황을 확인하고 각 관계자에게 인사를 돌고자 역참 마을로 향하게 된 것이었다.

포장마차나 여관의 장사는 레이나 루와 모두가 계속해주고 있으니까 내가 그곳에 참가하는 것 자체는 간단했다. 하지만 오늘 중천에 족장들과 회견을 잡은 사이크레우스가 어떻게 해명할지, 그 결과가 나올 때까지는 함부로 움직여서는 안 된다는 것이 돈다 루의 판단이었다.

어제 사이크레우스는 그저 저자세로 나왔지만 하룻밤이 지나

고 어떻게 변심할지는 알 수 없었다. 정말로 사이크레우스는 사건에 관여하지 않았는가. 리프레이아와 부하들에게는 상응하는 처벌이 내려지는가. 슨가의 처우를 둘러싸고서 이제껏 미루어진 회담을 닷새 뒤에 앞두고, 숲가의 백성과 사이크레우스는 이제까지 이상으로 불온한 관계에 빠져버린 것이었다.

"그러고 보니 내 탓에 이런 소동이 벌어졌다고, 그라프 자자라든지 그쪽은 무척 화가 나지 않았을까?"

도중에 그렇게 물어봤더니 아이 파는 사나운 시선을 주위로 향하며 "음" 하고 고개를 끄덕여 대답했다.

"역참 마을에서 장사 같은 걸 하니까 이런 사태를 초래한 것이라며 나도 돈다 루도 잔뜩 시달리게 되었다. 하지만 그 이상으로, 그라프 자자는 아스타가 악한에게 붙잡혔다는 사실에 화가 난 모양이더군."

"어? 그건 날 걱정해서—— 그런 건 아니겠지."

"음. 이국 출신이라고는 해도 숲가의 동포가 가족으로 인정한 인간이라면, 그건 어엿한 숲가의 백성으로 취급하는 것과 다름없어. 그런 숲가의 백성에게 칼을 댄 자라면 결코 용서할 수 없다고—— 피에는 피를, 칼에는 칼의 보복을, 그런 이야기겠군."

"……그렇구나……."

"돈다 루 역시도 격앙해버렸고, 또한 범인은 사이크레우스가 틀림없다는 생각은 전혀 변함이 없었으니까. 가즈란 루티무나 다리 사우티가 증거도 없이 칼을 들어서는 안 된다며 수습하지 않았다면, 숲가의 사냥꾼 모두가 성문으로 향하는 사태가 되었을지도 모르지."

숲가의 백성은 모두 합쳐서 대략 500명. 그중 절반이 남자라 가정하고, 13세 미만의 어린아이를 제외하면—— 역시 사냥꾼의 숫자는 200명 정도에 이를까.

이곳 제노스에 병사가 얼마나 있는지는 알 수 없지만, 그런 숫자의 사냥꾼을 앞에 두었다면 도저히 침착할 수는 없을 것이다. 자칫하면 그야말로 제노스와 숲가의 존망을 건 싸움이 벌어졌을지도 모르는 것이다. 상상하는 것만으로도 나는 등줄기가 서늘해지고 말았다.

"정말로 이번만큼은 우리도 각오를 다졌다고. 게다가 그건 우리가 아스타를 미처 지키지 못한 탓에 벌어지는 싸움이니까."

아이 파와 마찬가지로 두 눈을 번쩍이며 루도 루는 그렇게 말했다.

"루가의 사냥꾼이 넷이나 붙었는데도, 고작 무법자 둘에게 뒤처지다니. 우리는 다들 수치스러운 나머지, 자기 머리를 직접 두들겨서 쪼개버리고 싶어졌을 정도야."

"정말로 미안해. 스스로 생각해도 주의가 부족했어."

"그렇지 않아. 아스타를 지키는 건 우리 역할이었으니까. ……정말이지, 아버지는 호통을 치지, 아이 파는 울지——."

"……루도 루"라고, 땅속 깊은 곳에서 울리는 것 같은 목소리로 아이 파가 루도 루의 말을 가로막았다.

"어—, 아니아니. 어린애처럼 엉엉 운 건 아니라고? 이렇게, 아버지처럼 무시무시한 눈빛을 하고서는, 뚝뚝 눈물을 흘렸을 뿐인데——."

"루도 루!"

"알았다니까. 어쨌든, 두 번 다시 같은 실수는 안 저질러. 이 번에야말로 죽기 살기로 내 역할을 다하겠어."

루도 루의 말을 들으며 나는 미안하다는 기분으로 가슴속이 가득해졌다. 어젯밤부터 지금에 이르기까지, 나는 숲가의 모두 로부터 한마디도 책망을 받지 않았던 것이다.

그건 아무래도 약한 아궁이 당번에게 스스로를 지킬 힘이 없 는 것은 당연하다, 그런 공통인식이 생긴 탓인 듯했다. 하지만 그들이 이만큼 스스로를 자책하는 심정에 시달리고 있는데도, 나 자신은 누구에게도 비난의 말을 듣지 않고 넘어가 버렸다. 이 현실은 더없이 답답하기만 할 뿐이었다.

"오, 이제 도착했네."

루도 루의 목소리에 고개를 들자 시야 아래로 건물 그림자가 보였다.

짐수레는 레이나 루 쪽에서 빌려 갔고 이런 인원수로는 기루 루가 나설 일도 없었기에, 우리는 도보로 길을 내려온 것이었다.

이미 중천에 가까운 시각. 사이크레우스와 돈다 루 일행의 회 견이 시작될 무렵이었다. 어젯밤에는 루의 촌락에서 묵고 아침 에는 최소한의 일을 소화하려고 파가에 들렀기에, 이런 시간이 되어버린 것이었다.

"……이렇게나 연속해서 사냥꾼 일을 쉽게 만들어버려서 미안해, 아이 파."

살며시 그렇게 말을 건네었더니, 아이 파는 "그러지 마라"라며 씁쓸한 표정으로 말했다.

"모든 건 내 판단이다. 네가 책임을 느낄 이야기가 아니야."

"그래그래. 집안사람이 단둘뿐이라면, 닷새에 기바 한 마리를 사냥하는 것만으로 일단 역할은 다하는 거니까. 아이 파는 이제까지 그 이상의 기바를 잔뜩 사냥했으니까, 기바 사냥을 좀 쉰다고 해도 아무도 불평 못 해."

루도 루의 말에 아이 파는 "음……" 하고 어두운 표정으로 고개를 숙였다. 그래도 역시 루가에 부탁하면 대신해주는 호위를 위해 사냥꾼 일을 뒷전으로 돌리는 것은, 아이 파의 긍지가 허락하지 않겠지.

참고로 아이 파는 최근 반 개월, 닷새는커녕 이틀에 한 마리의 페이스로 기바를 계속 사냥했다. 파가의 자산은 내가 버는 동화도 포함해서, 쓸 곳도 없이 계속 증식하는 것이었다.

"그런 것보다, 슬슬 역참 마을로 들어서니까. 이제 와서 방심할 멍청이는 없을 테지만, 마음을 놓지 말라고?"

나를 둘러싼 분가의 젊은 사냥꾼들은 다들 날카로운 눈빛 그대로, 고개를 끄덕여 답했다.

나 역시도 긴장하지 않을 수는 없었다. 나를 둘러싼 소동 탓에 숲가의 백성과 역참 마을 백성의 관계에 치명적인 균열이 생겨 버리지는 않았는지, 나는 이제부터 그것을 실감하게 되는 것이었다.

레이나 루 쪽에서 무사히 장사를 계속했고 게다가 판매도 순조로웠다고 그랬으니까 그렇게까지 걱정할 필요는 없을지도 모르겠지만, 그래도 역시나 낙천적으로 있을 수는 없었다.

"자, 가자고."

루도 루의 그 말과 함께, 건물 옆을 지나서 돌이 깔린 가도로 걸음을 옮겼다.

이미 해가 높으니까 가도는 사람으로 넘쳐났다.

걸음을 더 옮기자 우선, 바쁘게 길을 가던 남쪽 백성 하나가 "어라?"라는 표정으로 우리를 돌아봤다.

"여, 기바 파는 형씨잖아!"

어렴풋이 기억에 있는 인물이었다. 틀림없이 포장마차에서 몇 번은 얼굴을 마주한 상대겠지. 남쪽 백성은 다들 체격이 비슷한 정도이고, 게다가 갈색의 덥수룩한 수염이 가득하니까 언뜻 봐서는 구별하기 힘들었다.

"정말로 돌아왔구나! 소문은 들었다고! 귀족 계집애한테 잡혀가서, 성 밑 마을에 갇혀 있었다지?"

"어? 그런 이야기가 벌써 역참 마을에 전해진 건가요?"

나는 놀랐지만 아이 파가 곁눈질로 노려봤다.

"어젯밤의 그 일은 인연이 있는 모든 사람에게 전달했다고 그랬을 텐데? 입막음을 하던 건 일몰까지고, 그 이후로는 오히려 이야기를 퍼뜨려달라고 부탁했다. ……그러면 성 밑 마을로 들어간 나까지 붙잡히더라도 다음 움직임을 일으키는 것도 가능하겠지, 그런 가즈란 루티무의 계략이었다."

그렇다면 사이크레우스의 딸 리프레이아가 무스루와 산쥬라라는 종자를 써서 나를 납치했다, 는 이야기는 역참 마을에서도 공공연한 사실이라는 건가.

"이랬는데 그 지다라는 사람의 말이 거짓이었을 경우에는 증거도 없이 사이크레우스의 이름을 더럽히는 결과가 되어버렸을 테지만, 우리도 모양새를 따질 때가 아니었다. ……여하튼 네가 잡혀가고 닷새나 지났으니까."

소곤소곤 대화를 나누는 우리의 모습을 수상쩍게 바라보던 남쪽 백성은, 어깨를 짐을 고쳐 매고 발길을 돌렸다.

"뭐, 여하튼 무사히 끝나서 다행이네. 또 장사를 시작할 날을 기대한다고?"

"아, 예, 감사합니다!"

남자의 모습이 인파 속으로 사라졌다.

그 후로도 대로에서는 사람들이 잔뜩 말을 건넸다.

아이 파를 포함한 사냥꾼을 여섯이나 데리고 있는데도, 길을 가는 이들 중 절반 정도는 그것을 신경 쓰지도 않는 모양이었다. 이것은 역시나 어제까지 60명이나 되는 숲가의 백성이 역참 마을로 내려온 덕분에 마을 사람들에게도 사냥꾼에 대한 면역이 생긴 걸까.

동쪽 백성은 역시나 후드로 얼굴을 가린 채로 작게 인사를 할 뿐이었지만, 태평한 남쪽 백성 중에는 루도 루나 신 루에게 "동료를 되찾아서 잘됐네"라며 웃음을 건네는 사람까지 있었기에 놀랐다.

다만 그 반면, 이제까지보다 더욱 경계하는 표정으로 우리에게서 멀어지려는 사람들이 일정 수 존재하는 것도 분명해 보였다.

특히 서쪽 백성에게는 그런 경향이 현저했다.

원래 숲가의 백성은 테이 슨이 벌인 소동을 거치며 이제까지 이상으로 주목을 모으고 있었다. 숲가의 백성이란 사실은 어떠한 인간들인가—— 그런 식으로 삼엄하게 파고드는 시선을 보내는 상황에서 벌어진, 이번 사건이었던 것이다.

사람에 따라서는, 동포를 위해서라면 어디까지나 필사적으로 움직이는 의리가 두터운 일족이라 생각하는 사람도 있었을지도 모른다.

반대로 역시나 동포에게 엄니를 드러내는 상대에게는 일족 모두가 나서서 복수를 이루려고 하는 무서운 집단이이라고 생각하는 사람도 있었을지도 모른다.

그것은 아마도 둘 다 그릇된 견해는 아니라고 생각한다.

그리고 또한 사이크레우스라는 유력 귀족과 심상치 않은 관계, 라는 사실까지 퍼지고 말았다면 그것을 이유로 숲가의 백성을 위험시하는 사람들도 존재하겠지.

이번 일이 플러스로 작동할지 마이너스로 작동할지, 아직 예단할 수 없는 상황인 듯했다.

'분위기를 보면, 우호적인 사람들은 더욱 우호적으로, 그렇지 않은 사람들은 더욱 비우호적으로, 그런 느낌일까.'

그런 생각을 하며 우선은 포장마차를 봐두자고 북쪽으로 향하자, 평소의 정위치에서 돌라 아저씨가 가게를 열고 있었다.

"여, 제대로 얼굴을 보여주는구나, 아스타."

아저씨가 싱긋 웃음을 건넸다.

물론 탈라도 그 옆에서 생글생글 미소 짓고 있었다.

"어제는 정말, 늦은 시간까지 고마웠어요. 저기, 잔뜩 걱정을 끼쳐서——."

"괜찮아! 이렇게 무사히 돌아와 줬으니까."

밝게 웃으며, 아저씨의 감수성 풍부한 눈가에는 또다시 어렴풋이 눈물이 맺혀버렸다.

"포장마차로 가는 거지? 저쪽도 성황인 모양이야. 그 아이들의 실력은 아스타한테도 지지 않나 보더라고."

"예. 정말로 그렇다고 생각해요."

"쳇, 여유롭네! 이대로는 아스타가 있을 곳이 사라져버릴 거라 말하고 싶었는데."

그러면서 아저씨는 하얀 이를 드러냈다.

그에게 다시 한번 감사의 말을 건네고, 나는 가도를 북쪽으로 올라갔다.

이미 점심때가 가까웠기에 포장마차 주위에는 상당한 인파가 모여 있었다.

"아, 아스타!"

그 포장마차에서 『기바 버거』를 만들던 레이나 루가 환한 미소를 보냈다.

미소로 답하려던 나는, 그 옆에서 생각도 하지 않은 모습을 발견하고는 그대로 멈춰 섰다. 커다란 머리에 작은 몸. 갈색 머리카락을 양파처럼 바짝 묶고, 커다란 눈을 부라리는 여자아이——그것은 일찍이 슨가의 막내딸이었던 츠바이였다.

"아, 파가의 아스타. 정말로 돌아왔구나. 딱히 네가 없더라도 전혀 곤란한 일은 없었는데 말이야."

"츠, 츠바이. 오랜만이네. 네가 오늘까지 포장마차를 도와주고 있었어?"

츠바이는 현재 어머니 오우라와 함께 루티무가 소속이 되어 있었다. 그래서 이 일을 맡더라도 그렇게까지 이상한 일은 아니었지만—— 하지만 그녀는 사이크레우스로부터 신병 인도를 요구받는 사람 중 하나이기도 했다. 사이크레우스에게 얼굴이 알려지지는 않았더라도 무척 대담한 인선이었다.

"흥! 나 말고는 제대로 동화를 감정할 줄 아는 인간이 없으니까, 어쩔 수 없잖아? 나한테 불평할 이유는 없어!"

그러면서 흰자위가 도드라지는 커다란 눈으로 나를 노려봤다.

"게다가 『도와주고 있었다』라는 말은 뭐야? 이건 루가의 인간이 마을 인간과 계약을 맺은 일이라고? 너 따위한테 돈벌이를 넘길 생각은 없으니까, 착각하지 마!"

"이 녀석, 츠바이. 불평하기 전에 좀 더 실력을 기르지 않으면 우리도 곤란하거든? 너는 말만큼 손재주가 좋지 않으니까."

웃음을 머금은 목소리로 레이나 루가 나무랐다.

"시끄러워!"라며 츠바이가 토라졌다.

참고로 츠바이는 키가 무척 작으니까 통나무 받침대에 올라가서 포장마차 일에 애쓰고 있었다.

"아, 아스타, 늦었잖아! 자, 실라 루, 아스타 왔어!"

"아아, 아스타…… 어젯밤에도 만났지만, 또다시 무사한 모습을 볼 수 있어서 다행이에요."

옆의 포장마차에서는 라라 루와 실라 루가 일하고 있었다.

메뉴는 『기바 버거』만으로 줄였다고 그랬으니까 틀림없이 포장마차도 하나만 나오진 않았을까 생각했는데, 그건 내 오산이었나 보다.

"예. 기바 버거는 매진되어 버리면, 아무래도 새로 만드는 데 시간이 걸리겠죠? 그래서 한 곳의 잔량이 줄어들면 그건 냄비 하나에 모으고, 그쪽을 파는 동안에 새로 데우기로 했거든요."

레이나 루가 역시나 미소로 그렇게 설명해주었다.

조금 전부터 그녀는 계속 웃고 있었다.

"그건 무척 효율적이네. 으—음, 그리고 매일 100인분의 『기바 버거』를 준비했다고?"

"예. 중천을 조금 지나면, 그 정도 숫자는 전부 팔려버려요. 그 이상의 숫자를 준비하는 건 수고스럽고 저희도 아스타를 찾아야 하니까, 그 정도 숫자가 타당하다고 느낀 거예요."

"그런가. 고마워. ……설마 여러분이 나 없이 계속 일을 해줄 거라고는 생각도 안 했어."

"그러는 게, 저나 실라 루에게는 올바른 길이라고 여겨졌거든요. 저희끼리 요리를 준비할 수 있도록 수련을 쌓았던 것도, 틀림없이 숲의 인도였을 테죠."

레이나 루는 무척 자랑스럽게 웃었다.

확실히 이건 그녀들만이 할 수 있는 일이다. 그렇게 하며 그녀들은 자신들의 힘을 역참 마을의 사람들에게도 보여준 것이었다.

"그래서 아스타는 내일부터 일을 시작하는 건가요? 역시나 남쪽 백성 중에는 먀무를 사용한 요리도 먹고 싶다는 손님이 많은 것 같은데."

"으─음, 그건 오늘 회견 결과에 달려 있으니까. 사이크레우스가 어제의 발언을 뒤집는다면 또 큰 소동이 벌어질 테고."

그런 식으로 대답했을 때, 남쪽 방향에서 새로운 숲가의 백성 무리가 접근했다.

중천부터 교대 요원인 리 스도라였다. 레이나 루 일행은 포장 마차만이 아니라 여관 일도 계속했기에, 교대 요원인 리 스도라의 존재도 빼놓을 수 없었던 것이다.

그런 리 스도라 주위에도 사냥꾼들이 여섯 명이나 있었다. 이건 일찍이 자츠 슨 일행이 역참 마을을 시끄럽게 만들던 시절보다도 거창한 인원수였다.

"아스타도 여기 계셨군요. 무사하셔서 다행이에요."

스도라의 가장 반려인 리 스도라가 시원스럽게 미소를 건넸다.

그녀와는 아침에 파가에 들렀을 때, 이미 인사를 받았다. 내가 숲가로 귀환했다는 사실은 이미 다른 씨족에게도 알렸지만, 스도라를 비롯한 근처 씨족 사람들은 그야말로 쌍수를 들고 내가 무사하다는 사실을 축복해주었다.

"그럼 뒷일을 잘 부탁드려요, 리 스도라. ……아스타도 이제부터 여관으로 가는 거죠? 괜찮다면 저희도 함께하게 해주세요."

레이나 루가 미소로 그렇게 말을 건넸다. 여관으로 가는 것은 레이나 루와 라라 루였다.

그리고 리 스도라가 데려온 남자들에게 호위를 넘긴 남자들이 우르르 잡목림에서 모습을 드러냈다. 그쪽 숫자도 여섯이었다.

내 호위로 여섯, 포장마차를 지키는 호위가 여섯, 레이나 루 일행과 여관을 도는 호위가 여섯—— 도합 열여덟의 사냥꾼이 호위로 돌려지고 만 것이었다.

그리고 이제까지는 역참 마을의 사람들을 자극하지 않도록 루와 루티무의 젊은 사냥꾼들이 그 일을 맡았지만, 이런 인원수로는 그럴 수도 없었다. 내 호위로는 루의 분가 젊은 사냥꾼들이 배정되어 있었지만, 그 밖의 열두 명은 연령을 불문하고 루티무나 레이의 혼성 부대였다.

"어제까지는 더 많은 사냥꾼이 마을로 내려왔으니까. 새삼스럽게 겉보기에 어쩌고 애써 꾸밀 의미도 없잖아. ……게다가 정면으로 싸움을 걸 수도 있다는 사실이 증명되었으니까 말이야. 그렇다면 우리도 조심할 필요 없지."

루도 루는 그렇게 말했다.

이리하여 우리는 열다섯의 대인원이 되어 《현옹정》으로 가게 되었지만── 여기서는 작은 해프닝이 벌어지게 되었다. 길 저편에서 달려온 위병 무리가 우리 앞에 버티고 선 것이었다.

"이, 이건 대체 무슨 소동이냐? 행방불명이 된 동포는 무사히 되찾았으니까, 이렇게 숲가의 백성이 한꺼번에 마을로 내려올 필요는 이제 없을 텐데?"

선두에 서 있는 것은 일찍이 돌라 아저씨의 가게 앞에서도 문답을 나눈 적이 있는, 체구가 작은 위병장이었다. 위병은 불과 다섯 정도만 데리고 있어서 그런지 그의 얼굴은 완전히 핏기가 사라져버렸다.

"아, 당신인가. 어제까지는 신세를 졌군. 결국 귀족들이 범인이었으니까 당신들의 조력도 허사가 되어버렸지만, 당신들이 아스타를 위해 빈틈없이 역할을 다하고자 한 것에는 감사한다고."

이중에서는 유일하게 루 본가의 인간인 루도 루가 모두를 대표해서 그렇게 대답했다.

"그, 그런 이야기를 하려는 게 아니야! 어째서 이런 대인원으로 역참 마을을 활보하는지 묻는 거다! 민심을 흉흉하게 만드는 건 엄연한 죄가 된다고?"

"응—? 우리는 그저 약한 아궁이 당번들을 호위하는 것뿐이야. 지금은 우연히 두 조가 함께하니까 이런 인원이 되어버렸지만, 사실 호위는 여섯 명씩이거든. ……호위 넷으로는 부족하다는 걸 알았으니까, 이것만큼은 어쩔 수 없잖아?"

"하, 하지만……."

"뭣하면 이 자리에서 일곱이랑 여덟로 나뉠까? 그러면 우리도 불평할 것 없어."

위병장은 어찌할 바를 모르겠다며 입을 다물고 말았다.

그러자 이 또한 기억에 있는 젊은 위병이 앞으로 나섰다.

"숲가의 백성이여. 우리는 확실히 성 밑 마을의 귀족이 범인이라는 너희 주장을 받아들이지 않고, 성문으로 다가가는 걸 금지했다. 하지만── 우리도 결코 범인을 감싸겠다는 생각은 없었어."

"그래, 그건 알아. 너희 조력에는 감사한다고 했잖아? 애당초 너희에게도 성 밑 마을로 들어갈 권한은 없다고 그랬으니까. 그렇다면 불평할 일도 없겠지."

루도 루는 결코 비꼬는 말을 하는 게 아닐 테지만, 위병 젊은이는 분하다는 듯 입술을 깨물었다. 그는 내가 붙잡히기 직전에, 성 밑 마을의 귀족이 얼마나 공정하고 관대한지를 담담하게 늘어놓았던 것이다.

게다가 이번 사건의 범인은, 위병들의 총괄자인 호민병단 단장 시르엘의 조카에 해당하는 리프레이아였다. 이래서야 시르엘을 포함한 귀족들의 정당함을 주장하던 그의 체면도 완전히 망가졌으리라 여겨졌다.

"어쨌든 우리는 민심을 흉흉하게 만들 생각 따윈 없어. 이런 인원수가 문제라면 둘로 나뉠 테니까, 오늘은 그걸로 용서해줘."

그것으로 문답은 끝이 났다.

레이나 루 일행을 먼저 보내고, 10미터 정도 거리를 두고 우리도 다시 출발했다.

"……역시 호민병단이라고 해도, 말단 병사들에게는 사이크레우스의 나쁜 영향은 미치지 않은 모양이네?"

위병들과 충분히 멀어진 다음에 그렇게 귓속말을 하자 "그건 어떨까"라며 루도 루는 어깨를 으쓱였다.

"이번에는 누가 범인인지 몰랐으니까, 그 녀석들도 평범하게 일을 하려고 했을 테지만. 그렇지 않았다면 귀족한테 편리하게 움직이진 않았을까?"

"그런 걸까. 저 젊은 위병은, 그런 부조리한 명령에 따르는 건 못 참을 것 같은데."

"그래도 명령을 내리는 집단의 수장이 부정한 마음을 먹고 있다면, 아랫사람들도 도리에서 어긋나고 마는 법이다."

아이 파도 낮은 목소리로 끼어들었다.

"잊었나? 일찍이 슨가의 둘째 아들과 마을에서 다툼이 벌어졌을 때, 위병들은 슨가의 말만 중요시하려 들지 않나. 그렇게

하도록 명령이 내려온다면, 그자들은 명령을 거스를 수 없겠지."

그건 확실히 그럴지도 모른다.

또한 그 젊은 위병은 시르엘을 신뢰하는 모양이었지만, 우리는 그 인물도 사이크레우스의 공범자는 아니냐며 의심하는 입장인 것이다.

나는 한숨을 참으며 또 하나의 걱정거리를 이야기해 보기로 했다.

"그러고 보니, 마을을 순찰하는 위병의 숫자가 이전보다 줄어들지 않았나? 내가 잡혀간 날까지는, 예의 도적 소동 탓에 더 많은 위병들이 마을을 순찰했던 것 같은데."

"아, 그 도적을 토벌하기 위해 특별한 부대가 편성되었으니까 아스타 수색에 그다지 많은 사람을 할애할 수는 없다고, 며칠인가 전에 들었군. ……이건 아직 이야기하지 않았는데, 네가 성 밑 마을로 잡혀간 뒤에도, 숲가의 백성 복장을 한 도적들은 하루건너 농원을 습격했다."

"그럼 혹시, 드디어 제노스 밖에까지 도적 토벌대가 파견된 거야?"

"그렇게까지 자세한 이야기는 못 들었지만, 아마도 그럴 테지."

그렇게 대답하는 아이 파의 표정은 역시나 험악했다.

《붉은 수염당》의 당수 골람의 아내, 라는 의문의 인물을 쫓아서 루의 분가 사냥꾼들과 함께 제노스를 떠난 카뮤아 요슈는 아직 돌아오지 않았다.

사이크레우스는 그 사냥꾼들에게 도적 죄를 뒤집어씌울 생각이 아닌가── 라는 것은 어디까지나 하나의 가능성에 불과했지만, 사태는 점점 긴박해지는 것 같다는 느낌이 가시지 않았다.

"뭐, 마을에 없는 녀석들을 걱정해봐야 시작될 것도 없지. 카뮤아 형씨에 루가의 사냥꾼이 셋이나 모여 있으니까 어떤 나쁜 짓을 시도하더라도 어떻게든 되겠지."

그런 대화를 나누는 사이에, 《현웅정》에 도착했다.

가게 앞에서 기다리고 있던 레이나 루 일행과 합류해서 여관 안으로 들어섰다. 내 호위로는 아이 파와 신 루, 레이나 루 일행의 호위로는 다른 사냥꾼이 둘. 그런 편성으로, 나머지 사냥꾼들은 여관 입구를 지키기로 했다.

"아아, 아스타…… 그리고 루가의 사람들도, 잘 오셨습니다."

접수대에 있던 네일이 일어섰다.

어떻게든 무표정을 지키고 있었지만, 그의 눈에는 무척 불안정한 감정의 빛이 일렁이고 있었다.

"그런 일이 벌어지고 말았는데도 또다시 아스타를 맞이할 수 있어서, 저는 정말 기쁘게 생각하고 있습니다."

"무슨 말씀이신가요. 화를 불러들인 건 제 쪽이잖아요."

"아뇨. 가게에 머무르던 자들이 악한임을 꿰뚫어 보지 못한 건 제 책임입니다. 제가 더욱 주의했다면 그런 소동도 미연에 막을 수 있었을 겁니다."

"아니, 하지만──."

"아스타. 저는 앞으로도 아스타와 계속 인연을 맺을 수 있을까요?"

네일의 눈에, 이번에는 무척 필사적인 빛이 드리우기 시작했다.

"그건…… 저야말로 정나미가 떨어지지는 않았을까, 그걸 확인하려고 온 거라고요?"

"아뇨, 당치도 않은 이야깁니다. 제 쪽에서 아스타를 거절할 이유 따윈 있을 리도 없지요."

그런 것일까, 나는 생각했다.

자신의 생명까지도 위태로웠는데, 그렇게까지 내게 고집하는 이유야말로 존재하지 않는다고 여겨지는데——.

"애당초 제 가게에는 아스타나 숲가의 백성에게 우호적인 동쪽 백성 손님이 많았으니, 귀족들의 폭거에 화를 낼지언정 그 일로 이 가게를 기피하는 사태에는 전혀 다다르지 않았습니다. 저도 숲가의 백성과의 인연을 이런 형태로 잃고 마는 것은 바라는 바가 아닙니다."

그러면서 네일은 가슴 앞으로 손끝을 맞댔다.

"게다가 레이나 루가 만드는 요리도 무척 호평입니다만, 역시 아스타가 만드는 요리를 원하는 목소리가 끊이질 않습니다. 부디 앞으로도 변함없이 함께해주시길 부탁드립니다."

"정말로 괜찮을까요? 이번에는 사이크레우스의 딸이 범인이었지만, 숲가의 백성은 사이크레우스 본인과도 무척 복잡한 관계가 되어버렸다고요?"

"문제없습니다. 오히려 그 사실이 공공연해지고 만 이상, 귀족들도 앞으로는 어리석은 짓을 저지를 수는 없게 되지 않을까요?"

네일의 눈빛에 망설임은 없었다.

나는 "감사합니다"라며 머리를 숙였다.

"다만, 숲가의 족장들이 오늘 바로 그 사이크레우스와 회견을 할 예정이니까, 그 결과가 나올 때까지 기다려주세요. 그 후에 족장들과 이야기를 하고, 저도 처신을 정할 생각이에요."

"알겠습니다. 그 결과를 기다리고 있겠습니다."

나는 다시 한번 인사를 한 뒤, 《현옹정》을 떠나기로 했다.

하지만 마음에 걸리던 일이 하나 더 있다는 것을 떠올리고, 그 것도 물어보기로 했다.

"그러고 보니 레이나 루는 여기서도 타우유를 사용한 전골을 만드나요? 타우유는 자갈의 특산품일 텐데, 동쪽의 손님이 싫어하지는 않을까요?"

"예. 동쪽의 손님은 대범하니까, 그런 걸 신경 쓰지는 않습니다. 어쩌면 자갈의 백성이 시무의 식재료를 기피하는 경우는 있을지도 모르겠습니다만."

"그런가요. 그렇다면 다행이네요."

"게다가 레이나 루의 요리에는 치트의 열매도 잘 맞습니다. 너무 많이 넣어버리면 맛이 망가지고 말지만, 잘게 썬 치트 열매를 조금만 넣으면 동쪽 손님께서는 무척 기뻐하십니다."

"아, 그렇군요."

맑은 장국에 가까운, 타우유로 만든 기바 스프니까 고추와 닮은 치트 열매는 상성이 좋을지도 모른다.

"그렇다면 혹시 제 장사가 허락되더라도, 격일로 저와 레이나 루가 요리를 제공하는 형태로 어떠실까요?"

그렇게 말한 뒤, 나는 황급히 당사자를 돌아봤다.

"아, 미안해. 우선은 레이나 루한테 확인을 해야 했구나. 레이나 루랑 루가에게, 여관에서 요리를 판매하는 일은 부담이 클까?"

"아뇨. 포장마차 인원만 확보할 수 있다면 전혀 어려운 이야기가 아니지만── 하지만 아스타가 복귀한다면 제 요리 따위는 필요 없지 않을까요?"

레이나 루는 깜짝 놀랐다.

라라 루는 의아한 듯 미간을 찌푸렸다.

"아니, 이국 출신인 내가 아니라 순수한 숲가의 백성인 여러분이 직접 역참 마을의 사람들과 인연을 계속 맺는다는 건, 무척 의의가 있는 일이라고 생각하거든. 게다가 이건 레이나 루에게도 아궁이 당번으로서의 실력을 올릴 좋은 기회가 아닐까."

"그렇군요. 아스타가 말하는 건 저로서는 무척 잘 이해가 됩니다."

이문화 교류에 열심인 네일이 그렇게 찬동의 목소리를 높여주었다.

레이나 루는 잠시 내 말을 곱씹듯이 고개를 숙인 뒤, 이윽고 말했다.

"알겠어요. 돈다 아버님께도 상담해볼게요. 저기…… 아스타……."

그렇게 조금 망설이는 기색을 드러낸 뒤, 레이나 루가 내 손을 꼭 잡았다.

"고마워요. 아스타의 마음이나 생각을 제대로 모두 이해하고 있는지는 모르겠지만…… 저는 뭔가, 무척 자랑스럽다는 심정을 얻을 수 있었어요."

그건 아마도 어디에도 오해나 곡해는 없었다고 생각한다.

분명히 그렇게 여겨질 만큼, 레이나 루는 맑게 갠 미소를 지었다.

과거에는 어떻게 대하면 좋을지 알 수 없을 정도로 레이나 루는 버거웠지만, 요리를 통해서 인연이 깊어진 지금은 나도 거짓된 마음 없이 대할 수 있었나 보다.

이런 형태라면 우리는 서로의 존재를 격려 삼아 살아가는 것도 가능하지 않을까. 그런 마음을 가슴에 품고, 나는 《현옹정》을 나설 수 있었다.

"레이나 루는…… 최근 며칠 사이에 정말로 변한 것 같군."

다음 목적지인 《남쪽의 대수정》으로 향하며 아이 파가 툭 하니 중얼거렸다.

"뭔가, 미조라의 꽃이 피어날 때 같이 강한 생명력을 느껴. 게다가 그 강함은…… 어딘가 아스타와도 비슷하게 느껴진다."

"응, 나도 레이나 루도 아궁이 당번이니까, 그건 역시 비슷한 강함이 되는 게 아닐까."

　여전히 무시할 수 없는 통찰력을 가지고 있구나 감탄하며 나는 그렇게 대답했지만 아이 파는 조금 불만스럽게 입술을 삐죽였다.

　"너와 비슷한 인간이 달리 존재한다는 건, 내게는 좀처럼 납득할 수 없는 일이다만. ……게다가 레이나 루는 너만큼 얼빠지지 않았다고도 생각한다."

　"얼빠졌다니 쓸데없는 소리야. ──아이 파도 다른 사냥꾼들에게 지지 않을 만큼 강해지고 싶으니까 열심히 노력했잖아? 레이나 루는 그것과 같은 심정을 내게 품고 있는 게 아닐까."

　"……레이나 루가 널 쓰러뜨리고 싶다며 바란다는 이야긴가?"

　아이 파의 두 눈이 번쩍 빛났다.

　나는 쓴웃음 짓고 어깨를 으쓱였다.

　"그건 딱히 나쁜 이야기가 아니잖아? 아이 파도 단 루티무나 돈다 루보다도 힘이 있는 사냥꾼이 되고 싶다며 바랄 텐데, 그건 결코 나쁜 감정이 아니겠지."

　"…………."

　"게다가 그런 상대가 있기에, 쫓기는 쪽도 더욱 열심히 하자는 기분을 느끼는 거야. 틀림없이 단 루티무도 다른 사냥꾼도, 터무니없는 힘을 가진 아이 파를 존경하면서도 절대로 지지 않겠다며 분발하고 있을 거라고?"

　"……그렇군" 하고 아이 파는 낮게 중얼거렸다.

"그렇다면 뭐, 이해를 못 할 것도 아니고, 아스타에게도 레이나 루에게도 나쁜 이야기가 아니라고 생각할 수 있다."

"그래, 그러면 됐어."

"다만, 아궁이 당번으로서 레이나 루에게 지는 건 용서치 않는다고?"

"글쎄, 그건 어떨까. 앞으로 지식이나 경험을 쌓으면 레이나 루나 실라 루가 얼마나 실력을 갖출지, 솔직히 말해서 나로서는 짐작도 안 가."

"약한 소리 마라. 용서치 않겠다면 용서치 않는 거다."

그러면서 아이 파는 평상시로 돌아온 입술을 또다시 최상급으로 삐죽였다.

삼엄한 경호 사냥꾼에서 둘러싸여서, 그럼에도 어제까지와 비교하면 참으로 평화롭고 행복한 오후겠지. 또다시 어수선한 대로로 걸음을 옮기며, 나는 다시금 그런 심정을 곱씹을 수가 있었던 것이다.

2

그 후에는 《남쪽의 대수정》에서도 무사히 이야기를 정리할 수 있었다.

네일보다도 사무적인 인연을 맺고 있던 나우디스였기에 이번만큼은 정나미가 떨어지지는 않았을까 걱정했지만, 다행히도 상상을 아득히 초월하는 열성으로 일을 지속해달라며 부탁한 것이었다.

"확실히 집사람은 이 이상 숲가의 백성과 연을 맺는 건 위험하다고 이야기하더군요. 숲가의 백성과 심상찮은 관계인 귀족이라는 게 투란 백작이란 거물이라는 사실이 판명되었으니, 더더욱 말이죠."

나우디스는 그렇게 말했다.

"하지만! 우리 가게는 아스타의 요리를 가장 먼저 판매한 여관으로서도 이름을 한창 높이고 있단 말이지요. 지금 여기서 물러났다가는, 그 이름을 《현옹정》에 넘기게 되어버릴지도 모른다고요!"

어쩌면 남쪽 백성과의 혼혈인 나우디스는 내가 생각하던 것 이상으로 《현옹정》에게 대항 의식을 불태우던 것일지도 모르겠다.

하지만 남쪽과 동쪽의 적대 감정은 환영할 수 없을지라도, 경쟁 상대로서 의식하는 것은 바람직한 장사의 길이라고도 생각한다.

"게다가 역참 마을에서 아스타의 명성은 이제까지 이상으로 높아져 버렸거든요. 이 상황에 아스타와의 인연을 끊어버리는 건, 장사꾼의 도리에도 어긋나는 일이겠죠."

"예? 제 명성이라니 무슨 이야긴가요?"

"그건 물론, 미식가로서 알려진 투란 백작의 딸이 아스타의 실력에 반했다는 이야기에서 생겨난 명성이죠. 그 이야기가 퍼진 건 어젯밤인데, 제 가게에도 이미 엄청난 야단법석이었다고요?"

"허어. 하지만《남쪽의 대수정》에서도 레이나 루의 요리를 취급했다죠? 그렇다면 그녀의 실력이 제게 뒤지지 않는다는 것도, 둘 다 먹어본 사람들이라면 알 수 있겠죠. 포장마차에서도 그녀들의 요리를 팔았다니까."

"예예. 하지만 최근 며칠 사이에 제노스를 방문한 손님들은, 아직 아스타의 요리 맛을 모르니까요. 레이나 루의 실력이 확실하면 확실할수록, 그렇다면 아스타의 요리란 어느 정도냐고 기대를 부풀려버린 거죠."

그건 참으로 높은 허들이 생겨버렸다는 의미였다.

게다가 타우유로 만든 기바 스프에서는, 일단 나는 레이나 루에게 뒤처져 버렸으니까 더더욱.

"확실히 국물 요리에서, 아스타와 레이나 루의 실력에 손색은 없는 모양이더군요. 하지만 제게 가장 맛있게 느껴지는 요리는, 역시『기바 통삼겹조림』이에요. 물론『고기 찻치』도 훌륭한 완성도였고, 그런 요리들을 포기하자는 기분이 들지 않는 것도 저로서는 거짓 없는 본심이에요."

여하튼 나우디스도 장사를 계속하길 바라니까, 이건 기뻐해야 할 이야기였다.

그리고 나는 네일에게도 이야기한 것과 같은 조건을 나우디스에게 이야기하고, 더더욱 얼떨떨하니 못 견디겠다는 심정을 가슴에 품고, 마지막 목적지인《키뮤스의 꼬리정》으로 향했는데── 그곳에서는 작은 파란의 전조 같은 일이 기다리고 있었던 것이다.

"아니, 저건 뭐야?"

그것을 가장 먼저 알아차린 것은 선두에서 걷던 루도 루였다.

그의 어깨너머로 앞쪽의 상황을 확인한 나도, 살짝 숨을 삼키고 말았다.

내게는 가장 친숙한 여관인 《키뮤스의 꼬리정》. 빨간 지붕을 가진 커다란 그 건물 옆에, 거대한 상자 모양 마차, 아니, 상자 모양의 짐수레가 떡하니 자리 잡고 있는 것이었다.

"토토스 짐수레인가. 아까 지나갈 때는, 이런 건 없었지?"

루도 루가 경계심을 드러내며 눈매를 가늘게 만들었다.

하지만 나와 아이 파는 그 정체를 알고 있었다.

두 마리 토토스가 묶여 있는 거대한 짐수레, 그 차체 측면에는 기억에 있는 가문의 문장인지 무언가인지가 여봐란듯이 걸려 있는 것이었다. 그것은 어젯밤, 나와 아이 파를 성문까지 실어다 준 짐수레와 동일한 문장이었다.

"여어, 간신히 모습을 드러냈군."

그 짐수레 뒤에서 덩치 큰 인물이 나타났다.

곧바로 허리로 손을 뻗으려던 루도 루가 "뭐야, 당신인가"라고 내뱉었다.

"하마터면 때려눕힐 참이었잖아. 어째서 당신이 그런 모습을 하고 있지?"

"이쪽에도 이래저래 사정이 있거든. 나도 목숨은 아까우니까."

마치 시무의 백성처럼 가죽 망토의 후드를 뒤집어쓰고 입가에는 회색 천 조각을 감은, 그것은 《수호자》 잣슈마였다.

"숲가의 백성과 다레임 백작가의 인연을 이어준 게 나였다는 사실을 들켰다가는, 아무리 그래도 위험하겠지? 그리고 저기 계신 분은 모습을 감출 생각이 전혀 없으시니까, 한동안은 내 쪽이 정체를 감출 수밖에 없다는 게야. 아, 남들 앞에서 내 이름을 부르는 것도 참아달라고."

그런 말을 꺼내면서도 후드 안쪽으로 엿보이는 눈가는 웃고 있었다.

우선은 어제의 일에 대한 감사부터 건네고, 이 상황의 자세한 내역을 물어봤다.

"포르아스 경이 바로 나오셨거든. 포장마차에 들렀더니 여관을 돌고 있대서, 여기서 기다리고 있었네."

"그럼, 장소를 옮기지 않겠나요? 이 여관의 주인을 끌어들일 수도 없으니까요."

"괜찮아. 이제부터는 역참 마을의 인간 전원이 말려들게 될 테니까, 특별히 위험한 일이 되지는 않아. ……그렇기에 《북쪽의 회오리바람》이 돌아올 때까지는, 저분을 의지하고 싶지는 않았네만 말이야."

참으로 불온한 발언이었다.

하지만 그럼에도 잣슈마의 눈은 아직 웃고 있었다.

"헌데 말이지, 저분이 나서게 만드는 건, 《북쪽의 회오리바람》에게도 처음부터 계획한 일이었다네. 융통성이 없는 멜프리드 경만으로는 사이크레우스에게 대항하는 건 어려워. 그런 의미에서는, 그저 며칠 계획이 빨라졌을 뿐일세. ⋯⋯그렇다고 할까, 본래라면 《북쪽의 회오리바람》도 진즉에 제노스로 돌아올 예정이었네만 말이야."

"더더욱 알 수가 없네요. 조금 더 자세히 이야기해주실 수 없을까요?"

"그건 포르아스 경께 직접 듣도록 하게. 두 번 수고하는 꼴이 되어버릴 테니."

어쩔 수 없이 우리는 《키뮤스의 꼬리정》으로 들어가게 되었다.

우선 기다리고 있던 것은 무뚝뚝한 얼굴의 밀라노 마스였다.

"아, 밀라노 마스, 저기──."

"이제야 왔군. 귀족님은 식당에서 계속 기다리고 있어. ⋯⋯아, 쓸데없는 소리는 안 해도 돼. 귀족님은 백동화 세 닢으로 식당을 이의 각까지 전세 내겠다는 모양이야."

기분 나빠 보이는 표정 그대로, 밀라노 마스는 그렇게 말했다.

"귀족들은 마음에 안 드는 녀석뿐이지만, 이것도 장사다. 빌린 건 식당뿐이니까 얼른 들어가라."

"예, 미안해요."

포르아스는 생명의 은인이고, 또한 내가 귀족에 대해서 가진 이미지를 좋은 의미로 뒤집어준 존재이기도 했지만 아직 불명인 부분은 많고, 이런 억지스러운 방식도 적잖이 난감하게 여겨졌다.

어쨌든 여기서도 나와 함께하는 것은 아이 파와 신 루, 나머지넷은 가게 밖을 지키게 되었다.

《키뮤스의 꼬리정》의 식당은 벽을 사이에 두고 두 개의 공간으로 나뉘어져 있었다. 그중 안쪽 공간과의 경계에 병사 하나가서 있고, 더 안으로 들어가자 둥글둥글한 사람이 가장 안쪽 자리에서 기다리고 있었다.

"으음. 건강해 보이는군, 아스타 경과 아이 파 경. 나는 완전히 목이 빠지라 기다렸다고."

6인용 탁자에 자리 잡은 포르아스가 짧고 두꺼운 팔을 붕붕흔들었다. 착 붙여서 정리한 갈색 머리카락과 밝게 빛나는 갈색눈동자, 둥그런 몸을 유백색 긴 옷으로 감싼, 어제 본 그대로의모습이었다.

그의 등 뒤에는 병사 두 명이 서 있었다. 마을의 위병보다도어엿한 복장을 한, 아마도 다레임가의 무관일 것이다.

"자, 편히 있도록 해. 과실주라도 준비할까?"

"아뇨, 괜찮아요. ……저기, 뭔가 급한 소식이라도 있었을까요?"

나는 나무 탁자를 사이에 두고서 포르아스의 정면에 앉고, 아이 파와 신 루는 내 좌우에 섰다. 복면을 쓴 잣슈마는 우리를 옆쪽에서 바라보는 심판 같은 위치에 자리 잡았다.

"급한 소식이라면 충분히 그렇겠군! 나도 이렇게까지 이야기를 서두를 생각은 없었는데, 아침에 돌아온 아버님한테 호되게 혼이 나서 말이야. 투란 백작에게 반항하다니 무슨 짓이냐! 네놈은 다레임 백작가를 멸문시킬 생각이냐! 그런 분위기라고. 제노스의 법을 중시한 내가 왜 질책을 당해야 하는지, 참으로 부조리한 이야기야."

말할 때마다 의자나 탁자가 삐걱거렸다.

"으—음, 역참 마을의 가게는 싫진 않지만, 여긴 자리가 좀 지나치게 좁네! 탁자에 배가 막힌다고."

"으음. ……저기, 당신 같은 신분의 고귀한 분이라도, 이렇게 선뜻 역참 마을까지 나오시는군요. 저는 좀 놀랐어요."

"응? 그건 뭐, 다레임 백작가는 그렇게까지 격식을 차리는 가문도 아니니까 말이야. 세상이 이렇지 않았다면 작위 따윈 도저히 바랄 수도 없는 신분이었어. 현재도 다른 마을의 영주 중에는 귀족으로 인정받지 못하는 사람도 있지 않을까."

싱글싱글 웃으며 포르아스는 그렇게 말했다.

"원래는 제노스가야말로 백작 신분에 불과하고, 우리는 그를 섬기는 기사 가문에 불과했거든. 하지만 최근 백 년 사이에 제노스가에는 후작 작위가 주어지고, 투란과 다레임과 사투라스에게는 백작 작위가 주어졌지만, 그런 건 이름뿐이야. 예를 들면 왕도에서 축하할 일이 있어도, 불려가는 건 고작해야 제노스 후작뿐이겠지. 우리는 변경 끝에서 백작을 자칭하는 시골의 뜬금없는 귀족에 불과하단 거야."

"허어……."

"조금 더 말하면, 다른 사람이 부러워 할 정도의 부를 가지고 있는 건 제노스 후작가와 투란 백작가 정도야. ——이제까지는, 말이지."

둥글둥글한 손끝으로 코 아래를 문지르며 포르아스는 그렇게 말했다.

『그분은, 억척스럽다』—— 어제 아이 파가 잣슈마에게 들었다는 포르아스의 인물평이 뇌리에 되살아났다.

"그래서 나는 거기 있는 잣슈마 경의—— 그러니까 카뮤아 경의 계획에 어울리기로 했지. 영주인 제노스 후작가는 몰라도, 투란 백작가만 달달한 꿀을 빨게 두진 않아. 영지의 백성 모두가 풍요로운 생활을 얻고서야, 제노스는 비로소 풍요로운 마을이라고 다른 나라에 자랑할 수 있겠지. 그렇게 생각하진 않나, 아스타 경?"

"그건 뭐, 그 말씀대로——라고는 생각하지만……."

이쪽에서 재촉할 것도 없이, 이야기는 핵심으로 접어들려는 것 같았다. 포르아스는 둥그런 등을 더욱 굽히며 내 쪽으로 몸을 내밀었다.

"그럼 들려주겠나. 아스타 경이 가진, 포이탄의 비밀이란 녀석들."

"예? 포이탄이 어쨌다는 건가요?"

"쉿! 목소리가 커. 우리가 움직이기 전에 사이크레우스 경에게 들켰다가는, 그야말로 일신의 파멸이야. 신중에 신중을 거듭하지 않고서는, 혁명은 불가능하다고?"

"혁명이라—— 꽤나 뒤숭숭한 이야기인 것 같네요."

"괜찮아. 뒤숭숭해질 건 사이크레우스 경뿐이야."

확실히 포르아스는 여전히 온화한 미소였다.

"조금 전에 말이야, 들른 김에 포장마차의 음식을 구입했다고. 그 요리에 사용한 후와노 같은 하얀 반죽이 포이탄이라고—— 그건 틀림없겠지?"

"예. 그건 틀림없고, 딱히 누구에게든 감추진 않는데요."

"그러고서 아무런 소동도 벌어지지 않았다니까, 놀랐어! 맛을 확인한 종자의 이야기에 따르면, 후와노와 손색이 없는 맛이었다고 그러니까. 후와노와 비교하면 훨씬 저렴한 포이탄이 후와노를 대체할 식재료가 될 수 있다면, 어느 정도의 부를 창출할까! 어째서 이제까지 아무도 그 점에 주목하지 않았을까?"

"자, 잠깐만 기다려주세요. 후와노보다 저렴한 포이탄이 주식이 되어버린다면, 오히려 창출되는 부는 줄어드는 게 아닌가요?"

"그렇지 않아. 후와노를 재배하는 투란의 부가 줄고, 포이탄을 재배하는 농원의 부가 늘어난다. 다시 말해서 그런 결과가 되겠지?"

그 말에 내 기억 소자가 자극되었다.

누구에게도 감추지 않았다고 단언해 버렸지만, 그 기술은 가능한 한 비밀로 해야 한다고 나는 충고를 받았던 것이다. 다름 아닌 카뮤아 요슈에게.

그건 확실히 이곳 《키뮤스의 꼬리정》에서 말린 고기에 대해 이야기를 하고 있었을 때── 라라 루의 생일 조금 전 정도였을 테지. 고가의 후와노는 성의 인간이 재배하고 염가의 포이탄은 마을의 인간이 재배한다고, 카뮤아 요슈는 분명히 그렇게 말했다. 그러니까 포이탄 가공 기술을 함부로 퍼뜨렸다가는 귀족 누군가가 큰 손해를 보고는 원한을 품게 될 것이라고.

그때는 '귀족 누군가'라고 말을 얼버무렸다. 하지만 그 후, 숲가의 족장과 사이크레우스의 두 번째 회담이 결정되었을 때, 그것이 누구인지는 명확해진 것이었다.

북방의 투란 지구에서는 과실주 원료인 마마리아와 밀 같은 후와노 열매가 재배된다. 그러니까 마찬가지로 마마리아와 후와노 열매가 특산품인 바너엄이라는 마을과의 교역이 진행되어 버리면 사이크레우스에게는 손해니까, 자츠 슨을 이용해서 통상을 방해했다── 아마도 그런 이야기였다.

그러니까 포이탄이 인기를 얻으면서 손해를 본 '귀족 누군가'란 바로 사이크레우스였던 것이다.

'최소한 포이탄을 맛있게 먹는 조리법이 귀족에게 겨누는 칼날이 될 수도 있다는 것을 자네가 마음 한구석에 담아둬야 한다고 생각하네.'

카뮤아 요슈는 일찍이 그렇게 말했다.

'살아가기 위해 칼날이 필요할 때가 있지. 한데 사용할 시기를 잘못 잡으면 아군마저 다치게 할 수도 있어. 신중히 취급해야 하네.'

카뮤아 요슈의 얼빠진 미소와 그 말을 떠올리며, 나는 깊이 한숨을 내쉬었다.

무척 오랫동안 얼굴을 마주하지도 않았는데, 나는 아직 카뮤아 요슈의 손바닥 위에서 벗어나지도 못했나 보다.

"간신히 무슨 이야기인지 이해했어요. 포이탄의 새로운 조리법이란 사이크레우스를 상대할 강력한 무기가 될 수 있다, 그런 이야기로군요?"

"그래, 그렇지. 너도 카뮤아 경한테 그렇게 들었을 테지?"

"예, 굉장히 에두른 이야기였지만요. ……하지만 그런 형태로 사이크레우스에게 타격을 주더라도, 이익을 얻는 건 농원이나 마을의 사람들뿐이겠죠? 당신 자신이 이익을 얻는 이야기도 아닌데, 그건 상관없는 건가요?"

"아, 그쪽은 알려지지 않았나. 우리 다레임 백작가에게 주어진 건 바로 그 남방의 농원 영토거든. 그 농원에서 일하는 소작농들이야말로 내게는 영지의 백성이야."

그것으로 간신히 납득했다.

바로 그렇기에 이 인물이 '최후의 수단'이고, 또한 사이크레우스를 상대할 칼날 그 자체였던 것이다.

"이건 터무니없는 이야기겠지? 후와노와 포이탄의 관계를 역전시킬 수 있다면, 그건 바로 투란 백작가와 다레임 백작가의 역학 관계를 역전시키는 것으로도 이어진다고! 가볍게 몸이 떨릴 정도의 이야기잖나."

그런 말을 하며 포르아스는 변함없이 여유롭게 웃고 있었다.

"자, 잠깐 기다려주세요. 그건 유효한 작전일지도 모르겠지만, 다른 귀족분들은 괜찮나요? 그렇게 시장을 교란하는 짓을 했다가, 예를 들면 제노스 후작 본인까지 적으로 돌리는 꼴이 되진 않을까요?"

"응? 제노스 후작한테는 아무런 손해도 없는 이야기잖아. 뭐, 투란 백작가가 몰락해버리면 처음에야 성 밑 마을에도 영향이 미치겠지만, 그만큼을 다레임 백작가에서 공급한다면 결국 같은 거니까."

전혀 의미를 알 수가 없었다.

그런 내 안색을 알아차렸는지 포르아스가 자세를 바꾸었다.

"아스타 경은 이곳, 제노스라는 영토에 대해서 아직 이해를 못 하는 모양이로군. 뭐, 확실히 이 마을은 적잖이 특수한 형태로 통치되고 있어. 마을로서는 적당한 규모를 가진 제노스지만, 그곳을 넷으로 분할해서 네 개의 가문이 통치한다는 건 달리 전례가 없을 거라 생각해."

"허어……."

"그건 분명, 규모와 비교해서 무척 풍요로운 제노스를 하나의 가문만으로 통치하게 두는 건 위험하다, 그런 왕도의 의도가 작동한 거겠지. 조금 전에도 설명했다시피, 지금으로부터 대략 백년 전에, 세 가문에 작위가 주어지고 제노스 후작과 함께 이곳 제노스를 통치하게 되었어. 영주는 어디까지나 제노스 후작이지만 북방의 과수원은 투란가, 남방의 농원은 다레임가, 역참 마을은 사투라스가 각각 관리하도록, 왕도에서 명령이 내려왔다고. 성 밑 마을의 부가 줄어들지 않는 한, 제노스 후작이 불만을 가질 일도 없다는 거야."

설마 이런 장소에서 제노스의 내부 구조에 대해 듣게 될 줄은 생각도 하지 않았다.

곁눈으로 확인해보니 아이 파나 신 루는 그저 무표정하게 포르아스의 말을 듣고 있었다.

"그리고 불과 수십 년 전까지는, 세 백작가의 부에 그렇게까지 차이는 존재하지 않았어. 토양은 풍요롭지만 그렇게까지 영지가 넓지 않은 투란에서는 그저 후와노와 마마리아만 재배하고, 메마른 토지이지만 광대한 농원을 가진 다레임에서는 다양한 채소를 재배하고, 그곳에서 비롯된 은혜로 성 밑 마을도 역참 마을도 번성했지. ──하지만 사이크레우스 경이 당주가 된 순간, 투란만이 비약적으로 부를 늘리게 된 거야."

"그 부분에 무언가 비인도적인 수법이 있었다고?"

"비인도적, 일까. 사이크레우스 경은 북방에서 대량의 노예를 사와서, 그들에게 일을 시키기 시작했거든. 현재로 투란의 과수원에서 일하는 인간 과반수는 노예가 아닐까. ……그래서 많은 백성이 일자리를 잃고, 역참 마을이나 다레임의 농촌으로 이주하게 됐어. 덕분에 우리도 세수는 늘어났지만, 그 이상으로 투란에서는 부를 비축할 수 있었던 모양이더군."

그 부분에 노예가 엮이는 건가.

더더욱 불온한 이야기가 되었다.

"그 뒷일은 너희 쪽이 더 잘 알잖나. 장사의 적이 될 바너엄의 사절단을 습격하도록 시키거나, 친동생 시르엘을 호민병단의 단장으로 세우거나—— 그밖에도 틀림없이 이런저런 수단을 써서, 사이크레우스 경은 부와 권력의 증강에 힘썼을 테지. 불과 30년 만에 투란 백작의 힘은 제노스 후작에게도 필적할 정도로 불어나고 만 거야."

"……예."

"그러니까 이곳에서, 혁명이 필요해진 거지! 이러니저러니 해도 투란의 부를 지탱하는 건 후와노와 마마리아의 은혜야. 그 후와노보다도 가볍게 재배할 수 있고 염가로 팔 수 있는 포이탄을 제노스의 주식으로 끌어올릴 수 있다면, 투란 백작의 부는 줄어들겠지. 그리고 그만큼의 부는 다레임 백작가만이 아니라 모든 영지의 백성에게 환원될 거야!"

포르아스의 눈동자는 반짝반짝 빛나고 있었다.

"물론 가장 큰 은혜를 받는 건 포이탄을 재배하는 농민들이고, 그들의 영주인 다레임 백작가겠지. 하지만 몇 번이나 말했다시피, 포이탄이라는 건 무척 저렴하게 얻을 수 있는 식재료야. 포이탄 한 개 무게의 후와노를 얻으려면, 아마도 1.5배 정도의 동화가 필요하진 않던가."

"예, 확실히 그 정도였을 거예요."

"흠! 물론 후와노도 그렇게까지 고가의 식재료는 아니니까 하루하루의 차액은 미미하겠지. 하지만 티끌 모아 태산이라는 녀석이야. 그리고 제노스의 백성들이 남은 동화를 다른 것에 소비한다면, 이제까지보다도 풍요로운 생활을 보내는 게 가능해지지 않을까."

"하지만 그 경우에는 투란의 사람들이 가난해진다, 그런 이야기로군요."

"응. 하지만 투란의 장원에서 일하는 건 보수가 필요 없는 노예뿐이니까 말이지. 그런 노예들의 일로 생겨난 부는, 모조리 사이크레우스 경의 수중으로 모이는 구조야. 투란의 노예가 아닌 주민들의 경우, 마마리아나 후와노 재배와는 관계가 없는 일에 종사하는 사람들뿐이니까, 그렇게까지 큰 영향이 발생하진 않을 거라 생각한다고?"

투란의 숯구이 가게에서 일한다는 미켈의 모습을 떠올렸다.

확실히 미켈은 역참 마을의 사람들보다도 풍요로운 생활을 보내는 것처럼 보이지는 않았다.

"그리고 이만큼 장대한 계획이라면, 역참 마을을 다스리는 사투라스 백작가의 지원을 얻을 수도 있겠지. 내 아버님이나 형님도, 끽소리도 못할 거야! ……물론 제노스 후작 마르스타인도 말이지. 우리가 자력으로 투란 백작을 타도하는 것에는 아무런 불만도 없을 거라고."

"하지만 그렇게 잘 풀릴까요? 맛이나 영양에 손색은 없더라도, 오랫동안 주식으로 먹었던 후와노를 밀어낸다니……."

"딱히 완전히 밀어낼 필요는 없어. 자부심 강한 성 밑 마을의 백성이라면 그렇게 간단히 뜻을 바꾸진 않겠지. ……하지만 역참 마을이나 농촌의 사람들이 저렴한 식사를 기피할 이유는 없을 터! 뒷일은 우리가 하기에 달려 있지 않을까."

나는 잣슈마 쪽을 돌아봤다.

잣슈마는 눈으로 웃으며 작게 어깨를 으쓱였다.

'여기까지는 카뮤아의 계획대로라는 건가…….'

나는 작게 한숨을 내쉬었다.

포르아스는 그것을 놓치지 않았다.

"불안한가? 나도 불안해! 하지만 말이지, 내버려 두더라도 언젠가 사이크레우스 경은 너희가 포이탄을 맛있게 가공한다는 사실을 알게 되겠지. 그렇게 된다면 숲가의 백성만이 사이크레우스 경의 분노를 사게 되고 말아. 그렇다면 그 기술은 신속하게 세간에 퍼뜨려버려서, 분노를 터뜨릴 수 없는 상태로 만들어 버리는 게 안전하진 않을까."

"……예. 그 이치는 무척 잘 알 것 같아요."

"복잡한 절차는 전부 내가 준비하지! 나도 암살자의 그림자에

떠는 건 사양이니까! 사이크레우스 경에게 들키기 전에, 포이탄이 얼마나 훌륭한지를 제노스 전체에 알려주겠어!"

그러면서 포르아스는 싱긋 미소를 짓는 것이었다.

◇

"……뭔가 터무니없는 이야기가 되어버렸네."

병사 셋을 이끌고 포르아스가 떠난 뒤, 나는 아이 파에게 그렇게 말을 건넸다.

하지만 아이 파는 "그런가"라며 고개를 갸웃거렸다.

"나로서는 딱히, 우리에게 해가 되는 이야기로 여겨지진 않았다. 특별한 기술을 개인만이 가지는 건 위험하다, 그런 이야기는 이전부터도 나오지 않았나."

"아, 가장 회의에서 슨가의 여자들한테 요리 기술을 전했을 때 말이지. 하지만 이번에는 그 규모가 어마어마하니까."

"여하튼 제대로 풀릴지도 모를 이야기다. 벌써부터 근심해봐야 어쩔 수 없어."

팔짱을 끼고서 우리를 지켜보던 잣슈마도 "그렇군" 하고 웃음을 머금은 목소리로 동의를 표했다.

"어차피 사이크레우스와의 대결은 닷새 뒤로 다가왔네. 그런 단기간에 어떻게 될 이야기도 아닐 테니까, 일단은 상대의 동요를 부를 수 있다면 그걸로 충분, 정도로 생각해 두어야겠지."

"으―음, 그런 것치고는 마을에 주는 영향이 너무나도 클 것 같기도 한데요."

"어쩔 수 없어. 중요한 건, 그것으로 다른 귀족들을 아군으로 끌어들일 수 있을지도 모른다, 라는 점이니까 말일세. 사이크레우스의 영화도 영원히 계속되는 것이 아니다, 그리 생각하도록 만들지 않고서야 그런 일은 불가능하겠지?"

잣슈마는 복면 위로 뺨을 문질렀다.

"우리에게는 멜프리드 경이 가장 앞서는 기치다만. 애석하게도 그분은 지나치게 융통성이 없으시지. 법이야말로 절대적이라고 믿는 인간만으로는, 법의 뒤에 숨어서 휘젓고 다니는 인간에게 이기기는 어렵다고."

"허어……."

"그렇기에, 어제도 포르아스 경을 의지할 수밖에 없었네. 성 안의 멜프리드 경에게 어떻게든 상황을 전달했을 때에 그분은 사이크레우스의 저택을 조사하겠다고 약속해 주셨다만, 정식적인 수순을 밟았다가는 아마도 오늘 중천 정도까지는 움직이지도 못했을 테니 말일세."

그래서는 내 신변도 어떻게 되어버렸을지 알 수 없다.

잣슈마의 판단은 그야말로 지혜로운 판단이었다고 생각한다.

"여하튼 복잡한 이야기는 이쪽에서 맡겠네. 이래저래 부탁할 일도 적지는 않을 테지만, 그때까지는 이제까지처럼 본인의 일에 충실하면 될 걸세."

그런 말을 남기고 잣슈마도 식당에서 나갔다.

그와 교대로 밀라노 마스가 저벅저벅 들어왔다.

"자, 슬슬 약속한 시간도 끝이겠지. 손님이 오면 들여보낼 거라고?"

"아, 예. 미안해요. 또 폐를 끼쳐서."

"자네는 사과만 하는군. 정말로 미안하다고 생각한다면, 사과를 하지 않아도 되는 생활을 명심하도록 하게나."

이 말에는 도저히 대답할 말도 없었다.

밀라노 마스는 어제부터 계속 화난 표정 그대로였다.

"그래서? 오늘은 이만 돌아갈 텐가?"

"예. 슬슬 족장들도 투란에서 돌아올 테니까, 어떤 식으로 이야기가 수습되었는지를 들어볼 생각이에요."

하지만 사실은 밀라노 마스와 차분히 대화를 나누고 싶었기에, 《키뮤스의 꼬리정》 방문을 마지막으로 정한 것이었다. 미안하다는 기분을 가슴 가득 품으며, 나는 최우선으로 전해야 하는 것을 전해두기로 했다.

"저기, 제가 또다시 역참 마을에서 일하게 될지는 그 회견의 결과에 달려 있다지만, 앞으로도 밀라노 마스와 변함없는 인연을 계속 이어갈 수는 있을까요?"

"……우리 가게에서는 지금도 숲가의 백성에게 포장마차를 빌려주고 있는데, 자네의 제안만 거절할 이유가 있나?"

"아뇨, 그것만이 아니라, 현재는 요리의 기본을 한창 가르치던 중이기도 했으니까요."

"그런 건, 자네가 아무런 보답도 없이 그저 봉사하고 있을 뿐인 이야기잖나."

"아뇨, 언젠가 기바 고기를 취급하셨으면 좋겠다는 계획이 있으니까, 제게는 그것도 어엿한 장사의 일환이에요."

밀라노 마스는 원통형 모자를 벗고 갈색 머리카락을 북북 긁어댔다.

"소동을 일으킨 건 귀족들 쪽이니까, 자네한테 잘못이 있는 것도 아니겠지. ……최근에는 우리가 신세를 지는 입장인데도 자네가 그렇게까지 낮은 자세로 나온다면, 나는 대체 어떤 태도를 취하면 되겠는가?"

"어, 아니, 뭔가 곤란하게 만들어 버렸다면, 죄송해요."

"……그러니까, 무턱대고 머리를 숙이지 말라는 건데."

아무래도 밀라노 마스와는 긴 인연이 있는데도, 이렇게 삐걱거리고 말 때가 많았다.

내가 미숙한 탓인지, 단순히 상성의 문제인지—— 하지만 언제든 탁 터놓은 선의로 다가오는 돌라 아저씨와 마찬가지로, 나는 완고하고 입이 험한 이 아저씨를 소중한 존재라 생각하고 있었다.

"어쨌든 말이다, 내 가게는 자네한테 아무런 피해도 받지 않았어. 이상한 걱정 말고, 우선은 본인의 몸을 지키는 걸 가장 우선으로 생각해."

"예. 감사합니다."

어쨌든 밀라노 마스도 나를 포기하지는 않았나 보다.

몰래 안도의 한숨을 내쉬며 나는 다음 화제로 넘어갔다.

"그럼 말이죠, 요리 메뉴에 대해서도 하나 이야기하고 싶은 게 있는데요――."

『키뮤스 고기 완자』에는 매실장아찌와 비슷한 말린 키키 딥으로 맛을 더하는 것이 최적이 아닐까, 나는 밀라노 마스에게 이야기해봤다.

모자를 다시 쓰며 밀라노 마스는 한쪽 눈썹만 추켜세웠다.

"말린 키키 열매인가. 그건 술안주로 찾는 손님도 적진 않다만―― 이것도 꽤나 엉뚱한 조합이로군."

"저로서는 무척 추천하거든요. 키키 열매를 으깨서 키뮤스랑 버무리는 것뿐이니까, 괜찮다면 시험해보세요."

이것으로 간신히 성 밑 마을에서 얻은 경험을 하나 살릴 수 있었다.

그런 생각을 하고 있었더니 아이 파가 내 티셔츠 옷자락을 잡아당겼다.

"그러고 보니, 아스타. 내가 어젯밤에 먹은 그 요리는, 대체 무엇이냐?"

"응? 아, 그건 키뮤스 튀김이야."

"그건, 신기한 맛이었다. ……그 요리는 기바 고기로도 만드는 건 가능할까?"

"으―음, 기바라면 방법을 조금 바꾸어서, 『기바 커틀릿』이라는 요리를 시험해보고 싶네."

"기바 커틀릿……."

나는 다시 밀라노 마스를 돌아봤다.

"저기, 레텐 기름이라는 건, 역참 마을에서 취급할 수는 없을까요?"

"레텐 기름? 그런 건 이름 정도밖에 못 들어봤군. 어차피 우리에게는 걸맞지 않은 가격이겠지."

"그런가요. 그렇다면 카론의 젖이라든지 키뮤스의 알 같은 건 어떨까요? 역시 고가의 식재료일까요?"

"알 같은 건 키뮤스 가게에서 얼마든지 팔고 있겠지. 나도 아침에는 가끔씩 먹고 있어."

"어, 그럼 어째서 주방에는 놔두지 않나요?"

"알이라는 건 고기 대신에 쓰이는 거지. 그런 걸 손님한테 내는 건 엄청난 싸구려 여관뿐일 게야."

"으—음…… 그럼 그러니까, 고기보다는 저렴하지만, 고기와 함께 내기에는 경비가 들고, 알만으로는 싸구려 느낌이라고, 그런 해석이 맞을까요?"

"흥. 뭐, 크게 다르진 않겠지. 가난한 백성이라면 저녁 식사에도 고기가 아니라 알만 먹고 있을 테니까 말이다."

"그럼 구체적으로 가격은 어느 정도일까요?"

가격은 적동화 한 닢으로 네 개, 라고 했다.

기묘하게도 포이탄과 같은 가격이었다. 그렇다면 식재료의 하나로서 포함시키더라도 충분히 구할 수 있을 것 같았다.

"그리고, 카론의 젖이었나? 그런 걸 사들일 이상한 인간은, 적어도 이 역참 마을에는 없겠지. 카론이라는 건 이 부근에서는 다백 마을에서만 기르니까, 옮기는 동안에 썩어버리지 않나?"

"아니, 다백이라면 제노스에서 반나절 거리잖아요? 카론의 젖은 2, 3일은 버틴다니까, 바로 썩어버리진 않을 거라 생각해요."

하지만 역시나 나쁜 보존성 탓에 카론의 젖은 경원시되는 걸지도 모른다. 썩으면 그냥 버리면 그만이다, 그런 귀족님과는 상황이 다른 것이다.

"카론의 젖이라니, 어떻게 쓸 수 있을지도 모르겠군. 가격도 과실주보다 저렴하진 않을 테지."

그것은 역참 마을에서 파는 과실주야말로 값이 싸기 때문이다. 적동화 한 닢으로 1리터 정도나 살 수 있다는 건 상당히 경제적이라고 생각한다.

예를 들면 적동화 한 닢을 200엔으로 환산해보면 포이탄이나 키뮤스의 알은 50엔, 아리아는 40엔, 『기바 버거』는 400엔, 카론 다릿살은 도매가로 100그램이 74엔, 소매가로 164엔이 된다.

그리고 과실주도 카론유도 1리터에 200엔이라면—— 과실주가 무척 저렴하고 카론유는 조금 고가, 나로서는 그렇게 여겨진다. 적포도주와 우유가 같은 가격이라면 그건 포도주가 너무 싸다는 감각이다.

참고로 이 계산이라면 타우유는 1리터에 2000엔, 갸마 건락은 1킬로그램 채 안 되는 양으로 4000엔이나 되니까 수입품이 얼마나 고가인지도 이해할 수 있겠지.

조금 더 말한다면 슈미랄한테 구입한 채소칼은 36000엔이고 디알한테 구입한 고기칼은 24000엔이다. 기루루가 끄는 짐마차가 딱 고기칼의 열 배 가격에 불과하다는 사실을 생각하면, 금속 제품이 고가라는 사실도 짐작할 수 있다.

"카론의 젖이 과실주와 큰 차이가 없는 가격으로 살 수 있다면, 저는 언젠가 구입해보고 싶네요. 그런 이야기는, 다백에서 오는 고기 상인한테 물어보면 될까요?"

"모르겠다만, 아마도 그렇겠지. 요즘 시기라면 사흘에 한 번 정도는 얼굴을 비춘다고."

"그런가요. 감사합니다."

그리고 건락이나 유지를 직접 만들 수 있느냐, 그리고 탈지유 사용처다. 이런 쪽은 다백의 상인에게 정보를 얻을 수밖에 없다.

"아, 그리고 후와노 가루라는 건 어디로 가면 얻을 수 있을까요? 투란까지 가야 할까요?"

"아니, 후와노 가게는 역참 마을에서 영업 중이다. 노점 구역이 아니라 이 여관 거리에 말이지. ……너희는 포이탄을 사용하는데, 이제 와서 후와노를 어쩌자는 거냐?"

"아뇨, 후와노에는 그 나름대로 사용할 방법이 있을 것 같으니까요. 이것저것 좀 연구해보고 싶거든요."

지나치게 욕심을 내더라도 미처 손이 미치지 못할 것 같으니까, 오늘은 그 정도로 해두었다. 키뮤스 가게와 후와노 가게에서 알과 후와노 가루를 구입할 수 있다면 그것만으로도 기바 요리에 베리에이션을 늘리는 건 가능하겠지.

'의외로 가장 먼저 완성되는 건『기바 커틀릿』일지도 모르겠는데.'

그런 생각을 하며 아이 파의 모습을 엿봤다.

아이 파에게 새로운 요리를 먹여줄 수 있을지도 모르겠다고 생각한 것만으로, 내 가슴에는 끝없는 행복감이 넘쳐나고 말았다.

벽돌로 지은 그 저택에서는 느낄 수 없었던 감각이다. 어쩐지 가슴이 콱 막힐 것만 같았다.

소중한 상대에게 공을 들인 요리를 먹여줄 수 있다. 그 행복을 되찾을 수 있었다는 것을, 나는 새삼스럽게 실감할 수 있었던 것이다.

3

그리고 우리는 숲가의 촌락으로 귀환했다.

안타깝게도 《서풍정》의 주인은 내가 약속을 어긴 것에 제대로 기분이 상했으니까 며칠은 냉각기를 두고 싶단 이야기를, 어젯밤에 유미로부터 들었다. 처음부터, 어떠한 사정이든 약속을 깨고 만 것은 우리니까 변명의 여지도 없었다.

그리고 레이나 루 일행도 슬슬 장사를 마무리할 무렵일까 싶은 시각에, 루의 촌락에 도착하자─── 그곳에는 기루루 외에 두 마리 토토스와, 거기에 지붕이 없는 짐수레가 두 대, 기다리고 있었다.

자자가 및 사우티가의 토토스와 짐수레였다. 족장들은 우리보다 더 빨리 돌아왔고, 아직 루의 촌락에 머무르고 있었던 것이다.

나는 호흡을 조금 가다듬은 뒤, 아이 파랑 다른 이들과 함께 루의 본가로 걸음을 옮겼다.

"아버지, 우리 왔어"라고, 루도 루가 문을 열었다. 그에 이어서 루가로 들어선 나는, 예상 그대로의 광경을 보고 더더욱 마음을 다잡았다.

돈다 루와 지자 루. 가즈란 루티무.

그라프 자자와, 동행한 남자들.

다리 사우티와, 동행한 남자들.

그리고 포우의 가장과 베임의 가장.

도합 아홉 명의 남자들이 그곳에 빙 둘러앉아서 복잡한 얼굴을 맞대고 있는 것이었다.

"여, 파가의 아스타. 무사한 모습을 볼 수 있어서 다행이야."

우선 말을 건네어준 것은, 세 족장 중 하나로 사우티가의 젊은 족장인 다리 사우티였다.

각진 얼굴에 부드러운 표정, 지자 루나 가즈란 루티무보다도 커다란 체격. 파가에게는 나름대로 우호적인 자세를 드러내고, 피 빼기나 요리 기술도 적극적으로 습득하고자 애쓰는 사람이었다.

"감사합니다, 오랜만에 뵙네요. 저기, 이번에는 여러분에게 크게 폐를 끼쳐서——."

"말로 사죄를 늘어놓아봐야 상황은 바뀌지 않는다. 자신에게 책임이 있다고 느낀다면, 냉큼 자리에 앉아라."

착 가라앉은 목소리로 그라프 자자가 말을 가로막았다.

이쪽은 머리가 달린 기바 모피를 뒤집어쓴, 역시나 세 족장 중 하나로 자자가의 가장인 장년 남성이었다. 야수 같은 날카로운 눈빛은 돈다 루에게도 필적할 정도로, 역전의 사냥꾼이 집결한 이 자리에서도 가장 도드라지고 무서운 풍모를 지녔다.

그런 그도 숲가의 동포라는 사실에 변함은 없지만, 파가의 장사에 대해서는 부정적인 견해를 품은 입장이기도 해서 나와 아이 파에게는 마음을 놓을 수 없는 사람이었다.

여하튼 나와 아이 파는 루가 사람들의 맞은편, 포우의 가장 옆에 앉게 되었다.

호위인 신 루나 네 젊은이들은 그곳을 떠나고, 루도 루는 돈다 루 왼편에 자리 잡았다.

"사이크레우스와의 회담은, 우선은 무사히 종료되었습니다."

일동을 대표하는 형태로 가즈란 루티무가 발언했다.

"죄인들에게 어떠한 벌이 주어질지는 앞으로의 심문에 달려 있다고 이야기했습니다만. 사이크레우스 본인은 이 사건에 관여하지 않았다는 이야기는, 믿어도 되겠다는 결론에 다다랐습니다.”

“그런가요. ……역시 리프레이아도 벌을 받게 될까요?”

“물론입니다. 실제로 아스타를 납치한 것은 그녀의 부하들이고, 또한 그때에 무법한 수단을 고른 것은 어디까지나 그자들의 판단에 따른 일, 그런 이야기였습니다만—— 하지만 집으로 돌아가길 바라는 아스타에게 그것을 허락하지 않고 그 저택에 묶어둔 것은 바로 그 리프레이아라는 인물이었으니까요. 최소한이라도 금고형은 피할 수 없으리라고, 동석한 멜프리드는 그렇게 말했습니다.”

금고—— 감옥이나 무언가에 투옥된다, 그런 이야기일까.

주모자라고는 해도 열 살 정도의 어린 소녀다. 나는 사전에 생각하던 것 이상으로 답답한 기분을 품게 되었다.

“그리고 무스루와 산쥬라라는 죄인들에게는 채찍형이 주어진다고 합니다. 사이크레우스가 사면을 바랐기에 제노스에서의 추방까지 이르진 않을지도 모른다, 그런 이야기였습니다.”

“참으로 웃기는 이야기로군. 사면을 바라고 동화를 내면 죄가 줄어든다, 그런 이치를 우리로서는 전혀 이해할 수 없어.”

다리 사우티가 어깨를 으쓱이며 끼어들었다.

“게다가 책임이 있는 인간이 더 가벼운 벌이라는 것도 석연치 않아. 부하들이 죄를 저질렀음을 알면서도 그것을 허락했다면, 이미 죄의 무게에 차이는 없을 터인데 말이다.”

“지당합니다. ……여하튼 제노스의 법이라는 것에 따라서 판단한 결과, 죄인들에게는 그런 벌이 주어질 예정이라는 이야기였습니다."

법을 지킨다는 단 하나의 사안에 절대적인 신념을 가졌다고 평해지는 멜프리드가 그렇게 이야기한다면, 그렇게 될 것이라고 받아들일 수밖에 없다.

하지만 성 밑 마을의 주민인 무스루는 몰라도, 신출귀몰한 산쥬라가 조만간에 다시 행동의 자유를 얻게 되어버린다는 사실에 모두는 걱정을 품고 있는 듯했다.

"그리고, 저기…… 산쥬라가 사이크레우스의 아들이다, 라는 이야기도 언급되었을까요?"

"예. 하지만 사이크레우스는 그것을 부정했습니다. 산쥬라라는 인물은 역참 마을이나 제노스 외부 등의 정체를 파악하기 위해 동화로 고용한 인물에 불과하다고. ──그리고 아스타의 포장마차를 감시하도록 시킨 것도, 역참 마을에서 상당한 평판을 부르고 있다기에 호기심이 생긴 것에 불과했다고 이야기했습니다."

"그런가요……."

잠시, 침묵이 내려앉았다.

그러자 그것을 기다렸다는 듯 그라프 자자가 목소리를 높였다.

"그래서, 너희는 이제부터 어떻게 할 생각이냐, 파가의 가장과 아궁이 당번이여."

모두와 마찬가지로 한쪽 무릎을 세우고 앉아 있던 아이 파는 그쪽으로 날카로운 눈빛을 향했다.

"물론 세 족장의 허가를 얻을 수 있다면, 이제까지처럼 장사를 계속하길 바란다. 풍요로운 생활을 위해서, 그런 이유만이 아니라 그를 통해 역참 마을의 사람들과 인연을 계속 이어가는 것이야말로, 숲가의 백성에게는 올바른 길이 아니겠는가?"

"저도, 아이 파에게 동의합니다. ……이번 일로 더욱 분명해졌지만, 역시 역참 마을과 성 밑 마을은 전혀 다른 곳으로 받아들여야겠죠."

그렇게 아이 파를 거들어준 것은 가즈란 루티무였다.

"역참 마을의 사람들은 우리와 마찬가지로, 통행증이라는 것을 얻지 못하고서는 성 밑 마을로 들어갈 수조차 없는 모양입니다. 이곳 제노스를 지배하는 것은 성 밑 마을의 귀족들이라고 생각하면── 역참 마을의 백성들은 귀족들보다도 숲가의 백성에게 가까운 존재라고 생각할 수도 있지 않겠습니까?"

"마을의 인간이 우리와 가까운 존재, 라고……?"

"예. 혹은 우리와 가까운 입장이라고 바꿔 말하는 편이 더욱 이해하기 쉬울까요. 제게는 숲가의 백성과 역참 마을의 백성이 서로의 존재를 기피하고 있는 현 상황이 올바른 모습이라고는, 도저히 여겨지지 않습니다. 최근 며칠 동안 매일 역참 마을로 내려가서 그들과 교류를 거듭하는 사이, 저는 그런 생각이 더욱 강해졌습니다."

가즈란 루티무는 평소처럼 온화했지만 그의 눈빛은 아이 파에게 지지 않을 만큼 강하게 빛났다.

"그리고 우리는 과거 족장이었던 자츠 슨의 죄를 심판할 수 없었기에, 역참 마을의 백성으로부터 미움을 받게 되기도 했습니다. 그리하여 일그러져버린 관계를 아이 파나 아스타 등이 바로잡아 준다고, 저는 그렇게 생각하고 있습니다. 바로 그렇기에 파가는 이제까지와 같이 역참 마을에서 장사를 계속해야 한다고 생각하는 겁니다."

"……하지만 루가가 호위를 맡을 수 있는 것도 앞으로 며칠뿐이라는 건 잊어선 안 되겠지."

그때 입을 연 것은 돈다 루 오른편에 앉은 지자 루였다.

그라프 자자와 똑같거나 혹은 그 이상으로 파가의 방식에 의문을 품고 있을 터인 지자 루였다. 자연스레 나는 숨을 죽였다.

"루의 혈족이 휴식 기간에 들어서고 오늘로 딱 반 개월이다. 숲의 은혜는 아직 회복되지 않았지만, 슬슬 굶주린 기바가 모습을 드러낼 무렵이지. 최소한 하얀 달 15일까지는 호위를 풀 수는 없을 테지만, 그 이상의 기간, 기바 사냥의 일을 뒷전으로 하는 건 용납할 수 없을 터."

"그건 당연한 이야기로군. 손이 비어 있는 녀석들은, 내일부터라도 사냥 준비를 시작해야겠지?"

루도 루의 말에 지자 루는 끄덕였다.

"족장들이 파가의 행실을 올바르다고 인정한다면, 본인도 그 결정에는 따르겠다. 하지만 우리도 사냥꾼으로서의 일을 뒷전으로 돌리면서까지, 그것을 도울 수는 없다. 그런 쪽으로는, 대체 어떻게 생각하고 있느냐?"

"그건—— 물론 지자 루의 말이 옳다. 15일의 회담 날까지 사이크레우스라는 남자의 본성을 파헤치지 못할 경우에는…… 이제까지와 같이 장사를 계속하는 것도 어려워지겠지."

아이 파가 조금 씁쓸하게 그리 대답했다.

이건 확실히 지자 루 쪽이 정론임에 틀림없었다.

테이 슨 일당의 습격에 대비하던 때는 사이크레우스에게 "장사를 쉬지 마라"라는 엄명을 받았기에, 사냥꾼 일보다도 호위 역할을 중시할 수밖에 없었던 것이다.

하지만 지금은 자신들의 의지로 장사를 하는 것이다. 휴식 기간이 끝나버린다면 이 이상 루가를 의지할 수는 없었다.

게다가 사이크레우스를 실각시키든지 혹은 전부 이쪽의 오해였다는 이야기가 되지 않는 한, 호위 없이 장사를 계속할 수도 없겠지. 하얀 달 15일에 결판을 못 내고 또다시 문제를 그저 미루게 된다면, 우리는 장사를 계속할 방법을 잃고 마는 것이었다.

지자 루의 언제나 웃고 있는 것처럼 보이는 가느다란 눈이 만족스럽게 아이 파와 나를 번갈아 봤다. 그러자 우리 옆에서 포우의 가장이 목소리를 높였다.

"그럼, 그 경우에는 다른 씨족이 사냥꾼 일을 쉴 때에 힘을 빌려주면 되겠군. 앞으로 한 달만 있으면 포우나 란이나 스도라는 휴식 기간을 맞이하게 될 테니까, 그걸 기다리면 될 뿐이다."

나는 놀라서 그쪽을 돌아봤다.

이 맹자들 사이에서는 살짝 지나치게 말라 보이는 포우의 가장이 힘찬 눈빛으로 나를 마주봤다.

"현재는 아침과 낮에 여섯 명씩 남자들이 경호 역할을 맡고 있더군? 포우와 란과 스도라만으로도 그 정도 남자를 모을 순 있다."

"하, 하지만—— 실례이지만, 포우나 란에는 루만큼 인원에 여유가 있을 리도 없겠죠? 사냥꾼의 일이 없더라도, 여자들의 일을 돕거나 할 필요는 없는 겁니까?"

"그건 남겨진 남자들이 하면 된다. 우리는 여자들의 힘을 빌리고자 하는 아스타의 마음에 응할 수 없었다. 이번에야말로 힘을 빌려줄 수 있다면, 그보다 더한 기쁨은 없다."

"……란이나 스도라의 가장들에게 확인도 하지 않고, 그렇게 경솔히 받아들여도 되겠나?"

그렇게 끼어든 것은 베임의 가장이었다.

이쪽은 대조적으로 작은 키에 옆으로 탄탄한 장년 남성이었다. 그는 파가의 행실에 부정적인 작은 씨족의 대표로서 일족의 모임에 참가하는 입장이었다.

"문제없다. 란은 포우의 친족이고, 스도라는 우리 이상으로 파가의 힘이 되기를 바라니까 말이다. ……그리고 언젠가 시간이 흐르면, 가즈나 라츠가에 휴식의 기간이 찾아온다. 그런 자들이 호위 역할을 이어받으면, 파가도 조금은 휴식을 취하며 장사를 계속할 수 있겠지."

"그럼 아스타 쪽은 영원히 호위 남자들을 데리고 다니면서 장사를 계속해야 되는 건가? 당신의 마음가짐은 대단하지만, 그건 조금 좋지 않은 이야긴데."

루도 루가 태평하게 말했다.

오늘 하루 루도 루는 시리어스하게 행동했지만, 그의 얼굴은 오랜만에 무척 쾌활한 미소를 짓고 있었다.

"나로서는, 역시나 다음 회담까지 사이크레우스인가 하는 빌어먹을 귀족을 혼쭐내고 싶은 참인데. 그러면 또 당신은 파가에 힘을 빌려줄 기회를 잃게 되겠지만, 아스타 쪽이 더 이상 위험하지 않다면 그게 최선이겠지?"

"물론이다. 위험이 사라진다면 그보다 더 좋을 건 없다."

"하지만 사이크레우스가 죄를 저질렀다는 증거는 없습니다. 카뮤아 요슈 일행이 그 증거를 손에 넣지 않는 한, 사이크레우스를 죄인이라 단정 지을 수도 없겠죠."

신중하게, 가즈란 루티무가 그렇게 말했다.

아무리 파가와의 인연이 깊을지라도, 그런 부분은 공정을 잃지 않는 가즈란 루티무였다.

"……그리고 사이크레우스라는 귀족의 본성이 어떠하든, 우리도 슨가의 사람들에 대한 처우를 정해야만 한다."

그라프 자자가 무거운 목소리로 그렇게 말했다.

"애당초 그쪽 이야기가 정리되지 않으면, 장사고 뭐고 없으니까 말이다. ……이 이상 장황하게 이야기해봐야 끝이 나진 않겠지. 슨가 사람들에 대해서는, 조금 전에 이야기했던 내용 그대로 결정해도 되겠나?"

"예? 그들의 처우를 어떻게 할지 정해졌나요?"

나는 무심코 놀라서 목소리를 높이고, 그라프 자자가 그런 나를 노려봤다.

하지만 대답해준 것은 그가 아니라, 그와 맞은편에 앉은 다리 사우티였다.

"우리 결론은, 역시나 변함이 없다. 도망의 죄를 저지른 디가와 도드는 몰라도 미다, 야밀, 오우라, 츠바이에게는 이미 성씨를 빼앗는 벌을 내렸으니까, 이 이상의 벌은 필요 없다고 생각한다."

"그런가요. 그렇다면——."

"허나 군주인 제노스 영주가 벌을 한층 더 요구한다면 그 말을 무시할 수도 없다. 따라서 회담 날에는 줄로 슨을 비롯한 슨 본가였던 인간들 일곱을 데려가서, 자신들의 말로 해명하도록 하자는 결론에 다다른 게다."

"어…… 미다랑 야밀 레이 같은 사람들을 회담 자리에 데려가는 건가요? 그건 너무 위험한 게 아닐까요? 혹시 사이크레우스가 억지로라도 그들의 신병을 빼앗겠다고 생각한다면——."

"아무런 이유도 없이 그런 행위에 이를 정도라면, 역시나 사이크레우스의 말에 따를 수는 없다는 것이다, 파가의 아스타."

어디까지나 온화하게, 다리 사우티는 그렇게 말했다.

"하지만 우리의 군주는 제노스의 영주 마르스타인이고, 사이크레우스는 그의 대리인이라는 입장이다. 그 인물이 슨가에는 더욱 무거운 벌이 필요하다고 주장한다면, 실제로 슨가 사람들의 말을 듣고 죄를 잴 수밖에 없겠지."

"하, 하지만 그런 건 사이크레우스한테는 핑계에 불과하고, 본심은 슨가를 다시 족장 자리에 앉히려 꾸미는 걸지도 모른다고요?"

"그것도 야밀 레이의 상상에 불과하다. 우리는 제노스의 영주와 사이크레우스의 진의를 지켜보는 것밖에 길이 없는 게야. ……물론 그 진의가 숲가의 백성과 양립할 수 없다고 판명되었을 때는, 순순히 따를 생각은 없다만."

어쩐지 안 그래도 커다란 다리 사우티의 모습이 더욱 커진 것처럼 느껴졌다.

아니, 다리 사우티만이 아니었다. 그 자리에 있는 대부분의 사람들이, 숙적이라도 맞이한 것 같은 사냥꾼으로서의 살기를 뿜어내기 시작하는 것 같았다.

"파가의 아스타여. 우리는, 슬슬 한계일지도 모르는 것이다."

"하, 한계."

"음, 그렇다. 사이크레우스라는 그 귀족에게서는 도저히 군주로서의 정당성을 찾을 수가 없다. ……이전에도 이곳 루의 촌락에서 같은 이야기를 했을 터인데, 그 생각이 누그러지기는커녕 날이 갈수록 늘어날 뿐이었다. 이대로 그 남자를 제노스 영주의 대리인으로서 대하는 것은, 도저히 불가능하진 않을까 생각하게 되어버린 것이다."

그럼에도 다리 사우티는 온화한 표정으로, 결코 격한 태도는 아니었다.

"그리고 사이크레우스의 행적에 대해서는, 멜프리드라는 자의 입을 통해 제노스의 영주 마르스타인에게도 전해졌을 테지. 그럼에도 영주가 움직이려 하지 않는다면, 그것은 즉 사이크레우스의 행동을 옳다고 인정한다는 의미가 아니겠는가?"

"어, 어어…… 옳다고 인정하는지는 몰라도, 모조리 맡겨버린 것처럼 여겨지긴 하네요."

"그렇다면 우리도 사이크레우스의 행동을 바탕으로 제노스 영주의 진위를 이해할 수밖에 없다. 혹시 사이크레우스가 부당한 수단으로 줄로 슨 일당의 신병을 손에 넣으려 하는 그때는, 칼을 들고서라도 그에 저항하겠다."

"──제노스를 상대로 칼을 드는 건가요?"

"제노스 영주가 그럼에도 사이크레우스에게 도리가 있다고 판단한다면, 그런 결과가 되어버리겠군."

다리 사우티는 천천히 끄덕였다.

"우리는 80년의 세월을 이곳 모르가 숲가에서 보냈다. 남쪽의 검은 숲에서 보낸 시절을 모르는 우리에게는, 이 땅이야말로 유일한 고향이다. ……그러나 군주의 자격이 없는 인간을 군주로서 떠받들며 살아갈 수는 없다. 다행히도 그 한 가지에서는 의견이 나뉘지도 않았다.

"그런……가요…….."

이전에는 그라프 자자가 제노스를 버리더라도 어쩔 수 없다며 발언하고 그것을 다리 사우티가 타이른다는 입장이었던 것이다.

그 후로 불과 열흘 정도밖에 안 지났는데, 그동안에 족장들은 사이크레우스와 두 번 얼굴을 마주했다. 특히 지난번 회담에서는 정면으로 사이크레우스를 규탄하고, 상대는 그것을 뻔뻔스럽게 흘려버렸기에 결정적으로 불신감을 부추기는 결과가 되었을지도 모른다.

"물론 우리도 고향을 버리길 바라는 것은 아닙니다, 아스타. 하지만 이 정도의 각오가 없다면 사이크레우스라는 인물의 진의를 헤아릴 수는 없다고 생각한 겁니다."

가즈란 루티무가 조용히 발언했다.

"줄로 슨 일당을 데려가서 그들의 말을 들은 다음, 사이크레우스가 어떠한 행동을 취하는가. 어떠한 말을 내뱉는가. 그에 대해, 제노스의 법에 충실하다는 멜프리드가 어떻게 행동하는가. 그것들을 지켜본 뒤, 우리는 나아가야 하는 길을 선택하고자 합니다. 사이크레우스가 칼을 들지 않는 한, 우리 역시도 칼을 들진 않습니다."

"하지만 회담 자리에서는, 애당초 그 칼을 거두어들이는 거죠?"

"예. 그러니까 당일에는 호위 남자들을 수십 명, 저택 밖에 대기시키게 됩니다. 풀피리 신호로 저택으로 뛰어들 수 있도록, 말이죠."

그렇게까지 구체적인 이야기가 정해져 있었나.

어느샌가, 나는 마른침을 삼키고 말았다.

"그만큼 많은 남자들을 데리고 가는 시점에서, 사이크레우스도 우리의 각오를 짐작할 수 있겠죠. 상대도 그렇게 간단히 칼을 들 수는 없을 겁니다. 우리도 헛되이 목숨을 던질 생각은 없어요."

"예……."

"그리고 이건 아직 결정되지 않았지만, 저는 이 이야기를 역참 마을에 퍼뜨려야 한다고 생각합니다."

"예? 역참 마을에, 말인가요?"

"예. 슨가의 처우를 둘러싸고 우리가 대립하고 있다는 점에 대해서는, 이미 아스타의 입으로 여관의 주인들에게 밝혔을 테지만요. 게다가 자츠 슨 일당을 이용하여 사이크레우스가 여러 죄를 저질렀다고 우리가 의심한다는 사실도, 감추지 않고 역참 마을에 퍼뜨려야 한다고 생각하는 겁니다."

"……그 생각에 대해서는 아직 납득하지 않았다. 그러한 행위에 무슨 의미가 있다는 것이냐?"

그라프 자자가 불신감 가득한 목소리로 그렇게 물었다.

가즈란 루티무는 조용히 그쪽을 돌아봤다.

"그것에는 두 가지 이유가 있습니다. 하나는, 역참 마을의 백성에게는 그 사실을 알 권리가 있다고 생각했기 때문에. 또 하나는, 그러지 않은 상태에서 제노스를 향해 칼을 들어서는 안 된다고 생각했기 때문입니다."

"거기까지는, 좀 전에도 들었다. 어째서 네가 그렇게 생각했는지를 묻는 것이다."

"예. 역참 마을의 백성들에게는, 슨가의 폭거에 고통 받은 당사자들에게는 그것을 알 권리가 있다고 생각하기 때문입니다. 특히 그중에는 가족을 잃은 자들까지 존재한다고 하니까, 그것이 당연한 이야기가 아니겠습니까?"

밀라노 마스나 레이토 소년의 모습이 뇌리에 되살아났다.

그들은 이미 카뮤아 요슈를 통해서 그 사실이 알려졌을 것이다. 하지만 일찍이 자츠 슨 일당에게 살해당한 상단의 인간은 서른 명에 이른다. 그들의 가족 전원에게도 모든 사실을 알 권리가 존재하겠지.

"그리고 또 한 가지는, 설령 사이크레우스와 적대적인 관계에 빠지게 될지라도 그 경위는 제노스의 사람들에게 정확하게 알려야 한다고 생각한 겁니다. 그러고서 제노스의 사람들은 슨가의 백성과 사이크레우스 중에 누군가에게 도리가 있다고 느끼는지── 그러고서 사람들이 사이크레우스를 선택한다면, 그야말로 이 땅에 우리가 있을 장소는 없다고 결정할 수도 있지 않겠습니까?"

"……우리는 타인이 어떻게 생각하든, 스스로가 옳다고 생각하는 길을 나아가면 그것으로 충분하지 않나?"

"그럴까요? 우리도 제노스의 영토에 사는 제노스의 백성입니다. 우리는 목숨을 걸고서 기바를 사냥하고, 그것으로 보호를 받은 논밭의 은혜를 사서 굶주림을 채우고 있다. 숲가의 백성과 마을의 백성, 어느 쪽이 없더라도 이 삶은 성립되지 않는 겁니다. 그렇다면 설령 핏줄이 다를지라도, 큰 의미에서는 제노스에 사는 전원이 동포가 아니겠습니까?"

"…………."

"하지만 우리는 80년 동안, 서로를 기피하며 살았습니다. 도저히 양립할 수 없는 존재라면 그렇게 간섭하지 않고 살아갈 수밖에 없겠지만, 최근 10년 정도로 그 관계를 악화시킨 건 틀림없는 자츠 슨 일당의 존재입니다. 우리가 역참 마을의 백성과 양립할 수 있을지를 확인하려면, 그만큼의 불화와 오해를 풀어야만 시작되지 않겠습니까?"

나는 가즈란 루티무의 주장을 아플 만큼 이해할 수 있었다.

숲가의 백성은 타인들로부터의 평가나 오해 같은 것에 대해 너무나도 무관심하다──는 것은, 무척 이른 단계부터 나도 걱정을 품은 사실이었던 것이다.

그러나 이 자리에 그 말을 제대로 이해할 수 있는 사람은 몇 명이나 있을까. 내가 보기에 그 징조가 느껴지는 것은 고작 두 명밖에 존재하지 않았다. 바로 다리 사우티와 아이 파였다.

"뭐…… 적어도 가즈란 루티무의 의견에 강하게 반대할 이유는 없다. 혹시 사이크레우스가 결백한 몸이었다면, 우리는 죄 없는 자를 의심한 멍청이로 보일 뿐이겠지. 나는 실제로 사이크레우스를 의심하고 있으니까 그런 결과를 두려워하지는 않는다. 오히려 자신이 그릇되었다면, 멍청이라 매도당하는 것으로 어리석을 죄를 갚고자 생각한다."

다리 사우티는 그렇게 말했다.

"어쩐지 어려운 이야기네. 그런 것보다, 마을의 인간을 같은 편으로 삼는 편이 이야기를 유리하게 이끌어갈 수 있다는 거 아냐? 어제도 그런 작전으로 마을 녀석들한테 사정을 털어놨잖아?"

루도 루의 말에 가즈란 루티무는 "물론, 그런 의도도 존재합니다"라고 미소로 답했다.

"그럼 나도 가즈란 루티무한테 찬성이야. 아군은 많을수록 좋은 거라고."

"역참 마을의 인간이 우리의 아군이 된다는 건가? 주모자가 누구였을지라도, 실제로 마을에 피해를 준 건 슨가의 사람들이라고?"

포우의 가장이 의아한 듯 그렇게 묻자 루도 루는 싱긋 웃었다.

"그러니까 그런 부분도 뭉뚱그려서, 전부 알게 해주자는 이야기잖아? 잘못된 건 우리인지 사이크레우스인지, 그걸 정하는 것은 제노스의 영주만으로는 부족해. 실제로 지독한 일을 당한 역참 마을 녀석들한테도 그걸 정할 권리가 있다는 이야기 아냐?"

"흠……."

"불공평하지 않으니까 괜찮잖아. 게다가 우리가 자츠 슨 같은 걸 제멋대로 굴게 둔 것도 사실이니까. 그 지다라는 녀석은 숲가의 백성에 대한 원한은 거두어준 모양이지만, 다른 녀석들도 똑같이 생각할 거라 단정할 순 없겠지? 그중에는, 그래도 숲가의 백성을 계속 원망하는 인간도 있을지 몰라. 그건 그것대로, 제대로 모든 것을 알리고서 원망을 받는 편이, 우리도 납득이 가겠지."

"……꽤나 혀가 잘 돌아가지 않느냐, 루도."

──이제야, 돈다 루가 처음으로 입을 열었다.

"아버지야말로, 꽤나 조용해졌잖아. 무슨 낮잠이라도 자는가 싶었다고."

"까불지 마라. ……여하튼 우리는 우리가 믿는 길을 선택해서 걷고 있다. 그것을 누구에게든 감출 생각은 없다. 가즈란 루티무가 그렇게 하고 싶다면, 멋대로 하게 두면 되지 않겠는가?"

"나는 그래도 상관없다고 생각한다."

다리 사우티는 그렇게 말언하고, 그라프 자자는 침묵을 관철하는 것으로 소극적인 찬성을 표했다.

그때 작은 의문을 던진 것은 베임의 가장이었다.

"하지만 사이크레우스라는 귀족이 결백할 가능성 따윈 있겠는가? 그 문토 같은 남자를 신용하자는 기분은, 요만큼도 안 든다만."

"흥. 그건 이 자리에 있는 모두가 같은 기분일 텐데. 만에 하나라도 그 남자가 아무런 죄도 저지르지 않았다고 증명되었을 때에는── 우리에게 백성을 이끌 자격은 없다는 의미가 되겠군. 그라프 자자, 그리고 다리 사우티여."

"그래. 어찌 되었든, 군주에게 칼을 향하는 것도 어쩔 수 없다고까지 생각하고 있으니까 말이다. 백성을 잘못된 방향으로 이끌려고 한 책임을 지고, 족장의 자리에서 물러나야 하겠지. ……경우에 따라서는 반역의 대죄인으로서 목을 제노스에 바칠 필요도 있을 테니까."

다리 사우티는 시원스럽게 그리 말했다.

베임의 가장은 미심쩍은 듯이 눈을 가늘게 떴다.

"나는 결코 그런 사태에 빠지지는 않으리라 믿고 있지만——그러나 그렇게 가장들을 잃고 만다면, 이번에는 누구를 그 족장으로 올리면 되겠느냐? 설마 또 슨가에 맡기라고 그럴 생각은 아니겠지?"

"그런 건 가장 회의에서 정하면 된다. 의외로 너나 포우의 가장이 선택된다든지 그러진 않겠나?"

"그, 그런 바보 같은 이야기는——."

"우리는 슨가에 버금가는 힘을 가졌기에 족장으로 선택되었다. 하지만 그것이 절대적으로 옳은 이야기라고 단정할 수도 없지. 나나 다리 사우티나 그라프 자자가 길을 그르쳤을 때는, 줄로 슨과 마찬가지로 족장 자리에서 끌어내리는 것이 너희가 할 일이다."

그러면서 돈다 루는 오랜만에 맹수 같은 미소를 지었다.

"그런 각오를 가지고 있지 않는 한, 숲가의 백성은 몇 번이고 같은 잘못을 되풀이하겠지. 족장에게 족장으로서의 자격이 있는가, 그것을 판별하는 것은 숲가의 백성 하나하나의 역할이다."

"그건 확실히 그렇군. 슨가의 폭거를 막아내지 못했던 우리는, 그 실패를 발판으로 계속 걸어가야만 하겠지."

그렇게 말한 뒤, 다리 사우티는 자세를 바로 했다.

"그럼, 이것으로 이야기를 마무리해도 되겠는가. 문제가 없다면, 나는 날이 저물기 전에 이제까지의 이야기를 친족에게 전하고 싶다만."

"아, 저도 하나 전달하고 싶은 게 있었어요. 오늘 또 그 포르아스라는 귀족이 절 찾아왔거든요."

그리고 나는 길게 설명했지만, 별다른 반응은 돌아오지 않았다.

포이탄의 조리법이 어쩌고 해도, 숲가의 사냥꾼들로서는 썩 와 닿지가 않겠지. 그중에 유일, 흥미 깊게 몸을 내민 것은 역시나 가즈란 루티무였다.

"카뮤아 요슈에게는 그런 책략도 있었던 겁니까. 정말로 깊이를 알 수 없는 인물이로군요."

"나로서는 이야기를 전혀 알 수가 없다만, 요컨대 사이크레우스가 가진 힘의 근원은 부에 있고, 그 부를 잃으면 사이크레우스도 힘을 잃는다는 이야기로군?"

벅벅 머리를 긁적이며 다리 사우티가 물었기에, 나는 "그래요"라고 끄덕였다.

"여하튼 그 포르아스라는 귀족의 조력이 없었다면 아스타를 구해내는 것도 어려웠을 테니까, 제멋대로 하게 두면 되겠지. 숲가의 규율에 반할 법한 이야기가 아니라면, 이론은 없다."

돈다 루도 그라프 자자도, 다리 사우티과 같은 의견인 듯했다.

"그럼 이번에야말로 이야기는 끝이로군. 다른 씨족에게 전달하는 것도, 이제까지처럼 포우와 베임이 분담해서——."

다리 사우티가 그렇게 말을 꺼내려던 그때, 현관의 문을 밖에서 두드렸다.

"누구냐"라고 돈다 루가 묻자, "분가의 신 루다"라는 목소리가 돌아왔다.

"마을의 인간이 루의 촌락을 찾아왔다. 시급히 족장들에게 대면시키고 싶다."

"마을의 인간이라고……"라고 실내에 있는 이들은 긴장한 기색을 드러냈다.

"그건 대체 어디의 누구냐? ……아니, 얼굴을 보는 편이 빠르지. 루도, 문을 열어줘라."

루도 루는 고개를 끄덕이고, 칼을 손에 들고서 현관으로 달려갔다. 루가의 인간 이외에는 다들 칼을 맡겨버린 것이었다.

말석에 있던 우리는 자연스럽게 현관에 가까운 위치였기에, 아이 파가 신중하게 무릎을 세우고서 나를 감싸려 했다. 그래서 나는 아이 파의 날씬한 허리와 팔 사이로 그자들의 모습을 보게 되었다.

커다란 인간과 작은 인간이었다. 큰 쪽은 모르는 인물이고 작은 쪽은 아는 인물이었다.

"오래 기다리셨습니다, 숲가의 여러분. 늦은 귀환이 되어버려서 죄송합니다."

"레이토! 너였나!"

나도 그만 몸을 들썩이고 말았다.

황갈색의 폭신해 보이는 머리카락에, 밝게 빛나는 갈색 눈동자. 호리호리한 몸에 여행용 망토를 두르고 생글생글 웃는 그 소년은, 카뮤아 요슈의 제자인 레이토 소년이었던 것이다.

그럼 그 옆에 있는 것은 호위인 《수호자》 같은 사람일까. 흑갈색 머리카락을 뒤로 묶고 숲가의 사냥꾼에도 뒤지지 않는 강인한 용모와 탄탄한 육체를 가진, 무척 실력이 강해 보이는 장년 남성이었다.

레이토 소년과 같이 망토차림의 여행용 복장이지만, 그 틈새로는 낡은 가죽 가슴갑옷과 토시, 그리고 허리에 찬 반월도의 칼집이 엿보였다.

"카뮤아 요슈의 종자인가. ……네가 나타났다는 건, 간신히 목적을 이루었다는 뜻인가?"

돈다 루의 말에 레이토 소년은 "예"라며 끄덕였다. 이만한 숫자의 사냥꾼을 앞에 두고서도 미소를 무너뜨리지 않는 것은, 역시나 강심장이었다.

옆의 덩치 큰 남자 쪽은 사자처럼 투박한 얼굴에 경계와 불신의 표정을 지으며 사냥꾼들의 모습을 둘러보고 있었다.

"그래서, 주인 쪽은 어떻게 되었느냐? 게다가 분가 녀석들도 무사히 돌아온 거겠지?"

"아뇨. 카뮤아와 루가의 사람들은 아직 귀환하지 않았습니다. 호민병단이 제노스 북방에 진을 치고서 무언가 험악한 분위기였기에, 저희만이 몰래 멀리 돌아서 돌아온 겁니다."

"흥. 그럼 도적단 수령의 반려라는 여자도, 아직 제노스 밖에 있다는 건가."

이 질문에는 "아니오"라는 말이 돌아왔다.

"어쩌면 카뮤아 쪽은 하얀 달 15일에도 때를 못 맞출지도 모릅니다. 그래서 저희만이 돌아온 겁니다. ……죄송합니다만, 중요한 증인을 회담 날까지 감추어주실 수 없을까요?"

"마을의 인간인 여자를, 이 촌락에서 말인가? 그런 거, 여자 쪽에서 못 견딜 거라고."

"그럴까요? 아마도 괜찮을 거라고는 생각하는데……."

레이토 소년은 미소 그대로, 옆의 덩치 큰 남자를 올려다봤다.

남자는 "흥" 하고 거칠게 코웃음 쳤다.

"그런 약한 여자가 붉은 수염 골람의 반려가 될 수 있겠나. 숲가의 백성인지 뭔지 모르겠지만, 가제의 표범보다 흉악하진 않겠지."

가제의 표범이란 붉은 수염 골람의 아들 지다가 사냥꾼으로서의 역할에 힘썼다는 마살라라는 산에 서식하는 짐승의 이름이다.

그렇다면 지다의 어머니도 아들과 함께 사냥꾼으로서의 역할에 힘썼다는 이야기일까.

그건 그렇고── 그 남자의 목소리는 잔뜩 갈라져서 묘하게 알아듣기 힘들었다. 박력도 무척 넘쳐서, 크게 말하면 돈다 루 수준의 천둥 같은 포효가 될 것 같았다.

"그럼 부디 부탁할 수 없을까요? 아마도 사이크레우스에게는 저희가 제노스로 돌아왔다는 사실도 알려지진 않았을 테니까, 주의를 게을리 하지만 않는다면 폐를 끼칠 일도 없을 겁니다."

"장황하게 말하기 전에, 그 여자라는 녀석을 데려와라. 대답 을 하는 건, 그 여자의 얼굴을 본 다음이다."

"예…… 그럼 소개드릴게요."

벌레 하나 못 죽일 미소로 레이토 소년은 옆의 남자를 가리켰다.

"이 사람이 《붉은 수염당》의 당수, 붉은 수염 골람의 반려이신 마살라의 바르샤입니다. 앞으로 닷새 동안, 모쪼록 잘 부탁드립 니다."

"잘 부탁하지…… 아, 나도 머릴 숙여야 하나?"

날이 선 굵은 목소리로, 그 남자──가 아니라 붉은 수염 골람 의 아내 바르샤는, 짓궂게 입가를 일그러뜨리며 그렇게 말했다.

당연하게도, 어안이 벙벙한 나머지 말을 잃은 것은 나 하나가 아니었나 보다.

4

밤이었다.

나와 아이 파는 또다시 루의 촌락 빈 집에 자리 잡고 있었다.

오늘밤이야말로 파가로 돌아가야 한다며 아이 파는 벼르고 있었지만, 역시나 하얀 달 15일까지는 루의 촌락에 머무르는 것이 무난하리라고 돈다 루가 말을 건넨 것이었다.

"파가는 어느 집에서도 눈길이 쉽게 닿지 않는 장소에 있을 텐데? 혹시 그곳에서 수십 명의 적에게 포위당한다면, 정말로 너 혼자서 집안사람을 지킬 수 있겠느냐?"

그렇게 말하니 제아무리 아이 파라도 입술을 깨물 수밖에 없었던 것이었다.

그리고 그 입술은 지금, 이 이상 없을 정도로 삐죽 내밀고 있었다. 벽에 기대어 한쪽 무릎을 끌어안고는 고개를 홱 돌리며 입술을 삐죽이는 그 모습은, 안타깝게도 가장다운 위엄과는 거리가 멀고, 게다가 어린아이처럼 사랑스러웠다.

하지만 아이 파의 기분이 나쁜 것에는 커다란 원인이 하나 있었다. 그러니까 우리와 함께 빈 집에 자리 잡은 네 인물의 존재였다.

그것은 루도 루와 신 루, 바르샤와 레이토 소년이었다. 우리는 루의 촌락에 머무르는 것만이 아니라 이들과 같은 지붕 아래에서 밤을 보내도록 명령을 받은 것이었다.

"아니, 너희는 본가에서 쉬어도 된다고? 아버지도 그러는 게 더 안전하다고 그랬잖아? 이 녀석들의 감시는 우리가 맡을 테니까."

루도 루는 그렇게 말해주었지만 아이 파가 응할 리도 없었다.

아이 파로서는 같은 집에서 지내는 인간의 숫자가 늘면 늘수록 더더욱 기분이 나빠질 뿐인 것이다, 틀림없이.

뭐, 하여튼 차분한 기분이 아니라는 점에서는 나도 마찬가지였다.

"흥. 그건 그렇고, 꽤나 귀여운 인간만 모여 있네. 이건 남편을 빨리 잃은 나를 환대해 주겠다는 생각이기라도 한 건가?"

넓은 방 중앙에 떡하니 진을 친 바르샤가 과실주를 들이키며 호쾌하게 웃었다. 이미 이 인물과 얼굴을 마주하고 몇 시간이 지났지만 역시나 여성이라고는 좀처럼 믿지를 못하는 나였다.

디알을 남자아이라고 착각해버렸을 때에는 온갖 사람들에게 비난을 받았지만, 이번만큼은 누구에게도 책망당할 일은 없다고 생각한다.

어쨌든 일단 몸이 컸다. 키는 180센티미터 오버이고, 어깨 폭은 넓고, 몸통은 두껍고, 팔이나 어깨에는 낮은 산 같은 근육이 부풀어 있었다. 지자 루나 가즈란 루티무에게도 지지 않는 강인한 체격의 소유자인 것이었다.

조악한 천 옷 위에 가죽 가슴갑옷을 두르고 있으니까, 그곳에서도 여성으로서의 특징을 확인할 수는 없었다. 양반다리로 앉아서 과실주 흙병을 기울이고 두려움도 없이 우리를 마주보는 그 모습은, 역참 마을에서도 자주 보는 퇴물 용병 무뢰한 같았다.

"당신도 꽤나 실력은 있는 모양인데 말이야. 모쪼록 바보 같은 생각은 하지 말라고? 손님이든 뭐든, 요만큼이라도 이상한 움직임을 보인다면 안 봐줄 거니까."

외모를 두고 비아냥거리자 화가 난 루도 루가 험악한 목소리를 높이자 바르샤는 "무서운 도령이네"라며 어깨를 으쓱였다.

"너희가 겉모습 그대로 귀여운 인간이 아니라는 것 정도, 나도 싫을 만큼 잘 알아. 나 하나한테 이렇게까지 경계해준다니, 참으로 영광이네."

아이 파랑 루도 루, 신 루는 칼을 들고 있는 것과 달리, 그녀가 가지고 있던 반월도는 본가에 맡겨졌다.

게다가 처음에 몰래 아이 파에게 확인했더니, "아들만큼 익숙한 솜씨는 아니로군"이라는 이야기도 있었다.

하지만 숲가의 사냥꾼을 두려워할 법한 기질은 아닌지, 그녀는 만나고서 현재에 이르기까지 항상 의연하고 때로는 오만하게 행동하고 있었다.

그 강한 빛을 가진 거무스름한 눈동자가 나와 아이샤를 봤다.

"자. 그럼 나도 용건을 마쳐볼까. ……파가의 아이 파랑 아스타였던가? 우리 아들 지다와 엮였다는 건 너희겠지? 그 방탕한 아들놈에 대해, 너희가 알고 있는 이야기를 들려줘."

"예. 숲가에서 지다와 가장 깊이 엮인 건 틀림없이 나겠죠."

아이 파는 뾰로통 모드를 지속 중이었기에 내가 이야기하게 되었다.

아무래도 바르샤라는 인물은 아들의 행방을 좇아서 제노스까지 찾아왔다, 라는 것이 본래의 용건이었나 보다.

"나는 딱히 새삼스레 남편의 원수를 갚고 싶다는 생각은 없어."

낮에 바르샤는 그렇게 말했다.

"우리는, 도적단이었어. 의적이니 뭐니 떠들어봐야 법을 어겼다는 사실에 변함은 없지. 처형 이유는 잘못되었더라도, 어차피 처형은 면할 수 없는 몸이었어. 병사들한테 붙잡힌 시점에서 골람의 운명은 끝이 난 거야."

그러니까 반려와 동포를 잃은 그녀는 유일하게 수중에 남겨진 어린 아들을 데리고 마살라 기슭에서 은둔 생황을 시작했다고 한다. 위험한 육식짐승이 서식하는 산에서 사냥꾼으로서 사는 것이 은둔 생활이 된다는 것도 꽤나 굉장한 이야기이지만, 어쨌든 그런 이야기였던 것이다.

"하지만 아들은 긍지를 가지고 살았으면 했어. 그래서 아버지 골람이 어떤 인간이었는지를 자장가 대신에 들려주며 키웠는데, 그게 이렇게 틀어져 버렸다는 거지."

지다가 한 사람의 사냥꾼으로서 힘을 길렀을 무렵, 그는 누명을 쓰고 처형당한 아버지의 원수를 갚아야 한다는 생각이 이르렀지만, 어머니인 그녀는 그것을 허락하지 않았다. 그러자 그는 산기슭의 집을 뛰쳐나와서 마살라 산중에 틀어박히고, 혼자서 사냥꾼으로서의 일에 힘쓰며 어머니 앞에는 모습을 드러내지 않게 되어버렸다고 한다.

그래도 언젠가는 머리를 식히고 돌아올 것이라며 그녀도 변함없는 생활을 계속했지만, 지다는 일 년을 들여서 힘을 더욱 기르더니 홀로 제노스로 떠나버렸다. 아버지의 원수인 숲가의 백성이 역참 마을에서 뻔뻔스럽게 장사를 시작했다는 소문을 행상인으로부터 듣고서——라는 것이, 그 무모한 행동의 방아쇠가 된 것이었다.

"……그럼 네가 그 장사를 시작한 숲가의 백성이었다는 거로군."

모든 이야기를 들은 뒤, 바르샤가 얼굴을 불쑥 가져다댔다.

무두질한 가죽 같은 질감의, 볕에 제대로 탄 황갈색 피부였다. 눈알이 뎅그렇게 크고, 눈썹 등은 거의 닳아버렸다. 코도 입도 큼지막하고 탄탄한 아래턱은 기바의 뼈도 씹어 먹을 수 있을 것 같았다. 나이는 삼십대 중반 정도일까. 어쨌든 사자를 연상케 하는 험상궂은 용모였다.

"《붉은 수염당》에게 죄를 뒤집어씌운 숲가의 백성이란 건, 도적단보다도 두려움을 사는 무법자 집단이라는 평판이었지. 제노스에서도 배척당하는 무뢰배들이었으니 내버려두면 언젠가는 그 녀석들도 성의 녀석들에게 처형당할 거라고, 나는 그렇게 지다를 타일렀다고."

"예."

"그런데 그런 숲가의 백성이 제노스의 역참 마을에서 장사를 시작하고, 게다가 상당한 호평을 부르고 있다는 이야기였으니까 말이야. 그러니 그 바보 아들놈도 머리에 피가 올랐을 테지. 숲가의 백성은 어떠한 죄를 저질러도 용서를 받느냐는 식으로 말이야."

지다 본인도 확실히 그렇게 말했다.

그렇기 때문에 그도 처음부터 내 포장마차로 조준을 정하고서 감시했던 것이다.

"뭐, 오는 도중에 제노스의 뒷사정이라는 녀석은 카뮤아 요슈한테서도 잔뜩 들었으니까, 새삼스럽게 너희를 책망할 생각은 없지만 말이야. ……게다가 뭐, 그만큼 맛있는 요리였다면 호평이 돌 법도 하겠지. 이런 숲속에서 그런 맛있는 식사를 먹을 수 있다니, 나는 상상도 안 했다고."

오늘은 나도 저녁 식사 준비를 도왔다.

돈다 루에게도 지지 않는 식욕을 발휘해서 그 요리들을 비우던 바르샤는, 씨익 용맹한 미소를 짓고는 또다시 진지한 표정을 되찾았다.

"하지만 흑막이 귀족님이라는 건 성가신 이야기네. 그런 걸 적으로 돌렸다가는, 지다도 더더욱 무사히 넘어갈 수는 없잖아."

"예. 하지만 지다는 우리가 정말로 사이크레우스의 죄를 밝혀낼 수 있는지, 그것을 지켜볼 때까지 움직일 생각은 없다고 했어요. 우리는 지다를 위해서라도 사이크레우스를 어떻게든 해야만 해요."

"호오, 지다를 위해서라도?"

"예. 숲가의 백성이 사이크레우스를 심판할 수 있다면 지다가 손을 더럽힐 필요도 사라질 테니까요."

"흐응. 너희는 꽤나 의리가 두텁구나."

"의리가 두텁다고 할까―― 흑막이 사이크레우스였을지라도, 실제로 악행을 저지른 건 슨가라는 숲가의 인간들이었어요. 숲가의 백성이 그에 책임을 느끼는 건 당연한 일이겠죠."

자연스럽게 나는 바르샤 옆에 있는 레이토 소년 쪽으로도 의식을 향하게 되었다. 그는 바로 《붉은 수염당》이 뒤집어쓴 자츠 슨 일당의 큰 죄악의 피해자―― 전멸당한 상단 수장의 남겨진 아이다.

내 시선을 깨닫고 레이토 소년은 싱긋 웃었다.

"자츠 슨 일당의 죄가 밝혀진 시점에서, 숲가의 백성의 속죄는 끝난 것처럼 여겨지기도 하지만요. 뒤에 남겨진 숲가의 백성은, 말하자면 족장에게 배신당한 피해자의 입장일 테니까."

"그건 아니겠지. 결국 우리는 그 카뮤아라는 아저씨가 움직일 때까지는, 자츠 슨 일당이 그만한 죄를 저질렀다는 사실조차 깨닫지 못했으니까."

기분 나쁜 듯 루도 루가 대꾸했지만 레이토 소년의 미소에 변화는 없었다.

"그래도 당신들은 카뮤아가 움직이기 전에 슨가를 족장 자리에서 끌어내리지 않았습니까. 혹시 그 시점에서 아직 슨가가 숲가의 족장이었다면, 숲가의 백성은 지금보다도 힘겨운 입장에 섰을 거라 생각한다고요?"

"……넌 우리를 원망하지 않아?"

"아버지가 자츠 슨 일당에게 살해당한 건, 제가 태어나기 전의 이야기니까요. 어머니도 그를 뒤따르듯이 돌아가셨고 길러 주신 아버지인 밀라노 마스도 제 앞에서는 숲가의 대죄인에 대해서 이야기한 적은 없었으니까, 제게는 자신이 피해자라는 기분이 그다지 생겨나질 않았던 겁니다."

하지만 그도 자츠 슨이 붙잡혔을 때에는 눈물로 뺨을 적셨던 것이다.

어쩌면 루도 루도 그 모습을 보았던 걸까. 지금은 생글생글 천진난만하게 미소 짓는 레이토 소년의 얼굴을 노려보며 루도 루는 황갈색 머리를 휘저었다.

"너 말이지, 그렇게 사는 거 피곤하진 않아?"

"예. 아직 피로를 느낄 정도의 나이가 아니니까요."

열 살 남짓에 그런 대답을 할 수 있는 어린이가 과연 이 세상에 몇이나 존재할까.

"어쩐지 귀찮은 이야기로군" 하고 바르샤도 미간을 찌푸렸다.

"그래서 이야기를 되돌리겠는데, 지다가 훌쩍 이 촌락에 나타나거나 그러진 않나?"

"글쎄, 어떨까요. 내가 마지막으로 대화를 나누었을 때도 마치 이번 생에서의 이별 같은 인사가 돌아왔으니까요. 숲가의 백성에 대해서는 그렇게까지 우호적인 심정은 없는 모양이니까, 조금 어려울지도 모르겠네요."

"하지만 귀족에게 붙잡힌 너한테 굳이 모습을 드러낸 거잖아? 딱히 자랑할 이야기도 아니겠지만, 그 녀석이 가족도 아닌 인간을 위해서 그렇게까지 몸을 던지는 일은 좀처럼 없을 텐데 말이지."

그러면서 바르샤는 내 모습을 빤히 훑어봤다.

"네가 상당히 마음에 들었든지…… 아니면 원망할 상대를 잘못 골랐다는 것에 죄책감이라도 가졌든지 말이야."

"그러네요. 숲가의 대죄인도 흑막에게 조종당한 것에 불과했다고 알았을 때에는 상당한 충격을 받은 모양이었어요."

파가의 집 앞에서 당장에라도 울음을 터뜨릴 것 같은 표정이던 지다의 모습을 떠올렸다.

'모든 대죄인이 절멸했다니…… 나는 누구에게 칼을 휘둘러야 하지……?'

지다는, 그렇게 말했다.

나로서는 복수가 올바른 행위로는 여겨지지 않는다.

하지만 지다나, 바르샤나, 레이토 소년이나, 그리고 밀라노마스 등은 부를 원하는 악랄한 인간들의 음모로 가족을 잃고 말았다.

자츠 슨 일당은 십 년의 시간을 지나서 그 죄를 목숨으로 갚게 되었지만, 아직 심판당하지 않은 인간이 존재한다면 그것은 역시 내버려둘 수는 없다고 생각한다.

"하지만 나 같은 걸 끌어내봐야, 귀족한테 맞설 수 있을 것 같지도 않다만."

그러면서 바르샤는 거칠게 과실주를 들이켰다.

"확실히 나는《붉은 수염당》녀석들이 사람을 죽이거나 하지는 않았다는 걸 누구보다도 잘 알아. 하지만 아들이 태어날 때까지는 나도 그 《붉은 수염당》의 일원이었다고. 도적이었던 인간의 말 따위를 성의 녀석들이 중시한다니, 도저히 그럴 것 같진 않네."

"하지만 당신은 그 성의 인간과 접촉한 적도 있다고요? 그러니까 카뮤아는 당신의 존재가, 사이크레우스가 저지른 죄의 증거라도 된다고 판단했을 거예요."

그렇다, 그것이 오늘 우리에게 밝혀진 새로운 사실이었다.

세상에나, 《붉은 수염당》의 멤버들은 누명을 쓰기 전, 사이크레우스의 부하와 접촉했다는 것이었다.

"정말로 그게 성 밑 마을의 인간이었는지는 모른다고? 그저 유복해 보이는 옷차림이었을 뿐이라서 말이지."

"하지만 그 인물이 바너엄의 사절단을 습격하도록 부추겼잖아요? 아마도 사이크레우스는 자츠 슨을 부하로 삼기 전에는, 《붉은 수염당》을 부하로 삼고자 획책했던 거예요. ……카뮤아는 그렇게 말했어요."

그것은 낮에도 족장들 앞에서 나온 이야기였다.

사이크레우스는 원래 《붉은 수염당》을 수하로 두고자 획책했고, 그것에 실패했기에 성급하게 토벌대를 편성한 것이라고.

《붉은 수염당》과 자츠 슨 양쪽을 이용하려고 했는지, 혹은 《붉은 수염당》 회유에 실패했기에 자츠 슨처럼 다루기 곤란해 보이는 남자를 이용할 수밖에 없었는지── 아무래도 거기까지는 판단할 수 없지만, 어쨌든 《붉은 수염당》에 대해서는 그런 자세였다고 한다.

"하지만 하나 납득이 안 가는 점이 있네요."

그때 나는 낮부터 느끼던 의문을 입에 담기로 했다.

"그런 건 《붉은 수염당》 멤버나, 또는 사이크레우스 진영의 인간만이 알 수 있는 뒷사정이겠죠. 그런데 카뮤아는 처음부터 당신의 존재가 결정적인 수단이 된다며 자신만만한 모습이었어요. 그는 대체 어떤 수단을 써서 그런 기밀사항을 입수할 수 있었을까요?"

"기밀사항도 뭣도 아냐. 나랑 골람은 처음부터 그 카뮤아 요슈와 아는 사이였으니까."

"……예?"

"딱 그 수상쩍은 남자가 수상쩍은 이야기를 가져왔을 무렵이었으니까, 십 년도 더 전의 과거 이야기가 되겠네. 아직 《수호자》로서도 신참이었던 그 카뮤아 요슈와 우리 골람이 술집인가 어딘가에서 맞닥뜨리고는 의기투합해 버렸거든. 자칫 잘못했다가는 그 금발 도령도 《붉은 수염당》에 입단하게 되지 않았을까."

나는 맥없이 풀썩 주저앉을 뻔했다.

어디까지 사람을 희롱하면 만족하는 걸까, 그 사람은.

그런 내 모습을 바라보며 레이토 소년은 또다시 미소 지었다.

"카뮤아는 십 년 이상이나 서쪽 왕국을 방랑했으니까요. 저도 놀랐을 정도로 다양한 장소에서 다양한 사람들과 인연을 맺은 겁니다. 그런 인연의 끈을 연결해서 자기 취향의 그림을 그리는 게, 틀림없이 카뮤아가 살아가는 보람이겠죠."

"어…… 그러니까 이건, 우연이 아니라 필연이었다는 건가?"

"예. 몇백의 인간과의 인연을 가진 카뮤아가, 이번에는 《붉은 수염당》이나, 저나, 밀라노 마스나, 제노스 영주 등과의 인연의 끈을 골라내어서 사이크레우스를 타도한다는 그림을 그리기 시작한 거겠죠. 저는, 그런 식으로 해석하고 있습니다."

"정말로 기가 막히네. 그런 건 마치 신 같은 존재가 인간의 운명을 가지고 노는 것 같은 이야기잖아."

다소 불쾌하다는 듯 바르샤가 그렇게 말하자 레이토 소년은 귀엽게 고개를 갸웃거렸다.

"그래도 카뮤아는, 자신도 하나의 끈에 불과하다는 자각은 가지고 있는 모양이에요. 그러니까 자신이 열심히 움직이지 않는 한, 바라는 결과는 얻을 수 없다면서 웃었죠."

"틀림없이 그 금발 도령은 편하게 죽진 못하겠네. 뭐, 나도 남더러 이러쿵저러쿵 할 수 있을 만큼 잘 사는 건 아니지만."

그리고 바르샤는 강한 눈빛으로 실내에 있는 인간 전원을 둘러봤다.

"여하튼, 이 서쪽 왕국에서 정면으로 귀족을 거스르다니, 무모해. 그런 짓을 해봐야 승산은 없어. 바로 그렇게 생각했기에 우리 남편도 도적단으로 분장하고 어찌어찌 반항할 수밖에 없었던 거야. ……그러다가 결국 끝내는 처형당해 버렸으니까 말이야."

"예. 하지만 카뮤아는 제노스 영주 마르스타인과 인연을 맺고, 그리고 멜프리드나 포르아스라는 귀족들을 아군으로 만드는 것에 성공했습니다. 이대로 간다면 역참 마을의 통치자인 사투라스 백작가도 끌어들일 수 있을 테니까, 그렇게 된다면 사이크레우스를 고립시키는 것조차 가능해질지도 모르지요."

그렇게 말하고 레이토 소년은 내 쪽으로 시선을 향했다.

"그건 그렇고, 숲가의 백성이 이미 포르아스를 끌어들였을 줄은, 아무리 카뮤아라도 예상하진 못했습니다. 사실은 제노스로 돌아올 수 없는 카뮤아 대신에 제가 내일에라도 포르아스에게 교섭을 할 계획이었는데요."

"응. 뭐, 낮에도 이야기했다시피 내가 바보짓을 해버린 탓에, 그 사람을 의지할 수밖에 없게 되어버렸어."

"정말로 큰일이었네요. 사이크레우스의 딸이 그런 짓에 이른 것도, 카뮤아에게는 예상 밖의 일이었습니다. 하지만 그것을 계기로 사이크레우스를 비난하는 분위기가 역참 마을에 생겨나는 모양이니까, 아스타가 지독한 일을 겪은 보람은 있었다고 생각해요."

그건 잘 됐네, 그렇게 기뻐할 입장이 아니다. 루도 루도 무척 기분 나쁘다는 표정을 짓고 말았다.

하지만 레이토 소년은 어디까지나 쾌활하게 웃으며 더욱 말했다.

"이건 카뮤아가 자츠 슨 일당을 함정에 빠뜨리려고 했을 때와 비슷한 상황일지도 모르겠네요. 이것저것 작전을 세우던 카뮤아가 움직이기 직전에, 숲가의 백성이 직접 움직여서 상황을 바람직한 방향으로 바꾸어주었던 거죠. 같은 상대를 적으로 돌리고 있으니까 그건 이상한 이야기가 아닐지도 모르겠지만, 바람은 이쪽으로 불고 있다는 걸 실감할 수 있습니다."

"저기, 도령. 너는 카뮤아 요슈의 제자라고 그랬는데 말이야. 스승이 사는 모습을 그대로 흉내 낼 필요는 없잖아?"

바르샤가 날이 선 목소리로 레이토 소년을 나무랐다.

"인간한테는, 저마다의 기분이나 감정이라는 게 존재하거든. 그걸 잊고 타인이나 자신의 운명을 가지고 노는 짓을 되풀이 하다가는, 끝내는 지독한 꼴을 당할지도 모른다고?"

"저는 딱히, 운명을 가지고 논다는 생각은 없습니다. 그저 신이 내린 운명을 그대로 받아들이더라도 행복하게 살 수는 없을지도 모른다고 생각해버렸을 뿐이에요."

"……그런 말투가 좋지 않다고 하는 거야."

찌푸린 표정으로 말하고, 바르샤는 가슴 앞으로 오망성을 그리듯 손끝을 움직이고는 입 안으로 무언가를 중얼거렸다. 서방신 셸바에게 불경의 용서를 구하는 것일지도 모른다.

"여하튼, 이미 주사위는 던져졌어요. 과거에 사이크레우스가 저지른 악을 밝힐 때까지, 카뮤아는 계속 움직이겠죠."

"하지만 그 카뮤아는, 회담 날까지는 돌아오지 못할 것 같잖아? 모든 것을 잣슈마나 멜프리드에게 맡기고서, 카뮤아 본인은 불안하지 않을까?"

내가 중간에 끼어들자 레이토 소년은 "으—응" 하고 귀엽게 생각하는 모습을 드러냈다.

"물론 카뮤아 본인이 때를 맞출 수 있다면 더할 나위 없겠지 만요. 북쪽이 진을 쳤다는 호민병단이 숲가의 백성 복장을 한 도적이라는 걸 붙잡기 위해서 편성된 토벌대였다면—— 그걸 돌파하는 건 조금 곤란하겠죠."

"역시 사이크레우스는 카뮤아와 함께 있는 루가의 남자들을 도적으로 볼 생각일까?"

"거기까지는 알 수 없겠죠. 하지만 우리가 머무르고 있던 바 너엄 마을에까지도 도적 이야기는 전해지고 있었으니까, 카뮤 아도 그 생각은 상정하고 있을 겁니다."

그 사람은 멀리 떨어진 타향에서도 역시나 의뭉스러운 미소를 지으며 이것저것 계획하고 있는 걸까.

어쩐지 허탈한 분위기의 침묵이 내려앉고, 그에 저항하듯 바 르샤가 크게 목소리를 높였다.

"너희도 성가신 이야기에 끼어들고 말았네. 사냥꾼은 사냥꾼 답게 산속에 틀어박혀 있으면, 이런 귀찮은 이야기도 벌어지진 않았을 테지?"

"예. 하지만 카뮤아 요슈와는 관계없이, 숲가의 백성은 사이 크레우스와 나쁜 인연을 맺고 말았으니까…… 아무도 현재의 상황은 어떻게 하더라도 피할 수 없는 일이었다고 생각해요."

"흐응? 아까운 이야기네. 이렇게나 어엿한 사냥꾼이 몇백 명이나 모여 있는 산은 좀처럼 없을 텐데."

그러자 루도 루가 살짝 평소의 표정으로 돌아와서 몸을 내밀었다.

"그러고 보니, 당신도 사냥꾼이지? 나, 아이 파 이외에 여자 사냥꾼을 보는 건 처음이야."

"그래. 나는 원래 마살라 출신이었으니까. 열여덟 되던 해에 고향을 뛰쳐나와서, 그리고 골람과 만나게 되고── 그러다가 결국에는 그 새로운 생활을 잃고, 가족도 남아 있지 않은 고향으로 다시 돌아가게 된 거지."

"흐─응. 하지만 당신은 사냥꾼의 옷을 입고 있지 않네. 그 지다라는 녀석은 무슨 표범이란 짐승의 모피를 입고 있다던데."

"가제의 표범의 모피겠네. 그런 걸 입고 있다면 이 부근에서는 어쩔 수 없이 눈에 띄겠지? 그러니까 집에 두고 왔어."

낮부터 무거운 화제만 있다 보니, 슬슬 다들 사이크레우스 이야기에는 질린 걸지도 모르겠다.

뭐, 필요한 정보는 대강 교환할 수 있었다. 돈다 루 쪽에서도 일단은 바르샤의 말을 신용해서 촌락에 두는 것을 허락했으니까, 이제는 하얀 달 15일을 기다릴 수밖에 없겠지.

그런 생각을 하며 나도 어깨의 힘을 빼려고 했지만, 이제까지 계속 침묵을 관철하던 아이 파가 갑자기 입을 열었기에 무심코 가슴이 두근거렸다.

"마살라의 바르샤여. 그럼 당신은…… 태어날 때부터 사냥꾼의 혈통이었다는 건가?"

바르샤는 억세 보이는 아래턱을 긁적이며 아이 파 쪽을 돌아봤다.

"사냥꾼의 혈통이라니, 그런 거창한 건 아니지만. 마살라의 기슭에서 태어난 이상에는, 바로바로 새를 사냥하는 것 정도밖에 먹고 살 방법이 없거든. 가제의 표범을 죽여서 한 사람의 사냥꾼으로 인정받은 건, 아마도 열다섯 무렵이었을까."

"……나도 처음으로 기바를 혼자서 사냥할 수 있었던 건 열다섯 되던 해였다."

"호오. 기바라는 건, 가제의 표범에 지지 않을 만큼 흉포한 짐승이겠지? 그런 가느다란 팔로, 대단하잖아."

바르샤는 유쾌한 듯 입가에 미소를 지었다.

용맹하고 사나운, 그러면서도 매력적인 웃음이었다.

"하지만 확실히 사냥꾼다운 멋진 눈빛이로군. 마살라에도 여자 사냥꾼은 그렇게 많지 않았어. 나처럼 커다랗게 태어났다면 그다지 고생하진 않겠지만, 역시 여자의 몸으로 숲을 뛰어다니는 건 힘드니까 말이야."

"……당신은……."

"음, 뭐지?"

"아니…… 당신은 사냥꾼인데, 아이를 낳은 건가?"

나는 숨을 삼키고 말았다.

하지만 바르샤는 변함없는 태도로 웃고 있었다.

"아까도 이야기했잖아? 지다를 낳은 건, 마살라를 떠난 뒤의 일이야. 가족 전원이 가제의 표범에게 당해버리고 아내로 받아 줄 사람도 없었으니까, 나는 일단 고향을 버렸지. 그리고 힘을 인정받아서 《붉은 수염당》에 입단하게 되고, 2년도 안 지나서 지다를 얻고── 그리고 금세 남편도 동포도 모두 죽어 버렸으니까, 또다시 사냥꾼으로서 살아갈 것을 결심했지."

"……그런가."

이유도 없이 심장이 두근대고 말았다.

아니── 이유야 처음부터 분명했다. 루도 루가 말했다시피, 그녀는 우리가 처음으로 본, 아이 파 이외의 여자 사냥꾼이었던 것이다.

그 점을 의식하지 않고 이제까지 지낼 수 있었던 건, 역시나 사이크레우스 쪽에 신경이 쏠려 있었던 것과── 그리고 바르샤가 어설픈 남자보다도 훨씬 억센 용모를 가진 탓이었을까.

"마살라의 여자 사냥꾼도, 대부분 아이를 낳으면 사냥꾼 일은 그만둬. 아이가 태어나면 몇 년은 산으로 들어갈 수도 없게 되니까, 그러는 사이에 사냥꾼으로서의 힘을 잃고 말지."

"그런가."

"하지만 뭐, 나는 애당초 남자한테도 지지 않는 힘을 가지고 있었으니까. 따로 동화를 벌 수단도 없었으니, 죽기 살기로 사냥꾼으로서의 힘을 되찾은 거지."

"……그런가."

"아마도 지다가 없었다면 그런 힘을 짜낼 수도 없었을 테지. 그 아이가 있었으니까, 나도 자신의 목숨을 포기하지 않았어."

"…………."

아이 파의 얼굴은 어떠한 표정도 짓고 있지 않았다.

다만 푸른 눈동자에는 무언가를 굉장히 고민하는 것 같은 빛이 깃들어 있었다.

나는 조금 견딜 수가 없어서, 다른 사람들에게 시선을 향해봤다.

레이토 소년은 생글생글 웃으며 두 사람의 대화를 듣고 있었다.

아이 파 이상으로 조용한 신 루는 창밖으로 시선을 향하고서 방심 없이 밖의 기척을 살피는 모양이었다.

그리고 루도 루는—— 나와 시선이 마주치자마자 익살스러운 느낌으로 윙크를 했다.

나는 의미도 없이 고개를 가로젓고, 그리고는 작게 한숨을 내쉬었다. 심장은 전혀 진정되지를 않았다.

"그런데 나는 하얀 달 15일까지 이 촌락에 틀어박혀 있어야만 하는 거지?"

아이 파가 입을 다물어 버렸기에 바르샤가 루도 루 쪽으로 시선을 되돌렸다.

"마을에 내려가지는 말라고 그랬는데, 설마 이 집에서 한 발짝도 나가지 말라고 그러지는 않겠지?"

"글쎄, 어떨까. 아무리 귀족들이라도 대낮부터 섣불리 숨어들 수는 없을 테지만. 집 안에 있는 게 가장 안전하다는 건 확실하겠지."

"농담이 아니라고. 나흘이나 밖에 나가지도 못하다니, 너무 지루해서 죽어버릴 거라고."

"그런 이야기는 아버지한테 해줘. ……뭐, 지루하다면 장작이라도 패면 되는 거 아냐?"

그것은 루도 루의 가벼운 농담에 불과하게 여겨졌지만, 바르샤는 무척 기쁜 듯 눈을 반짝였다.

"그래그래, 그렇게 몸을 쓰는 일이라도 시켜준다면 불만은 없어. 아무 일도 안 하고 잘 장소와 식사를 대접받는 것도 영 마음이 불편한 이야기니까 말이야. 뭐든 지루하지 않게 보낼 수 있도록, 너도 아버지한테 부탁해줄 수는 없을까, 도령?"

"도령이 아니야. 루도 루다."

"아, 어엿한 사냥꾼을 도령 취급하는 건 실례였네. 그럼 부탁할게, 루도 루."

그러자 루도 루 쪽도 조금 즐겁다는 듯, 히죽 웃었다.

"당신은 뭔가 신기한 인간이네. 평범한 마을의 인간보다는 역시 우리와 가까운 것 같아."

"그야, 나도 사냥꾼 나부랭이니까. 한 번은 고향을 버린 몸이니까, 내 영혼은 마살라에 있다고까지는 말할 수 없겠지만……그래도 역시, 지나치게 시끌벅적한 마을보다는 산속이 더 마음

편하거든."

숲가의 백성만큼 순박하진 않은 모양이지만, 어딘가에서 자유로운 영혼을 느낀다. 도시의 귀족을 상대로도 두려움보다는, 그런 녀석들과 엮이는 건 바보 같다는 식으로라도 생각하는 듯한 태도였다.

사랑하는 반려를 잃어버린 것에도, 사냥꾼이 숲에 스러지는 것과 같은 일——이라는 식으로 받아들인 걸까. 적어도 그녀가 그럼에도 호쾌하게 행동할 수 있는 것은, 박정한 게 아니라 강인한 게 바탕이 된 것 같이, 내게는 느껴졌다.

"뭐, 내일 이야기는 내일로 하자고. 이제 밤도 깊었으니까 오늘은 이만 자자."

그러면서 루도 루는 칼을 손에 들고 일어섰다.

"당신과 꼬맹이는 안쪽 방이야. 일단 나랑 신 루가 감시를 할 테니까, 모쪼록 이상한 짓은 하지 말아달라고."

"그래, 열심히 푹 쉬도록 할게."

다른 사람들도 그를 따라 몸을 일으켰다.

그리고 일어설 필요가 없는 나와 아이 파의 모습을 루도 루가 내려다봤다.

"아스타와 아이 파는, 항상 큰 방에서 자던가? 방은 얼마든지 있는데, 이상하단 말이지."

"……파가에는 창고로 쓰는 방밖에 없었으니까, 옛날부터 항상 큰 방에서 잤거든."

"그런가. 뭐, 마음대로 해. 우리는 신경 쓸 것 없으니까."

그리고 휘파람이라도 불 것 같은 태도로 루도 루는 다른 세 명과 함께 떠났다.

큰 방 안쪽에는 통로가 있고, 바르샤와 레이토 소년은 그쪽에 있는 방에서 쉬는 것이었다. 카뮤아 요슈를 전면적으로 신용하진 않는 돈다 루이기에, 루도 루와 신 루는 그들을 감시하며 교대로 자는 거겠지.

그리고 큰 방에 남겨진 우리였다.

적막이, 어쩐지 무거웠다.

"어— …… 그럼, 우리도 이만 쉴까?"

"음" 하고 대답하면서도 아이 파는 움직이지 않았다. 금갈색 머리카락도 꽉 묶어 올린 그대로였다.

어쩔 수 없으니까 나는 먼저 몸을 누이기로 했다.

그리고, 생각했다. 설령 마살라에서는 여자 사냥꾼의 존재가 허락될지라도—— 그리고 바르샤가 아이를 낳고서도 사냥꾼으로 계속 일할지라도, 그런 이야기는 우리에게는 관계가 없다고.

나는 이 세계에서 아내를 맞을 각오를 다지지 않았다.

그리고 아이 파는, 사냥꾼으로서 숲에서 스러질 각오를 굳혔다.

그런 우리는, 이제까지와 같은 관계를 이어가는 것이 옳은 일이다—— 아마도.

'하지만…… 사실은, 어떨까.'

아이 파의 마음은, 아이 파만이 알 수 있다.

그리고 그 이상으로 불명인 것이, 나 자신의 마음이었다.

나는 언젠가 이 세계에서 사라져버릴 인간일지도 모른다. 애당초 어떠한 법칙에 따라 이 세계에 존재하는지도 알 수 없다. 그런 내가 각오도 없이 아내를 맞이하거나 아이를 낳는 것은 잘못된 일이겠지.

하지만, 각오란 뭐지?

언젠가 사라져 버릴지도, 그게 언젠가 죽어버릴지도, 라는 것과 뭐가 다르단 말인가?

나는 어제까지 아이 파가 없는 며칠을 보내게 되었다. 전혀 살아있다는 느낌이 들지 않는, 그것은 상상을 초월하는 고뇌로 가득한 며칠이었다. 그대로 아이 파와 영원히 만날 수 없게 되어버린다면―― 나는 후회하지 않을 수 있을까?

아이 파를 잃고 싶지 않다는 마음을 가슴속에 품고, 그럼에도 예절이나 윤리관 같은 것들로 마지막 일선만큼은 넘지 않고자 조심하며―― 그것으로 나는, 후회하지 않을 수 있을까?

그때, 등으로 열기를 느꼈다.

하지만 그것은 상정한 범위 안의 일이었기에, 나도 그다지 놀라지는 않고 그쳤다.

다만, 심장만이 크게 뛰었다.

"아무 말도 마"라고, 고개 바로 뒤에서 아이 파의 목소리가 들렸다.

아이 파가 내 등에 찰싹 달라붙은 것이었다.

그녀의 손이 내 어깨 쪽을 꽉 붙잡았다.

"이렇게 아스타와 함께 있을 수 있어서, 나는 행복하다."

아이 파는 조용히 그렇게 말했다.

"아스타와 함께 지낼 수 있는 지금의 생활에, 나는 아무런 불만도 없다. 나는 이미, 충분히 만족하고 있어. ……그건 거짓 없는 본심이다."

나도 진심으로 그렇게 생각해, 나는 마음속으로 대답했다.

그 행복의 더 너머로, 걸음을 내디딜 각오가 내게 있는가.

그 이상을 바라는 마음이, 아이 파 안에는 존재하는가.

그런 의문을 가슴속 깊은 곳에서 던지게 된, 오늘밤은 그런 하룻밤이었다.

제2장 ★★★ 재개

1

다음날, 하얀 달 11일.

예정대로 나는 포장마차 장사를 재개했다.

리프레이아에게 유괴당한 것이 하얀 달 15일이었으니까, 실로 엿새만의 장사다.

『기바 버거』쪽은 이제까지처럼 레이나 루 쪽에 맡기고, 내가 맡은 것은『먀무구이』포장마차였다. 준비한 수량은 100인분이었다.

이전의 휴업일 다음에도 딱 같은 숫자의 요리를 판매한 실적이 있으니까, 과감하게 그만한 숫자를 준비하기로 한 것이었다. 내일부터는 오늘의 매상을 보고 각각의 수량을 정하자, 그런 이야기도 했다.

"이것 참―, 역시 오랜만에 장사라 기세가 다르네! 저기, 가장 회의로 쉬었을 때 이후로 가장 많은 손님이었던 거 아냐?"

내 옆에서 라라 루가 웃고 있었다. 오늘은 그녀가 내 포장마차를 도와주기로 했다.

이른 아침의 러시를 넘어선 참에, 이미 40인분의『먀무구이』

가 팔렸다. 이러면 대량의 재고가 남을 일도 없겠지. 나로서도 어느 정도 안심이라는 심경이었다.

『먀무구이』는 며칠 만에 판매하는 것이라서 남쪽 백성 손님을 중심으로 무척 기뻐하는 모습이었다. 그런 손님들의 미소를 보는 것만으로 나도 가슴이 벅찼다.

여관에서 요리를 판매하는 일도 보람이라는 의미에서는 지지 않았지만, 역시 손님들의 미소를 가까이서 볼 수 있는 포장마차 장사는 무엇과도 바꾸기 힘든 충족감을 내게 가져다주는 것이었다.

그런 기쁨과 충족감을 가슴에 품고, 나는 옆의 포장마차에서 한숨 돌리고 있는 레이나 루 쪽을 돌아봤다.

"레이나 루, 그쪽은 어땠어?"

"예. 이쪽은 어제까지와 거의 같이, 30인분 정도예요."

"30인분이 아니라 28인분이야. 어제는 34인분이고 그저께는 37인분이었으니까, 역시 매상에 영향이 있네."

츠바이가 분하다는 듯 끼어들었다.

레이나 루는 의아하다는 듯 자그마한 그 모습을 내려다봤다.

"츠바이, 너는 이래저래 아스타에게 트집을 잡는데, 애당초 우리는 아스타에게 요리를 배웠으니까 이런 장사를 할 수 있는 거라고?"

"그런 건 알고 있어! 딱히 뭐 불평하는 것도 아니잖아?!"

삐익삐익 새된 목소리로 재잘거렸다. 츠바이는 여전했다.

하지만 나는 숲가의 백성답지 않은 경제관념을 가진 이 소녀가 비교적 마음에 들었고, 슨의 본가라는 뒤틀린 환경에 태어나서 자랐다는 것을 생각하면 비뚤어진 정도로 허용 가능한 범위라고 생각했다.

여하튼 레이나 루 쪽은 내가 가게를 재개해도 포장마차 두 곳을 유지하고 있으니까, 이전보다도 한 명 많은 이 멤버로 장사에 착수하게 된 것이었다.

『먀무구이』 포장마차는 나와 라라 루. 『기바 버거』의 두 포장마차는 레이나 루와 실라 루와 츠바이. 중천부터는 나와 레이나 루가 포장마차를 떠나니까 리 스도라와 아마 민 루티무에게 도움을 받는 식이었다.

과거에 루티무 가는 여자가 적어서 포장마차를 도울 수 없었지만, 츠바이와 그녀의 어머니 오우라를 가족으로 맞이했기에 어느 정도 여유가 생긴 듯했다.

그래서 형식 상, 파가가 동화로 채용하고 있는 것은 라라 루와 리 스도라 둘뿐이었다. 그 이외의 여자들은 어디까지나 루가의 일로서 장사에 힘쓰는 것이었다.

자신들의 힘과 판단으로 밀라노 마스와 계약을 맺고, 요리를 준비하고, 그것을 판매한다. 츠바이가 걱정할 것도 없이, 그 매상은 모두 루가의 자산이다. 이것으로 파가의 수입은 반으로 줄어들고 말지만, 물론 내게도 아이 파에게도 불만은 없었다.

"……오랜만에 하는 장사는 어떠냐, 아스타."

호위 담당인 아이 파가 낮은 목소리로 물었다.

『기바 버거』 포장마차 쪽에는 신 루가 서 있었다.

오늘 호위는 그들과 루도 루를 포함한 여섯 명으로, 나머지 네 명은 등 뒤의 잡목림에 숨어서 역할을 완수하고 있었다.

"응, 역시 기분이 상쾌해. 어떻게든 이번 일도 원만하게 수습해서, 계속 역참 마을에서 장사를 하고 싶거든."

아이 파는 내 얼굴을 흘끗 본 뒤, 참기 어렵다는 듯 웃음을 흘렸다.

"……정말로, 행복해 보이는 얼굴이구나."

"응, 네 덕분이야."

하룻밤이 지나자 아이 파는 완전히 원래 상태로 돌아왔다.

바르샤의 존재는 아마도 나만이 아니라 아이 파의 마음에도 적지 않은 파문을 던졌으리라 생각하지만── 여하튼 그런 속마음을 남들에게 드러낼 아이 파가 아니었던 것이다.

어쨌든 아이 파의 미소는 무척 온화해서 내게 더더욱 힘을 주었다.

그리고 그것을 알아차린 라라 루가 발뒤꿈치를 들고 내 귓가로 입을 가져다댔다.

"있잖아, 최근에는 아이 파도 점점 감정을 드러내게 되었어. 가─끔이지만, 루도랑 큰소리로 대화를 나누기도 하고."

"그러네. 아이 파도 자기 나름대로 모두와 점차 마음을 터놓는 거라고 생각해."

사실 아이 파의 다채로운 표정은 이 정도가 아니지만 말이지, 그런 생각을 하면서도 나는 작은 목소리로 그렇게 대답했다.

　라라 루는 기쁜 듯 싱긋 웃었다.

　"남자라면 아이 파처럼 무뚝뚝한 사람도 드물진 않으니까. 그렇게 생각하면 아이 파는 사냥꾼다운 인간이었을 뿐이지 차가운 인간은 아니었다는 이야기겠구나."

　"너무하네. 라라 루는 아이 파를 그런 식으로 생각했던 거야?"

　"흥! 우리는 실제로 차가운 대우를 당했으니까, 여봐란 듯이 친하게 지내던 아스타한테 그런 말 들을 이유는 없다고 생각하는데?"

　"여봐란 듯이, 라는 것도 표현이 너무하는데."

　그러자 아이 파가 또다시 "아스타"라고 불렀다.

　라라 루와의 비밀 이야기가 들렸느냐며 나는 목을 움츠렸지만, 그렇지는 않았다. 기억이 있는 인물이 북쪽 방향에서 다가오고 있었다.

　백발이 성성한 머리에 탄탄한 체구를 그을음범벅인 조잡한 옷으로 감싼 초로의 서쪽 백성—— 투란의 미켈이었다.

　"아, 미켈……"이라고 건네려던 내 말이, "정말로 돌아왔군"이라는 무뚝뚝한 목소리에 가로막혔다.

　"귀족에게 붙잡히고서도 나올 수 있었다니 악운이 강한 녀석이야. 게다가 뻔뻔스럽게 장사까지 재개하다니, 도저히 제정신으로 여겨지진 않는군."

여전히 완고하고 기분 나빠 보이는 미켈이었다. 떡갈나무에
새겨진 조각처럼 딱딱한 얼굴에도 변함은 없었다. 그렇게 변함
없는 모습이 나로서는 무척 기뻤다.

"미안해요, 이번에는 이래저래 폐를 끼쳐서——."

"정말이지. 남의 충고를 듣질 않으니까 이런 꼴을 당하는 게
다. 이번에는 운 좋게 살아난 모양이다만, 귀족을 적으로 돌렸
다가는 그냥 넘어갈 순 없을 거라고."

그때 아이 파가 "투란의 미켈이여"라며 앞으로 나섰다.

나는 한순간 섬뜩했지만, 예상과는 달리 아이 파는 미켈에게
눈으로 인사를 건넸다.

"이번에 아스타가 무사히 돌아올 수 있었던 건, 당신의 조력
도 있었던 덕분이다. 파가의 가장으로서 당신에게 감사의 말을
건네고 싶다."

"……무슨 소린지 모르겠군. 나는 본 적도 없는 빨간 털 난 아이
가 투란 백작의 저택 위치를 물으니까 그걸 가르쳐줬을 뿐이다."

"그게 아스타를 구한 것이다. 누차 귀족에게는 엮이지 말라고
설득하던 당신이 그런 형태로 힘을 빌려준 것을, 우리는 결코
잊지 않겠다."

미켈은 뚱하게 입을 다물어버렸다.

아이 파는 다시 한 번 눈으로 인사를 건넨 뒤, 물러났다.

"여하튼, 나는 귀족과의 다툼에 엮일 생각은 없다. 배가 고프
니까 먹을 걸 사러 왔을 뿐이야."

그러면서 미켈은 포장마차에 적동화를 툭 놓았다.

"예, 매번 감사합니다. ……저기, 지다는 그 이후, 모습을 드러내진 않는가요?"

"나타날 리가 없을 텐데. 그 아이는 역참 마을에서 행방을 좇고 있는 죄인이잖아? 나도 죄인 따위한테 용건은 없다."

나는 지다를 위해서 해명하고 싶었지만 아무래도 길거리에서 이야기할 법한 내용도 아니었기에, 얌전히 『먀무구이』를 만들기로 했다.

그것을 입에 넣은 미켈이 수려한 눈썹 아래로 두 눈을 번쩍 빛냈다.

"이건, 맛이 다르군. ……타우유를 사용했나."

"예. 역시 미켈의 혀는 속일 수 없네요."

전부터 나는 『먀무구이』 양념에 타우유를 추가하고 싶어서 근질근질했다.

하지만 호평을 받고 있는 요리의 레시피를 경솔하게 변경하고 싶지는 않았기에, 닷새나 휴업하게 된 이번 사태를 좋은 기회라 판단해서 처음으로 시행을 결단한 것이었다.

식재료비에 큰 영향이 생기지 않을 정도의 적은 양에 불과하지만, 그래도 맛은 향상되었다고 생각한다. 『먀무구이』는 생강구이에서 발상을 얻은 요리니까 본래라면 타우유에 맛의 베이스를 맡기고 싶을 정도의 심경이었던 것이다.

"역참 마을에서도 그런 고급 조미료를 취급할 수 있는 건가.

이거라면 맛이 좋아지는 게 당연하지."

"예. 자갈과 인연이 있는 사람이라면 역참 마을에서도 구입할 수는 있거든요. 물론 나름대로 가격이 있으니까 무턱대고 쓸 수는 없지만요."

"……흥" 하고 코웃음을 치며, 미켈은 천천히 『먀무구이』를 먹었다.

그 모습을 바라보며 나는 머릿속에 떠오른 상념을 입에 담아 봤다.

"저기, 미켈은 로이라는 인물을 아시나요?"

"로이? ……그런 이름은, 모른다."

"그런가요. 사실은, 제가 잡혀간 저택에 그 사람이 요리사로 고용되어 있었거든요. 그쪽은 미켈을 아는 것 같은 기색이었어요."

그다지 전력에 대해서 언급해선 안 될까, 그런 생각도 있었지만 미켈은 딱히 기분이 상한 기색도 없이—— 그렇다고 할까, 원래의 분위기 그대로 기분 나쁘다는 표정으로 입을 움직이고 있었다.

그 아래턱이 움직임을 뚝 멈췄다.

"그러고 보니…… 내가 《하얀 옷의 처녀정》에서 일했을 때, 그런 이름의 견습생 애송이가 있었던 것도 같다만……."

"예. 그 사람도 그 가게의 이름을 이야기했어요. 살짝 삐친 갈색 머리카락을 가진, 저와 비슷한 체격의 청년이에요. 나이는 아마 열아홉이라고 그랬어요."

"호오, 그 애송이가 말이지. ……그런 어린 나이에 저택으로 초빙되다니 대단하군."

그다지 관심도 없다는 듯, 미켈은 식사를 재개했다.

"하지만 그 저택으로 초빙된 이상에는, 평생 주인을 위한 요리를 만들든지, 혹은 모든 명예를 빼앗기고 추방당하는 길밖에 없다. 그곳에서 쫓겨난 요리사는 두 번 다시 성 밑 마을에서는 고용하지 않겠다는 약속이 되어 있으니까, 그야말로 목숨줄이 걸려버린 거로군."

"……그런 부조리한 약속이 존재하는 건가요. 아무리 생각해도 지독한 방식이네요."

"불만이 있다면, 제노스를 나가면 그만이다. 그 마을의 규율을 만드는 건 그 마을의 귀족이니까, 평민 따위가 거슬러봐야 헛수고야."

"그럼, 당신은──."

어째서 제노스를 나가지 않았나요, 그렇게 말하려다가, 관뒀다. 이 이상 미켈의 힘겨운 과거를 꼬치꼬치 캐물어서는 안 된다고 여겨졌으니까.

하지만 미켈은 강한 눈빛으로 나를 노려보며, 말했다.

"나한테도, 가족이 있었으니까 말이다. 그 녀석이 혼자서 살 수 있게 될 때까지는, 도망치는 것도 뒈지는 것도 용납되지 않아. 너도 굴레가 있기에 제노스를 나가지도 못 할 텐데?"

"……예."

"그렇다면 가족에게 폐를 끼치지 않도록, 몸가짐을 신중히 해라."

그렇게 말하고 미켈은 몸을 불쑥 내밀었다.

"그런 것보다도, 너는 그 저택의 주인에게 요리를 대접하고 만 것이냐? 마을에서는, 그의 딸이 범인이었다는 이야기가 흐르는 모양이다만."

"예. 아버지 쪽은, 한 입도 입에 대지 않았을 거예요."

"그런가. 그렇다면, 내 충고를 잊지 말아라. 네 실력을 알게 된다면, 이번에야말로 돌담 밖으로는 돌아올 수 없게 될 테니까."

마음에 든 요리사는 무슨 짓을 해서라도 자기 것으로 만들고, 그것을 거절한다면 요리사로서의 미래를 끊는다. 결국 기대에 부응하지 못한 요리사는 성 밑 마을에서 추방—— 들으면 들을수록 부조리한 방식이었다.

"그 사람은 어째서 그렇게까지 미식에 집착하는 거죠? 미켈의 이야기를 듣고 있다면, 평범하게 여겨지지 않을 정도의 집착이 있는 것처럼 느껴지는데요."

"흥…… 누구라도 죽는 건 무서운 법이니까, 아무리 집념을 불태우더라도 이상할 건 없다. 그만한 부를 가진 남자라면, 더더욱 언제까지고 이 세상에 군림하기를 바랄 테니까 말이다."

그 말의 의미를 미처 이해할 수가 없었다.

미켈은 마지막 한 입을 삼킨 뒤, 또다시 내 얼굴을 노려봤다.

"너는 그 남자와 얼굴을 마주하지 않았나? 그 남자는, 병마에 시달리고 있다. 사치스러운 귀족만이 앓는, 내장의 병이지. ……그 사치스러운 식사 탓에 얻은 병마를, 더더욱 큰 사치로 극복하고자 악전고투하고 있을 테지."

나는 말을 잃고 말았다.

마치 환자 같은 안색이다, 라고는 생각했지만── 사이크레우스는 정말로 병마를 품고 있었던 것이다.

'그리고 그렇게나 검푸른 안색이라는 건…… 설마 신장인가? 아니면, 간인가?'

여하튼 일단 병에 걸리면 회복이 어려운 장기다.

"……너는 그 저택의 부엌에서 일했을 텐데? 그렇다면 시무에서 가져온 약초나 먀기의 말린 내장 같은 약선 재료를 잔뜩 보지 않았느냐?"

"아, 아뇨, 저는 고용인을 위한 요리를 만드는 작은 쪽의 부엌에서 일했어요. 설탕이나 꿀이나 기름 같이 진귀한 식재료는 잔뜩 있었지만, 그렇게까지 특별한 재료는 준비되지 않았을 거예요."

"흥. 그 남자한테는 보물 창고나 마찬가지인 부엌에는, 역시나 입장이 허락되진 않았나. 그건 다행이로군."

미켈은 반쯤 눈을 감고, 아무것도 없는 허공을 노려봤다.

"사치스러운 식사로 생긴 병이니까, 사치를 버리는 게 가장 현명한 방법이다. 하지만 남아도는 부를 가진 그 남자는, 그와 반대의 방법을 선택했지. 대륙 전체의 온갖 식재료를 그러모으고, 병마를 치유하기 위한 식사를 만들도록 명령하는 거다. 쓴

약초의 즙을 홀짝이기만 하는 생활이라니, 그 남자로서는 참을 수 없었을 테지."

"하, 하지만 그렇다면, 타우유나 설탕이나 유지 같은 건 필요 없지 않나요? 대체 어떤 병인지는 모르겠지만, 사치스러운 식사가 원인이라면 소금이나 설탕이나 기름을 제한해야 한다고 생각해요."

"……그걸 허락할 수 없으니까, 소금이나 설탕이나 기름을 없애는 약초 따위도 요리에 잔뜩 집어넣는 것이겠지. 그 남자는 병마를 앓고서도 맛있는 식사를 먹는다는 욕구를 버릴 수가 없었던 게다."

미켈은 거칠게 고개를 내젓고, 자신의 오른쪽 손가락을 반대쪽 손으로 움켜쥐었다.

사이크레우스의 요청을 거절했기에 근육이 끊어져서 만족스레 움직일 수가 없게 되어버린, 오른쪽 손가락이다.

"본디 그런 방식으로 병마를 극복할 수 있을 리가 없지. 인간의 몸을 망치기 위한 요리를 계속 만드는 일생이라니, 나는 사양이다. ……뭐, 저래서는 너보다도 저 남자의 목숨이 먼저 끝나버릴 테지만 말이다."

그리고 미켈은 평소의 퉁명스러운 표정으로 돌아와서 다시금 나를 노려봤다.

"……쓸데없는 소리를 지나치게 지껄였군. 여하튼 올바른 요리사로서 살아가고 싶다면, 그런 남자에게는 엮이지 마라."

"예."

로이의 모습을 떠올리며 나는 고개를 끄덕여 대답했다.

로이는 이 사실을 알고 있을까. 그것을 알고서, 조리 기술의 연마에 힘쓰고 있다면 내가 걱정할 일도 아니지만── 그렇지 않다면, 그의 앞날도 위태로운 참이었다.

"……그럼 내버려둬도 그 귀족의 생은 길지 않다, 그런 이야기일까?"

그때 갑자기 아이 파가 끼어들었다.

미켈은 곁눈질로 그쪽을 노려봤다.

"그런 걸, 내가 알 리는 없지. 식사의 독보다도 약이 통한다면, 5년이나 10년은 더 살 수 있을지도 모르니까 말이다. ……게다가 그 남자의 망집은 딸에게도 제대로 이어져버린 게 아닌가?"

말하면서 나와 아이 파의 모습을 번갈아봤다.

"그 남자가 죽으면 또 그것대로, 다음 당주는 그 딸이 되겠지. 그렇다면 또다시 너는 성가신 상대의 표적이 되어버릴지도 모르겠군."

사이크레우스의 딸인 리프레이아. 그 소녀 역시도 미식에 홀려버린 존재일까.

너무나도 많은 이야기를 들어서, 나는 마음도 생각도 좀처럼 정리할 수 없었다.

"바라는 것이라면, 이런 마을은 나가는 거다. ……뭐, 그럴 수 없다면, 네가 또다시 돌담 안으로 붙잡혀 갈 때까지는 요리를 사러 오겠지."

그런 말을 남기고 미켈은 냉큼 떠났다.

◇

중천이었다.

리 스도라와 아마 민 루티무에게 포장마차 업무를 넘긴 나와 레이나 루는, 아이 파를 포함한 호위 여섯과 함께《현옹정》으로 출발했다.

하지만 오늘의 책임자는 어디까지나 레이나 루다. 나는 비나 루나 라라 루가 맡고 있던 요리 조수의 입장으로 동행하는 것이었다.

나의 일은 내일부터라도 재개하는 것도 가능하지만, 하얀 달 15일 이후에는 또 어떻게 되어버릴지 모른다. 그런 복잡한 사정을 설명하기 위해서 오늘은 동행하기로 한 것이었다.

"하지만 혹시 또 아스타가 여관에서 일을 받아들이게 된다면, 누가 그걸 돕는 건가요? 현재, 파가를 돕는 건 라라와 리 스도라뿐이라고요?"

레이나 루가 그렇게 물어서 나도 조금 생각에 잠겼다.

"그 경우는…… 나랑 라라 루가 여관을 돌기로 하고, 아마 민 루티무도 파가에서 고용하는 형태가 될까."

"그런가요. 역시 저랑 실라 루가 아니라 라라가 아스타와 동행하게 되는군요."

"응. 이제 레이나 루와 실라 루는 루가의 포장마차 책임자를 맡고 있는 몸이니까. 그런 두 사람을 내 조수로 대할 수는 없잖아?"

그러자 점점 레이나 루의 얼굴이 슬픈 듯 어두워지고 말았다.

"어라? 그러면 뭔가 좀 아닌가?"

"예. 저랑 실라 루에게는 역시나 아직 아스타의 기초 교육이 필요하다고 생각하거든요. 이대로는 기바 버거랑 기바 스프 이외의 요리를 더 익히는 것도 어려워지니까…… 아스타가 여관 일을 맡는 날에도, 라라가 아니라 저나 실라 루가 동행했으면 좋겠다고 생각했는데……."

"아, 그런가. 두 사람이 그렇게 생각한다면, 나도 책임자라든지 그런 것에 집착할 생각은 없는데."

참고로 오늘도 내가 빠진 뒤에는 라라 루와 실라 루가 포지션을 교대했다. 현 시점에서 『먀무구이』를 제대로 구울 수 있는 것은 나와 실라 루밖에 없으니까.

이렇게 내가 포장마차를 벗어나는 날에는 실라 루를 의지할 수밖에 없으니까, 더더욱 또 하나의 책임자인 레이나 루를 요리 조수로 임명해버릴 수는 없다고 생각했는데── 본심을 말하자면, 나도 레이나 루와 실라 루는 더더욱 경험을 쌓게 해주고 싶은 참이었다.

"으―음, 그러네…… 확실히 리 스도라도 이제 곧 『먀무구이』를 완전히 맡길 수 있게 되겠지. 그렇다면 확실히 실라 루가 여관을 도는 것도 가능해지나."

"예. ……저는 아직 그 기술을 습득하지 못했으니까, 조금 분하긴 하지만요."

레이나 루는 아직 장사용으로 조금 진한 맛을 더한 『먀무구이』 굽는 정도를 습득하지 못했다.

하지만 그녀는 포장마차 장사에 참가한 지 얼마 안 되었고 『기바 버거』를 전문으로 담당해서, 게다가 오후부터는 여관을 도는 일 쪽을 맡고 있었으니까 어쩔 수 없었다.

"그렇다면 우선은 레이나 루도 『먀무구이』를 같은 맛으로 만들 수 있도록 수련을 쌓고…… 그리고서 실라 루가 여관에서 『기바 스프』를 만들 수 있게 된다면 자유도가 무척 높아질까."

레이나 루와 실라 루라면 며칠 정도로 그 기술을 익히는 것은 가능하다고 여겨진다.

"그리고 나는 나대로 매일 《키뮤스의 꼬리정》에도 나가고 싶으니까. 나를 축으로 레이나 루와 실라 루가 순서대로 여관까지 동행한다면, 모든 게 원만하게 풀릴지도 모르겠어. 오늘처럼 레이나 루나 실라 루가 책임자일 때에는 내가 조수로, 내가 책임자일 때에는 두 사람이 조수라는 모양새로 말이야."

"예. 그렇게 해주신다면, 저도 실라 루도 무척 기쁠 거예요."

무척 슬픈 표정을 짓고 있던 레이나 루가 환하게 밝은 미소를 펼쳤다.

"……하지만 이런 약속도 귀족과의 회담이 잘 안 된다면, 모두 물거품이 되어버리는 거군요."

"응. 그렇게 되지 않도록, 돈다 루나 카뮤아 요슈 일행은 노력해주고 있지만, 어떤 결말이 될지는 상상도 할 수 없으니까."

"설령 해결에 시간이 걸리더라도 이제까지처럼 모르가 숲가에 머무를 수 있고, 그리고 언젠가 이렇게 장사를 할 수 있게 된다면 저는 그걸로 만족해요. ……아스타의 행방을 알 수 없었던 며칠 전까지와 비교하면 마음도 무척 가볍고요."

그러면서 레이나 루는 더더욱 천진난만하게 미소 지었다. 동생인 리미 루가 떠오르는, 해맑은 미소였다. 나도 솔직하게 "고마워"라고 대답할 수 있었다.

그때 목덜미 부근에서 시선이 느껴지는 것 같았기에 뒤를 돌아봤다.

아무도 나를 보고 있지는 않았다. 다만 아이 파가 입술을 시옷자로 만들고서 길을 가는 사람들에게 날카로운 눈빛을 향하고 있었다. 사냥꾼으로서의 반사 신경으로, 내가 돌아보기도 전에 시선을 피해버린 걸까.

"왜 그러나요?"라고 레이나 루가 의아한 듯 물었기에, 나는 "아무것도 아냐"라며 고개를 가로저었다.

'아이 파도 나랑 레이나 루가 요리나 장사를 통해 건전한 관계를 구축할 수 있다면, 기쁜 일이라고 생각해주겠지…… 아마도.'

그러는 사이, 우리는 《현웅정》에 도착했다.

하지만 나는 그 자리에서 한숨을 내쉬고 싶어졌다.

작은 가옥이 늘어선 주택 구역의 가느다란 길에, 이번에도 거대한 다레임 백작가의 토토스 짐수레가 서 있었던 것이다.

"어이, 기다렸다고, 아스타 경. 얼른 이야기를 마무리 짓지 않겠나."

네일의 안내로 식당으로 들어가자, 오늘은 포르아스와 또 하나, 몸이 여윈 초로의 남성이 무관 셋과 함께 기다리고 있었다.

두 번째 한숨을 애써 참으며 나는 포르아스 정면에 앉았다.

"대체 오늘은 무슨 일인가요? 필요한 이야기는 전부 어제 전달했다고 생각하는데⋯⋯."

"응. 네 가르침대로 멋지게 포이탄을 구워냈다고! 지금은 구운 포이탄과 굽기 전인 포이탄의 보존성이라는 걸 확인하는 참이야. 졸여서 가루 형태로 말린 포이탄이 빻은 후와노와 같은 수준의 보존성을 가지고 있다면 큰 도움이 될 텐데, 과연 어떨까."

이미 거기까지 이야기를 진행했느냐고, 나는 조금 당황했다.

게다가 가루 형태인 포이탄의 보존성이라면 나도 전부터 확인하고 싶었던 항목이기도 했다.

"그래서 말이야, 상품으로서 포이탄 가루를 판매하는 건 농원에서 수확량을 늘리는 계산이 선 다음이 될 테니까, 우선은 그 전 단계로 구운 포이탄의 맛을 역참 마을에 퍼뜨릴 생각이거든! 현재는 사투라스 백작가에도 협력을 받아서, 후와노 대신에 포이탄을 취급해줄 법한 여관과 포장마차를 한창 선별하는 중인데, 그밖에도 우리가 직접 요리를 판매하자고 계획 중이거든."

"직접? 포장마차라도 열 계획인가요?"

"그래! 어쨌든 주목을 모으기에는, 맛있는 요리를 파는 게 제일이니까! 숲가의 백성이 파는 요리도 역참 마을에서는 무척 호평인 모양이지만, 여하튼 기바 요리로는 서쪽 백성이 기피하는 경우도 많을 테지. 이러는 나도 아직 그 요리를 먹을 각오는 안 되었으니까."

"예에……."

"그래서 나는 성 밑 마을에서 손에 넣은 식재료를 충분히 사용해서, 그 녀석을 팔 생각이야. 그 장사로 돈을 벌 필요는 없으니까 채산성을 도외시하고 호화로운 요리를 팔면 된다고, 말이지. ……하지만 우리 요리장이 그건 안 된다며 타이르더라고."

아무래도 포르아스 옆에 조용히 앉아 있는 초로의 남성이 그 요리장인가 보다.

아이 파랑 신 루 같은 숲가의 사냥꾼을 앞에 두고 다소 긴장한 표정인 그 인물이, 퍼뜩 놀라서 등줄기를 폈다.

"이쪽이 그게, 다레임 백작가의 부엌을 맡고 있는 요리장 얀이라는 사람이야. 얀, 네 이야기를 다시 한 번 해주겠어?"

"예. ……실례입니다만, 고가의 식재료를 사용해버리면 좋은 요리로 완성되는 게 당연합니다. 그것으로 호평을 얻더라도, 포이탄의 존재감이 사라져 버리겠죠. 역참 마을에서 요리를 판매한다면, 역참 마을에서도 취급할 수 있는 식재료만을 사용해야 한다고 생각합니다."

"뭐, 이런 느낌이거든. 그래서 역참 마을에서 이미 성공을 거두고 있는 아스타 경에게 의견을 청하고자, 이렇게 기다린 거야."

"그렇군요. 그건 이치에 맞네요. 하지만 제 경우에는 기바 고기에 도움을 받는 측면이 커서요. 기바 고기는 기름기가 가득하니까, 그것만으로 카론 다릿살이나 키뮤스의 껍질이 안 붙어 있는 고기보다는 질 좋은 식재료가 되죠."

"아, 껍질이 없는 키뮤스 고기는 별로 맛이 없지. 카론 다릿살이라는 건, 나는 먹어본 적도 없지만……."

"카론 다릿살은 역참 마을에서, 그 밖의 고기는 성 밑 마을에서. 그런 게 오랜 관습이니까요."

얀이 다소 딱딱한 목소리로 대답했다.

체적이 포르아스의 반 정도밖에 안 될 것 같이 호리호리한 인물이지만, 야윈 그 얼굴에는 무언가 긍지나 의지 같은 것이 떠 있는 듯 느껴졌다.

"애당초 여기 얀이라는 인물은 말이야, 성 밑 마을의 주민이면서도 고가의 식재료라는 것에 반감을 품고 있거든. 정말로 고가이고 귀중한 식재료라는 건 사이크레우스 경에게 연줄이 있는 요리사만 독점하니까, 요리의 맛은 식재료 금액으로 결정되는 것이 아니다! 라는 신념을 품은 모양이더라고."

"그런가요. 그건 무척 공감할 수 있는 신념이라고, 전 생각해요."

나는 진심으로 그렇게 말할 수 있었다.

성 밑 마을에도 그런 기골이 있는 요리사가 존재한다는 사실에는 놀랐다.

"하지만 그래서는 호평을 부를 법한 요리를 만드는 건 어렵다, 그렇지 않을까. 역참 마을에는 레텐 기름도 마마리아 식초도 자갈산 설탕도 없잖아? 그래서는 제대로 된 요리 따윈 못 만들 것 같단 말이지."

"아니, 잠깐만 기다려주세요. 저도 마침 기바 고기만이 아니라 카론이나 키뮤스를 사용한 메뉴 연구에 착수한 참이거든요. 그래서 우선은 카론의 젖을 역참 마을에서 취급할 수는 없을지 생각하고 있었는데—— 카론의 젖에서 유지나 건락을 가공하는 건 어려운 일일까요?"

"건락을 만들려면 우선 설비를 갖출 필요가 있겠군요. 유지라면 그렇게까지 수고가 들지도 않을 테지만——."

그때 요리장의 눈동자에 이해의 빛이 번쩍였다.

"……허나 확실히, 카론의 다릿살이나 껍질 없는 키뮤스 고기에는 비계가 부족합니다. 그리고 레텐 기름도 쓰지 않는다면 조악한 요리밖에 못 만드는 게 당연하겠죠. 거기에 유지를 쓸 수 있다면—— 그것만으로도 요리의 질을 향상시킬 수도 있겠군요."

"유지라는 건 우리가 직접 가공할 수 있나요?"

"사람만 갖추어지면, 가능합니다. 우선은 하룻밤 카론의 젖을 방치하고, 위에 뜬 기름을 퍼서 그걸 가죽 주머니에 담고 두드리기만 하면 됩니다."

"아, 그렇게 수분과 지방분을 더욱 분리시키는 거군요."

어쩐지 내 쪽까지 고양되어 버렸다.

"그럼 가격은 어떨까요? 적동화 한 닢 정도로 카론의 젖을 한 병 살 수 있다고 들었는데, 거기서 얻을 수 있는 유지는 미미한 양이겠죠?"

"그렇군요. 하지만 한 끼에 사용할 유지에 양이라면 대수롭지 않습니다. 구운 포이탄과 함께 유지의 존재를 알릴 수 있다면, 그것만으로도 역참 마을에서 호평을 부르는 건 가능하지 않겠습니까."

"그건 좋군. 뭔가 희망의 빛이 보이기 시작했잖아."

포르아스는 싱글싱글 웃고 있었다.

"겸사겸사, 자갈산 설탕도 사용할 수는 없을까? 그러면 더 그럴듯한 요리를 만들 수 있잖아?"

"저는 여관 주인의 연줄로 타우유를 다루고 있지만, 설탕이라는 건 성 밑 마을에서밖에 얻을 수 없다고 그랬죠."

"그런가? 설탕이라는 건 그렇게까지 비싼가?"

포르아스의 물음에 요리장은 "아뇨"라고 고개를 갸웃거렸다.

"설탕도 타우유와 비교해서 그렇게까지 비싼 건 아닙니다. 그보다도 사이크레우스 경이 동화를 아끼지 않고 마구 사 모으는 게 문제겠죠. 성 밑 마을에 사는 우리도 사이크레우스 경이 사다가 남긴 걸 어떻게든 그러모아서 융통하는 게 현재 상황이니까요."

"그렇군. 그렇다면 더더욱 사이크레우스 경은 실각을 해주셔야겠어."

실로 온화한 표정으로, 실로 불온한 발언을 하는 포르아스였다.

"하지만 어쨌든 우선은 카론의 젖인가. 그쪽은 딱히 사이크레우스 경이 독점하진 않았지?"

"예. 다백의 상인들이 보더라도, 카론의 젖 따위는 근처 마을에서나 살 수 있는 거니까요. 필요한 양만 짜고, 그걸 팔아치우는 것에 불과하겠죠."

"그럼 역참 마을에서도 카론의 젖을 사들여서 유지를 만들 수도 있겠군요."

내가 기쁨의 목소리를 높이자 어째선지 요리장이 날카로운 눈빛으로 바라봤다.

"파가의 아스타 경이라고 하셨나. ……당신은 정말로, 그걸로 괜찮은 겁니까?"

"예? 뭐가 말인가요?"

"유지를 사용하면 카론 다릿살로도 좋은 요리를 만들 수 있게 됩니다. 그러면 기바 고기 요리는 비계가 충분히 있다는 장점을 잃고 마는 게 아닙니까?"

그런 걱정은 전혀 하지 않았다.

"기바 고기는, 고기 그 자체도 맛있거든요. 적어도 껍질이 붙은 키뮤스에 지지 않는다고 생각해요. 유지가 등장한 정도로 기바 요리가 팔리지 않는다면, 그건 처음부터 상품으로서의 가치가 없었다는 이야기겠죠."

"그건 또, 대단한 자신감이로군요."

"예. 자신의 요리 실력이 아니라 기바 고기의 맛에 자신감이 있어요."

요리장은 무척 의심에 찬 모습으로 침묵하고, 그 대신에 포르아스가 웃음을 터뜨렸다.

"겸손하네, 아스타 경. 나도 네 요리를 한 번 먹어보는 영예를 얻었지만, 그 키뮤스 튀김은 일품이었어! 그런 젊은 나이에, 네 실력은 탁월해. 바로 그래서 나는 이렇게 네게 상담하려고 생각했으니까 말이지."

"예에. 과분한 말씀, 저야말로 영광이에요."

그렇게 대답한 뒤, 나는 튀김이라는 한마디에 어떤 의문을 떠올릴 수 있었다.

"그러고 보니, 저도 알고 싶은 게 하나 있었는데요. 구운 후와노라는 건 얼마나 오래 보존할 수 있나요? 그리고 구운 후와노를 말리면 식감이 변한다든지 할까요?"

"구운 후와노는 하룻밤만 지나면 딱딱해져 버린다고. 후와노는 역시 갓 구운 게 최고겠지."

"……그래도 며칠 동안은 썩지도 않겠죠. 짧은 여행이라면 그렇게 건조시킨 후와노를 가지고 다니다가, 물이나 채소 국물로 끓여서 먹는 여행자도 적진 않다고 들은 적이 있습니다. ……그래도 그런 건 포이탄보다 나은 맛도 아니니까, 결국에는 저렴하게 살 수 있는 포이탄을 여행자가 더 원하는 모양입니다만."

요리장의 대답에 나는 만족할 수 있었다.

"감사합니다. 사실은 말린 후와노를 가늘게 빻아서 튀김옷으로 쓸 수는 없을지 생각했거든요. 오늘이라도 바로 후와노를 구입해서, 하룻밤 건조시켜볼 생각이에요."

밀가루와 무척 흡사한 후와노니까, 구운 것은 건조시키고 다시 볶으면 틀림없이 빵가루 대용품으로 손색이 없겠지. 전병이나 땅콩을 빻은 것도 빵가루 대용으로는 쓸 수 있을 정도다.

"구운 후와노를 건조시키고, 그걸 또 가루로 만든다? 참으로 기묘한 방법이군. 그런 걸로 맛있는 요리를 만들 수 있나?"

"예. 전날 드셨던 키뮤스 튀김에도 손색이 없는 요리가 될 거라 생각해요."

그리고 알도 구입한다면 커틀릿이나 크로켓에도 도전할 수 있다.

그러려면 기바 라드가 대량으로 필요하니까 역참 마을의 장사에 활용하는 것은 어려울지도 모르겠지만―― 아이 파와 모두가 어떤 감상을 건넬지 상상하는 것만으로도 가슴이 설레었다.

그리고 문득 미켈의 말이 떠올랐다. 사치스러운 식사로 생겼다는 내장의 병에 대한 이야기였다.

'……튀김이라는 건 고칼로리의 대표 같은 요리구나.'

그저 칼로리가 높을 뿐이라면, 가혹한 노동에 시달리는 숲가의 백성이니까 그렇게까지 걱정할 필요는 없을지도 모른다. 하지만 이제까지 이상의 지방질을 포함한 요리는 역시나 적잖이 걱정이었다.

'그렇다면 채소를 잔뜩 준비해서 곁들이고── 중요한 건 식이섬유나 구연산 같은 거니까 티노나, 타라파나, 기고 정도일까? 타우유를 어레인지하면 우스터소스와 닮은 맛을 만드는 건 가능하지만, 숲가의 백성에게는 씰의 과즙 같은 걸로 상큼하게 먹는 편이 나을지도 모르겠어.'

미켈의 말대로 몸을 망치는 요리를 대접하는 건 절대로 사양이다.

그런 생각을 하는 사이, 포르아스가 "좋아!"라며 기운차게 목소리를 높였다.

"그럼 바로, 다백으로 사자를 보내지! 동화를 준다면 내일 낮에는 카론의 젖을 가지고 돌아올 수도 있을 테니까. 얀은, 모레까지 가게를 낼 수 있도록 준비를 해줘."

"예? 모레부터 바로 장사를 시작하는 건가요?"

"응. 사실은 내일부터 시작하고 싶을 정도였거든. 어쨌든 사이크레우스 경이 알아차리기 전에 움직여야 하고, 너희도 하얀 달 15일까지는 결과를 남겨서 사이크레우스 경의 동요를 이끌어내고 싶겠지? 잣슈마 경한테 그렇게 들었다고."

"예, 뭐. 그건 그렇지만……."

하지만 하얀 달 15일은 이미 나흘 뒤로 다가와 버렸다.

이런 강행군으로, 정말로 결과를 남길 수 있을까.

"괜찮아. 나도 아버님한테 버림받느냐는 갈림길에 서 있어. 다레임 백작가와, 숲가의 백성과, 그리고 제노스의 백성 모두의 밝은 미래를 위해, 없는 힘이라도 최대한 짜내겠어. 우선은 이틀 뒤를 기대하라고!"

그러면서 포르아스는 마지막까지 태평하게 계속 웃는 것이었다.

2

포르아스와 헤어진 뒤에는 딱히 파란도 없이, 우리는 그날의 장사를 마칠 수 있었다.

《현옹정》과 《남쪽의 대수정》에서는 레이나 루가 만든 『기바 스프』와 기바 신선육을 팔고, 《키뮤스의 꼬리정》에서는 카론 고기를 사용한 메뉴 연구에 힘쓰고, 그 뒤로는 실라 루 쪽에서 포장마차 장사를 마무리해 주었다.

특이한 일은, 포장마차의 요리들이 다 100인분 모두 팔렸다는 거겠지.

이 기세는 언제까지 이어질지, 일단 내일도 같은 숫자를 준비해서 상황을 지켜볼 수밖에 없다.

그리고 밀라노 마스는 끝내 어젯밤부터 『키뮤스 고기 완자』 판매를 결단했다. 매실장아찌와 비슷한 말린 키키 딥을 시도해보고, 이거라면 아무런 문제도 없다고 판단을 내린 듯했다. "덕분에 카론 고기만 남아버렸어"라는 것이 밀라노 마스로부터 받은 평가였다.

그래서 이전에도 시험 삼아 만들었던 『채 썬 카론 볶음』도 오늘밤부터 팔게 되었다. 딱딱한 카론 다릿살을 마구 두들겨서 근섬유를 끊고, 그리고 한계까지 가늘게 채 썰고, 아리아와 티노와 프라와 함께 볶는다. 맛은 과실주와, 그리고 역참 마을에서는 유료인 피코잎이다.

타우유를 쓸 수 있다면 맛을 더욱 향상시킬 수도 있지만, 경쟁자이기도 한 나우디스의 연줄로 타우유를 구입하는 것을 밀라노 마스는 달갑게 여기지 않았다.

"과실주와 피코잎을 사용하니까 충분히 사치스러워. 이걸로 불평할 손님은 없겠지."

밀라노 마스는 그렇게 말해주었다.

이것으로 요리의 질이 그저 그렇다는 《키뮤스의 꼬리정》의 평가를 조금이나마 뒤집을 수 있다면 다행이다.

"그럼 내일부터는 국물이나 조림 같은 메뉴도 개발하죠. 원래 카론 다릿살은 그쪽이 더 맞는 식재료일 테니까, 틀림없이 잘될 거예요."

"하지만 타우유를 쓸 수 없는 건 뼈아프네요. ……그거라면 스튜처럼 타라파를 사용하는 게 괜찮을까요?"

레이나 루의 아이디어에 나는 손뼉을 쳤다.

"타라파인가. 그건 괜찮을지도! 시간을 들여서 푹 끓이면 카론이나 키뮤스 고기에서도 육수는 얻을 수 있을 테고, 식재료비가 불어나지 않을 정도로 이것저것 채소를 쓸 수 있다면 무척 괜찮게 완성되지 않을까."

"……이봐, 자네들은 처음의 목적을 잊어버린 거 아닌가?"

밀라노 마스가 미간을 찌푸리며 끼어들었다.

"자네들은 기바 고기를 팔기 위해, 이런 기초적인 요리를 가르쳐주는 거다만? 키뮤스와 카론으로 하나씩 훌륭한 메뉴를 완성할 수 있었으니까, 이제 그 용건은 마무리되었을 텐데."

"그런가요? 하지만 새로운 국물 메뉴도 준비할 수 있어서 나쁠 건 없겠죠?"

"……그렇게까지 메뉴가 충실해지면, 기바 고기가 나설 차례 따윈 없어질지도 모른다고?"

"그건 괜찮아요. 기바 고기의 맛은 밀라노 마스도 잘 아는 바니까요."

나는 의식적으로 가볍게 농담을 건네어봤다.

밀라노 마스는 기분 나쁜 듯 입을 다물어버렸다.

"여하튼 하얀 달 15일까지, 할 수 있는 일은 해두죠. 얼마 전에도 이야기했다시피, 그 이후로는 저희도 어디까지 계속 장사를 할 수 있을지 모르는 상황이니까요."

사이크레우스의 본성을 폭로하지 못한다면, 그 시점에서 우리는 긴 휴업을 맞이하게 되어버리는 것이다.

루의 사람들 대신에 포우나 란이나 스도라의 사람들이 호위 역할을 맡게 될 때까지, 대략 한 달—— 그만한 기간을 쉬어야만 할지도 모른다고 이야기했을 때, 네일이나 나우디스는 보는 내가 몸이 움츠러들 정도로 비탄에 잠기고 말았다.

"하지만 그때는, 루가의 사람들이 짐수레를 이용해서 기바 신선육을 여관까지 옮겨도 된다고 말해줬어요. 그러면 저도 집에서 요리를 만들고, 그걸 함께 옮기는 것도 가능할지도 몰라요."

그렇게 이야기하자 네일도 나우디스도 "반드시!" 하고 말해주었다.

그리고 《서풍정》에도 하얀 달 15일이 지나지 않으면 장사 이야기를 진행할 수는 없게 되어버렸다. 그렇게 전하자마자 유미가 크게 한탄했다.

"아―아, 이런 일이 벌어지기 전에 아스타랑 아버지 사이를 이어주길 그랬네…… 우리, 인연이 아닌 걸까?"

"그렇지 않아! 혹시 장사를 계속할 수 있는 상태가 되면, 유미네 아버님과는 꼭 이야기를 나누고 싶다고?"

"정말로? 한 번 나눈 약속을 어기는 남자는 신용할 수 없다! 라고, 아버지는 아직 잔뜩 화가 나 있지만."

"응…… 그 건에 대해서는, 역시 내가 직접 제대로 사죄를 드려야 하지 않을까?"

"어―, 지금은 일단 그만둬. 조금 더 머리가 식지 않고서는, 정말로 유혈사태가 벌어질지도 모르니까. ……어쨌든 앞으로도 역참 마을에서 계속 장사할 수 있도록 힘내!"

"응, 고마워."

나 자신의 교류는, 그것으로 마무리였다.

하나 더, 간과할 수 없는 일이 있었지만, 내가 그것을 알게 된 것은 숲가로 돌아오는 길에서였다.

그것은 가즈란 루티무에 대한 이야기였다. 족장들로부터 허가를 얻은 가즈란 루티무는 홀로 역참 마을로 내려가서 잣슈마와 만남 자리를 갖고 어제의 계략을 전달하기로 한 것이었다.

대죄인 자츠 슨을 조종하던 것은 사이크레우스가 아니었을까, 숲가의 백성이 그렇게 의심하고 있다는 것. 그런 의심을 품고서 하얀 달 15일에, 숲가의 백성은 슨가의 처우를 둘러싸고 사이크레우스와 회담을 가진다는 것. 그럼에도 사이크레우스의 말을 납득할 수 없다면 칼을 들고서라도 슨가의 사람들은 넘기지 않겠다며 기세가 등등하다는 것.

그런 이야기를 역참 마을에 퍼뜨려달라고, 가즈란 루티무는 잣슈마에게 의뢰한 것이었다.

"흠…… 뭐, 어차피 사람의 입에 문을 달 수는 없으니까. 어중간한 소문 따위가 흐르는 걸 기다리기보다는 이쪽에서 제대로 올바른 정보를 퍼뜨리는 편이, 그나마 똑똑한 걸지도 모르겠군."

잣슈마는 그렇게 말했다나.

"알겠다. 남은 나흘 사이에 효과가 얼마나 있을지는 모르겠지만, 얼마 없는 부하를 이용해서 이야기를 퍼뜨려보지."

그런 대화가 이루어졌다는 사실을 포장마차에 남아 있던 이들에게 전한 뒤, 가즈란 루티무는 총총히 숲가로 돌아갔다고 한다.

사태는 착착 진행되고 있었다.

내일부터는 대체 어떤 나날이 기다리고 있을까. 그런 생각을 가슴에 품고, 우리는 루가의 촌락으로 귀환한 것이었다.

◇

"아아, 일 수고했어."

짐수레를 본가 뒤까지 끌고 갔더니, 세상에나 바르샤가 정말로 장작을 패는 일에 힘쓰고 있었다.

게다가 그 옆에는 남자 둘이 같은 일에 힘을 쓰고 있어서, 나로서는 오히려 그쪽에 더 놀라게 되었다.

"랴다 루랑, 미다…… 대체 어떻게 된 건가요?"

그것은 신 루랑 실라 루의 아버지인 랴다 루와, 루의 집안사람 미다였던 것이다.

"이 손님은, 숲가의 사냥꾼에게도 지지 않는 힘을 가지고 있다. 게다가 날붙이를 빌려준다면 남자가 지켜봐야 한다는 이야기가 되었지."

돈다 루의 동생이라고는 여겨지지 않을 만큼 늘씬한 체형의 랴다 루가, 여전히 침착한 얼굴로 그렇게 대답해주었다. 흑갈색 머리카락을 뒤로 묶고 모양새 좋은 수염을 기른, 수수한 멋이 있는 장년 남성이었다.

"하지만 다른 남자들은 오늘부터 사냥 준비를 시작했으니까 말이다. 그 일을 할 수 없는 나와 미다가 감시 역할을 받게 된 게다."

랴다 루는 다리 근육을 다쳐서 사냥꾼 일에서 물러난 몸이고, 미다는 거치적거리지 않도록 지구력을 기르는 중이었던 것이다.

들어보니 납득이 가는 인선이지만, 그렇다고 해도 상당한 임팩트를 가진 트리오임에 변함은 없었다.

"아스타…… 잔뜩 요리를 팔고 왔어……?"

팬 장작을 두꺼운 팔로 끌어안은 채, 미다가 나를 내려다봤다.

다소 군살이 사라진 것 같은 인상은 있지만, 아직 충분히 고기 풍선 같은 거구의 미다였다.

"응. 오랜만에 파는 『먀무구이』였으니까. 잔뜩 준비했지만 전부 다 팔 수 있었어."

"흐응……" 하고 중얼거리며 미다는 움직이지 않았다. 그저 새끼돼지처럼 작은 눈이 나를 바라봤다.

그저께 밤, 내가 며칠 만에 귀환한 밤에도 미다는 이런 눈으로 나를 바라봤다.

내가 누군가에게 유괴당했다고 들은 이후, 미다는 계속 멍하니 있었다나. 하루의 일은 제대로 다한 모양이지만 평소 이상으로 말을 꺼내려 하지 않고, 손이 비어 있을 때에는 언덕처럼 푹 웅크린 채로 계속 허공으로 시선을 보냈다나.

그리고—— 내가 귀환하고 단 루티무가 등장해서 작은 잔치 같이 소동이 벌어졌을 무렵, 미다는 느릿느릿 본가로 찾아와서 이렇게 말했다.

"미다는, 안 울었다고……?"

그 한마디에 나야말로 그만 울 뻔했다.

야밀 레이에게는 마음의 일부가 빠져 있다는 평가까지 받은 미다이지만, 타인을 생각하는 마음은 제대로 가지고 있다는 건 이미 알고 있었다.

자츠 슨과 함께 살면서도 다른 가족처럼 마음이 일그러지지 않았던 것은 둔함인가 강함인가── 그런 생각을 해봐야 대답을 얻을 수도 없었지만, 어쨌든 터무니없이 거대한 이 몸 안에는 숲가의 백성에게 걸맞은 순수한 영혼이 깃들어 있다는 것을 나는 전혀 의심하지 않았다.

"그건 그렇고, 양이 엄청나네. 설마 하루 종일 장작을 팼어?"

내 뒤에서 얼굴을 내민 루도 루가 그렇게 묻자 미다는 "아니……"라며 머리를 떨었다. 목덜미나 어깨의 살이 방해를 해서 그 이상은 목을 움직일 수가 없는 것이었다.

"물병을 나르거나…… 모피를 무두질하거나…… 오늘도 많이 일했다고……?"

"그런가. 수고했어. 장작은 이제 충분하지 않을까? 저녁때까지 쉬어."

"아니. 일이 끝났다면 또 나와 수련을 해주지 않겠나, 미다?"

어제도 신 루는 호위 역할을 마친 뒤, 미다와 힘겨루기 대련에 힘썼다나.

틀림없이 신 루는 산쥬라에게서 나를 지키지 못했던 것을 진심으로 분하게 여기는 것이었다. 그런 신 루를 옆에서 흘끗 쳐다보며 루도 루는 벅벅 머리를 긁적였다.

"신 루, 너도 낮이나 밤이나 호위 역할을 다하고 있으니까. 쉴 때는 제대로 쉬는 게 좋지 않을까?"

"문제없다. 나는 힘을 더욱 기르고 싶은 거야."

"응…… 미다는 괜찮은데…… 랴다 루, 장작은 더 안 패도 돼……?"

랴다 루는 고요한 눈빛으로 아들의 결심에 찬 표정을 바라보며 "음" 하고 끄덕였다.

그리고 미다와 신 루, 그리고 다른 호위 담당 사냥꾼들도 떠났다. 그 자리에 남은 사냥꾼은 아이 파와 루도 루뿐이었다.

"어라? 그러고 보니 그 꼬맹이는 어디 갔지?"

"레이토라는 소년은 역참 마을로 내려간다더군. 그대로 한동안은 그쪽에서 자기 역할을 다하겠다는 모양이다."

랴다 루의 말에 루도 루는 "흐—응" 하고 미간을 찌푸렸다.

루도 루는 레이토 소년을 어떻게 대해야 할지 적잖이 고민하는 모양이었다. 신용하지 않는다는 이야기가 아니라, 그런 어린 소년이 스승인 카뮤아 요슈와 마찬가지로 여유롭게 행동하는 것이 석연치 않고, 게다가 걱정도 있을 것이다. 그것은 나도 정말 같은 의견이었다.

"그럼 우리도 일을 시작할까. 괜찮으면 또 저녁 식사 준비를 돕고 싶은데, 미아 레이 루는 어디 있을까?"

"미아 레이 어머니는 부엌에 있지 않을까. 아마 오늘 당번이었을 테니까."

라라 루의 말에 끄덕이고, 나는 기루루의 고삐를 고쳐 쥐었다.

그 순간, 바르샤가 "저녁 식사 준비인가?"라고 목소리 높였다.

"괜찮으면 그걸 견학할 수 없을까? 대체 어떻게 하면 그런 맛있는 요리를 만들 수 있는지, 어제부터 엄청 신경이 쓰였거든."

"으—음, 그것도 역시나 여자들을 통솔하는 미아 레이 루의 허가가 필요하겠네."

그래서 우리는 우르르 부엌으로 향하게 되었다.

그리고 문이 활짝 열려 있는 부엌을 들여다봤더니, 그곳에서 모습을 드러낸 것은 비나 루였다.

"어머…… 다들, 돌아왔구나……."

"응. 미아 레이 어머니는 있어? 아스타가 또 저녁 식사 준비를 돕고 싶다던데."

"흐응…… 어머니도, 이제 곧 이쪽으로 오실 텐데…… 아스타는 오늘도 준비를 도와주는 거야……?"

"예. 방해가 안 된다면 말이지만요."

"아스타를 방해가 된다고 생각하는 인간이, 루의 촌락에 존재할 리가 없잖아……?"

그런 말을 하며 비나 루는 아련히 미소 지었다. 그 요염한 행동에 나는 그만 두근대고 말았다.

비나 루가 색기로 넘쳐나는 것은 새삼스러운 일이 아니다. 페로몬을 억제하는 기능이 빠진 건 아닐까, 그렇게 의심스러울 정도인 비나 루였다.

하지만 뭔가 비나 루는 최근에 얼굴을 마주할 때마다 더더욱 색기가 늘어가는 것처럼 느껴졌다. 그것도 뭔가 이전까지와는 분위기가 다른 것 같은── 표정에는 근심의 기색이 짙어지고, 무척 나른하고, 어딘가 마음이 딴 곳에 있는 듯한, 그런 분위기였다.

말수는 명백하게 줄어들었고, 천진난만하게 미소 짓는 모습도 거의 볼 수 없게 되었다. 눈앞에 있는 인간을 바라보면서도 시선은 더욱 먼 곳을 보는 것 같이, 다소 초점이 틀어져 있었다. 그런 위태로운 분위기를 드리우며, 하지만 비나 루는 이제까지 이상으로 아름답고 요염했던 것이다.

'……생각할 시간이 반년이라니, 그건 좀 지나치게 긴 거 아닐까.'

루가에 데릴사위로 들어가고 싶다, 그런 말을 남기고서 슈미랄이 제노스를 떠나고 아직 열흘 밖에 안 지났다. 슈미랄은 어디서 어떤 일과 씨름하고 있을까.

그런 생각을 하는 사이, 건물 뒤에서 미아 레이 아주머니가 훌쩍 모습을 드러냈다.

"호오, 오늘도 저녁 식사 준비를 도와줄 거니? 그건 고맙구나."

미아 레이 아주머니는 쾌활하게 웃으며 그렇게 말했다.

"물론 나는 대환영이야. 하지만 매일매일 아스타한테 도움을 받는 것도, 어쩐지 미안해지네."

"저야말로 경솔하게 아궁이 일을 돕겠다고 하는 건 숲가의 관습에 어긋나지는 않을지 걱정하던 참이지만요."

"그런 건 신경 쓸 것 없어. 루와 파 사이잖아. 서먹서먹한 말은 마렴."

그렇지만 숲가의 백성에게 저녁 식사란 그날 하루의 생명을 얻는 신성한 행위이기도 하다. 파가의 행실에 긍정적이지 않은 지자 루 등의 심경을 생각하면, 지나치게 경솔하게 손을 댈 일도 아니었다.

하지만 루의 촌락에 머무르는 이상, 저녁 식사 준비라도 돕지 않으면 내 요리가 아이 파의 입에 닿을 일은 없는 것이다. 안 그래도 아이 파는 자기 집으로 돌아가고 싶어 하니까, 적어도 저녁 식사 정도는 만들어주기를 바라는 나였다.

"마음껏 도와줘. 우리는 또 포이탄이랑 국물을 맡을 테니까."

"감사합니다. 모두 기뻐하실 수 있게, 열심히 할게요."

하지만 우선은 내일 밑준비였다.

레이나 루, 실라 루, 라라 루는 햄버그 패티 만들기를 시작하고, 나는 『먀무구이』의 고기 자르기에 착수했다. 그 타이밍에 랴다 루도 자신의 집으로 돌아갔기에, 바르샤의 감시로는 아이 파와 루도 루가 남았다.

"흐응. 그게 기바 고기인가. 어쩐지 엄청 맛있어 보이는 색깔이네."

　방해가 되지 않도록 구석에 자리 잡은 바르샤가 태평한 목소리를 던졌다.

　"게다가 목숨을 걸고 사냥한 사냥감을 그대로 먹을 수 있다니, 부러운 이야기야. 가제의 표범은 사람을 먹으니까 모피랑 엄니밖에 가치가 없거든."

　"아, 역시 마살라에서도 육식 짐승은 식용하지 않나요."

　이곳 제노스에서도 썩은 고기를 먹는 문토나 기즈는 결코 입에 대어서는 안 된다는 금기가 존재한다.

　"그건 당연하겠지. 하지만 바로바로 새를 사냥하려면 할 수 없이 가제의 표범 영역에까지 들어가야 하니까. 마살라에서 사냥꾼으로 일하려면 결국 가제의 표범을 처리할 수 있을 정도의 실력이 필요하단 거야."

　"그렇군요. 산에는 산 나름대로의 고생이 있군요."

　바르샤에게 대답하며, 나는 자갈산 고기칼로 기바 등심을 잘랐다.

　참고로 이 고기는 아이 파가 아침에 파가에서 가져다준 것이었다. 내가 잡혀갈 때까지는 아이 파의 일도 순조로웠으니까 아직 한동안은 우리 고기로 장사를 하는 것도 가능할 터였다.

　"오늘 저녁 식사는, 뭐지?"

　고기 자르는 작업을 마쳤을 무렵, 이번에는 아이 파가 물었다.

　"오늘은 오랜만에 『로스트 기바』로 할 거야. 그래서 자른 아리아와 타우유를 기본으로, 일본풍 소스라는 녀석을 만들 생각이야."

"……그런가."

햄버그가 아니로군, 아이 파의 눈이 그렇게 이야기했다.

스프, 햄버그로 만들면 돈다 루 쪽에서도 비난의 목소리는 올라오지 않겠지만, 그래도 역시 진심으로 환영하는 메뉴는 아니다. 식객 신분으로서는 너무 제멋대로 굴 수는 없다고, 나도 눈으로 호소해두기로 했다.

하지만 아이 파는 고개를 확 돌려버렸다. 하얀 달 15일까지, 앞으로 나흘. 아이 파의 인내력이 그때까지 버틸 것인가── 그리고 그날을 지나면 정말로 파가로 돌아갈 수 있을 것인가. 혹시 체류가 길어진다면 어떻게든 햄버그를 메뉴에 추가할 방법을 찾지 않고서는 파가의 평화를 지키는 것도 어려워질 듯했다.

바로 그, 아이 파가 바라지마 않는 햄버그 패티를 열심히 만들며, 레이나 루가 내 손을 들여다봤다.

"아스타, 그 가루도 저녁 식사에 사용하는 건가요?"

내가 조리대 위에 놓은 것은, 돌아오는 길에 밀라노 마스가 가르쳐준 후와노 가게에서 구입한 후와노 가루였다.

"응. 오늘은 아주 조금이야. ……저기, 미아 레이 루, 죄송하지만 내일도 저녁 식사 준비를 도울 수 있을까요?"

"그러니까, 미안해 할 일이 아니라고 했는데. 아스타한테 부담이 되지 않는다면, 매일이라도 도와줘."

"감사합니다. 그럼 내일용으로 밑준비를 좀 할게요."

나는 커다란 나무 그릇을 빌려서 거기에 후와노 가루와 물을 투입했다.

그리고 이틀 만에 만나는 그 녀석을 주물러서 후와노 반죽을 만들었다.

"그게, 마을의 인간이 먹고 있다는 후와노인가요. 역시 포이탄하고는 무척 모양이 다른 것 같네요."

이번에는 실라 루가 말을 건넸다.

실라 루는 그다지 감정을 겉으로 드러내지 않지만 요리에 대한 열의는 레이나 루에게 지지 않았다.

"예. 포이탄은 반쯤 액체 상태로 굽지만, 후와노는 굽기 전부터 고체로 만드는 게 가장 큰 차이일까요."

하지만 모양새에 집착할 이유는 없었기에, 나는 가장 수고가 덜 드는 평평한 원형으로 후와노를 반죽하기로 했다.

포이탄과 비슷한 질감에 포이탄보다도 더욱 하얀, 구운 후와노가 그것으로 완성되었다. 라라 루나 미아 레이 아주머니도 신기한 듯 내 작업을 지켜보고 있었다.

"그래서 그건 어떻게 할 거니? 구워버리면 포이탄이랑 그렇게 다르진 않을 것 같은데."

"이건 이대로 건조시킬게요. 그러면 내일은 단단하게 마른다니까, 그걸 새로운 요리의 재료로 사용해볼 생각이거든요."

구운 포이탄은 확실히 하룻밤 방치하더라도 그렇게 모양은 바뀌지 않는다고, 실라 루였던가 그런 말을 한 기억이 있다.

여하튼 포이탄에 대해서는 포르아스가 계속 연구해줄 테니까, 이번에는 후와노에 집중해서 빵가루 대용품이 될 수 있을지를 검토할 생각이었다.

'만약에 포르아스의 계획대로 포이탄을 제노스의 주식으로 끌어올릴 수 있더라도, 후와노를 쓸 곳이 사라지는 건 아닐 테지.'

포이탄은 후와노만큼 밀가루와 비슷한 성질은 없다.

예를 들어서 과자나 스튜의 루를 만든다면 후와노가 더 적합하겠지.

나로서는 현재 고작 두 종류밖에 볼 수 없는 곡물인 후와노와 포이탄이니까, 양쪽의 특성을 살려서 요리에 사용하고 싶었다.

"좋아. 그럼 오늘 저녁 식사 준비에 들어갈게요."

내가 그렇게 선언하자 레이나 루가 "아, 아"라고 기묘한 목소리를 높였다.

"조, 조금만 더 기다려줄래요, 아스타?! 조금만 있으면 이쪽 일도 끝나니까요!"

"아, 레이나 루도 오늘 아궁이 당번이었어?"

"아뇨, 오늘 당번은 라라인데, 저한테는 급한 일도 없으니까 가능하다면 아스타한테 가르침을 받고 싶거든요."

"……저도 배울 수 있을까요?"

그리고 실라 루까지 그런 말을 꺼냈다.

"저는 전혀 상관없지만, 그래도 실라 루한테는 자기 집의 일이 있는 거 아닌가요?"

아직 일몰까지 여유는 있지만, 실라 루의 집에는 여성이 그녀와 어머니밖에 존재하지 않는다. 장사용 밑준비가 끝난 뒤에는 그쪽에서 아궁이 당번 일을 해야 할 터였다.

패티 만들기를 마치고 타라파 소스 제작으로 넘어간 실라 루가 애절한 눈빛으로 나를 바라봤다.

"하지만…… 모처럼 아스타가 아궁이를 맡았다면, 저도 가르침을 받고 싶어요. 그러지 않으면 앞으로 레이나 루의 발목을 붙잡고 말 테니까……."

"어머, 무슨 소리니, 실라 루? 장사를 위한 요리에서는 네가 더 많은 기술을 가지고 있잖아?"

"아뇨, 저는 레이나 루만큼 정교하게 스프를 만들진 못하고, 애당초 아궁이 당번으로서의 실력을 처음부터 레이나 루가 더 위였잖아요?"

"그렇지 않다고 생각해. 훨씬 전부터 아스타의 장사를 돕던 실라 루가, 지식과 경험에서 웃도니까."

태양처럼 화려한 레이나 루와 달처럼 무상한 실라 루가, 손은 빈틈없이 움직이며 말다툼을 시작해버렸다.

물론 서로를 라이벌로 보고 있을지라도 강한 핏줄로 이어진 두 사람이다. 연장자인 실라 루가 존댓말을 사용하는 것을 제외하면 어쩐지 사이좋은 자매가 거침없이 의견을 부딪치는 것처럼 보여서, 나는 무척 마음이 차분해졌다.

"그렇다면―, 내가 실라 루와 일을 교대해줄까? 타리 루 혼자서는 큰일일 테니까, 그쪽은 내가 도와줄게."

아궁이 불을 보고 있던 라라 루가 갑자기 그런 말을 던졌다.

실라 루는 의아한 듯 그쪽을 돌아봤다.

"그건 고마운 제안이지만, 아궁이를 맡으면 그 집에서 함께 식사를 해야만 한다고요?"

"어…… 웅, 그러니까 내가 실라 루네 집에서 먹고, 실라 루가 우리 집에서 먹으면 되는 거 아냐? 가끔은 그런 것도 재미있잖아."

말하면 점점 라라 루의 뺨이 붉게 물들었다.

그 모습을 보고 루도 루가 "그런 거냐—"라고 크게 목소리를 높였다.

"실라 루를 신경 쓰는 척하면서, 비열하구나, 너! 자기가 신 루네 집에 가고 싶은 것뿐이잖아."

"아무도 그런 소리 안 했잖아! 큰 소리로 영문 모를 소리 떠들지 말라고, 바보 루도!"

"그게, 그것밖에 안 떠오르잖아. 뭐, 하지만 신 루도 기뻐할 테니까 그건 그것대로 괜찮은 거 아냐?"

라라 루는 손에 들고 있던 장작 하나를 루도 루에게 힘껏 던졌다.

그것을 눈앞에서 캐치한 루도 루가 "헤헤"라며 유쾌한 듯 웃었다.

"비나 누나도 레이나 누나도 아직 사위를 못 찾았는데, 아직

열세 살인 네가 가장 되바라져서는 말이지—. 혹시 본가에서 가장 먼저 시집가는 건—— 으앗, 뭐야!"

세 방향에서 날아온 장작이 루도 루를 덮쳤다. 세 자매가 호흡을 딱 맞춘 파상 공격을 선보인 것이었다. 루도 루는 크게 허둥대며 처음에 잡은 장작으로 날아드는 장작을 모두 쳐서 떨어뜨렸다.

"너희들, 장난 칠 거면 밖에서 하렴. 요리에 나뭇조각이 들어가잖니."

웃으며 미아 레이 아주머니가 나무랐다.

그때 바르샤가 "아—아"라며 소리 높였다.

"역시 가족이란 건 좋구나. 나도 빨리 방탕한 아들놈을 이 손으로 붙잡고 싶어졌어."

돌아보니 바르샤가 사자처럼 투박한 얼굴에 놀랄 정도로 온화한 미소를 머금고 있었다.

미아 레이 아주머니도 그쪽을 보고 또다시 웃었다.

"당신한테는 가족이 그 아들밖에 없었던가? 한시라도 빨리 재회할 수 있기를, 나도 숲에게 기도할게."

"그건 고맙네. ……사실은 말이지, 카뮤아 요슈의 입발림에 넘어간 게 아닌지 불안했는데, 남편의 원수라고 생각했던 숲가의 백성이 어떤 녀석들인지 알았으니까 이것만으로도 마살라에서 나온 보람은 있었다고 생각해, 나는."

아이를 일곱이나 낳고 가정을 꾸려가고 있는 미아 레이 아주머니와, 어린 아들을 위해 가혹한 사냥꾼으로서의 삶에 다시금 뛰어들 것을 결단한 바르샤. 이렇게나 억척스러운 어머니들의 만남이 있었을까. 나는 남몰래 감탄했다.

그리고 정신이 들자 아이 파 쪽으로 시선이 움직여버렸다.

아이 파는 무표정하게, 아주 살짝 눈을 가늘게 만들고서 그런 정경을 바라봤다.

그리고는 내 시선을 깨닫고 조용히 얼굴을 향했다.

'가족이란 건, 좋구나.'

아이 파의 가슴에는 어떠한 심정이 오가고 있었을까.

하지만 모든 가족을 잃고 만 우리도, 지금은 둘도 없는 존재를 다시금 손에 넣을 수 있었다.

그런 생각을 하는 사이, 오늘 이날은 느릿하게 흘러갔다.

이런 평화로운 나날을 지켜낼 수 있을 것인가, 결판의 그때는 천천히, 그러나 착실하게 다가오고 있을 터였다.

3

"아아, 아스타, 간신히 얼굴을 보여주는구나!"

다음날인 하얀 달 12일이었다.

《키뮤스의 꼬리정》에서 포장마차를 빌리고 우선은 필요한 채소를 구입하고자 돌라 아저씨의 가게에 들렀더니, 나를 그런 심상치 않은 목소리가 맞이했다.

"무, 무슨 일인가요? 설마 또 뭔가 이상한 일이라도——."

"됐으니까, 잠깐 이쪽으로 와 다오! 자세한 이야기를 들려줘!"

영문도 모르는 채, 건물 안으로 끌려 들어갔다.

아저씨의 발밑에서는 탈라도 무척 불안해 보이는 표정을 짓고 있었다.

"아스타, 숲가의 백성이 제노스를 나갈지도 모른다는 소문은, 사실이냐?"

내 두 팔을 단단히 붙잡은 아저씨가 무시무시한 표정으로 따져 물었다.

그 말에 나는 모든 것을 헤아릴 수 있었다.

"아뇨, 그 정도 각오로, 숲가의 백성은 제노스의 귀족에게 맞설 생각이라는 이야기에요. 어떻게든 납득이 가는 길을 모색하고 싶을 뿐이지, 결코 경솔하게 제노스를 나가겠다는 건——."

"그럼 역시, 납득이 가지 않는다면 제노스를 나가겠다는 거겠지? 그런 거, 정말 너무하잖아!"

감정의 기복이 무척 심한 돌라 아저씨이지만, 그래도 이렇게까지 흥분한 모습을 드러내는 것은 드문 일이었다.

아래쪽에서는 벌써 탈라의 눈가가 촉촉해지기 시작했다.

"아니, 제노스를 나가는 건 그야말로 최후의 수단이에요. 숲가의 백성 중에도 그런 결말을 바라는 인간은 한 사람도 존재하지 않겠죠. 저도 물론 제노스를 버릴 생각 따윈 요만큼도 없어요."

"하지만, 귀족들이 자기들의 잘못을 그렇게 간단히 인정할 리가 없잖아? 그 녀석들은 처음부터 우리와는 다른 세계에 살고 있어."

분하다는 듯, 아저씨의 얼굴이 일그러졌다.

"그야 숲가의 동포가 귀족에게 이용당했다면, 너희도 화가 치밀겠지. 하지만 모든 건 끝난 이야기잖아? 죄인들은 다들 목숨을 잃었어. 이 이상 소동을 벌이더라도, 아무런 이득도 없지 않을까?"

단 하룻밤 만에 돌라 아저씨한테는 모든 상황이 전해진 모양이었다.

그러고 보니 잣슈마는 아저씨의 모습을 자주 술집에서 본 적이 있다고 했다. 두 사람의 행동범위가 처음부터 겹쳐 있었다면 이 결과도 그렇게나 이상한 일은 아닐지도 모르겠다.

그래서 나는 자신이 어찌나 어리석었는지 깨닫게 되었다. 가즈란 루티무가 그 이야기를 역참 마을에 퍼뜨리려고 했다는 사실은 처음부터 알고 있었으니까, 친근한 사람들에게는 사전에 내 입으로 제대로 이야기를 해두었어야 했다.

"미안해요. 숲가의 백성은 모든 일을 흐지부지하게 넘긴 상태로 제노스의 영주를 따를 수는 없다고 생각해요. 하지만 어떻게든 자신들이 납득할 수 있는 결과를 이끌어내고, 앞으로도 이 땅에서 사냥꾼으로 계속 일하기를 바라니까—— 부디 우리를 믿어주지 않겠어요?"

"믿고 싶어. 믿고 싶지만…… 투란 백작이라니, 자칫하면 제노스 영주 본인보다도 성가신 상대잖아? 그런 귀족을 상대로 무사히 넘어갈 수 있겠느냐?"

"……저는, 숲가의 백성의 힘을 믿고 싶어요."

아저씨는 깊이 한숨을 내쉬었다.

그때 아이 파가 말을 건넸다.

"주인이여, 당신이 우리를 걱정해주는 건 기쁘다만── 슬슬 아스타의 몸에서 손을 떼지 않겠는가?"

"응? 아, 미안해. ……하지만 말이지, 우리는 언제까지나 너희와 친하게 지내고 싶어."

"음. 서쪽의 백성 중에서도, 당신은 누구보다도 빨리 우리에게 마음을 열어주었다. 이제까지 그다지 말을 나눌 기회는 없었지만, 나는 그것을 계속 신기한 일이라고 느꼈다. ……그러니까 아스타가 말했다시피, 우리를 믿고 기다려줬으면 한다."

조용히 이야기하는 아이 파의 모습을 아저씨는 힘없이 돌아봤다.

"믿어도, 되겠나? 나는── 나는 좀, 무서워. 귀족들은, 숲가의 백성의 힘을 얕보고 있지 않을까 해서."

아이 파는 의아하다는 듯 미간을 찌푸렸다.

나로서도 지금 그 말은 무슨 의미인지 알 수 없었다.

"그날, 아스타가 납치당했을 때, 너희는 격노했잖아? 숲가의 백성 수십 명이 성문으로 밀려들고── 나는 이대로 제노스가 멸망하는 건 아니냐고 생각했거든."

그러면서 아저씨는 살집이 좋은 몸을 부르르 떨었다.

"물론 성 밑 마을에는 엄청난 숫자의 병사가 있겠지. 하지만 숲가의 백성 모두가 칼을 들고, 제노스에게 싸움을 건다면── 성 밑 마을 녀석들한테 승산은 없지 않을까 생각해버렸어."

"하, 하지만 숲가의 백성은 다 합쳐봐야 500명 정도라고요? 사냥꾼으로서의 힘을 가진 건 그중 절반 이하일 테고──."

"그럼 아스타는, 숲가의 백성이 패배하는 모습을 상상할 수 있어? 나로서는 전혀 상상이 안 돼. ……그나마 생각할 수 있는 건, 고작해야 공멸 정도일까."

어느샌가 다리에 매달려 있는 탈라의 머리를, 아저씨는 반쯤 무의식적으로 쓰다듬고 있었다.

"그런 걸, 돌담 안의 녀석들은 모르는 것 같아. 숲가의 백성이 잠자코 일을 해주는 건, 원래 너희가 긍지 높은 일족이기 때문이고── 혹시 그런 너희를 정말로 화나게 만들었다가는, 마을을 하나 멸망시키는 것 정도는 간단히 해낼 수 있을지도 모르지. 그런 것도 모르고서, 귀족들은 숲가의 백성을 제멋대로 대하고 있는 게 아닐까."

"……만에 하나라도 귀족들을 적으로 돌리더라도, 우리의 칼이 당신들을 향할 일은 절대로 없겠지."

"응, 그것도 알아. 하지만 제노스가 멸망한다면 우리도 끝이야. ……아니, 그렇게 되면 또 새로운 귀족이 새로운 마을을 만들 뿐일 테고, 우리도 어떻게든 이렇게 살아갈 수밖에 없어. 하지만 숲가의 백성은 이제 서쪽 왕국에서 거처를 잃고 말 테니까, 이번에는 마휴도라 정도로 이주할 수밖에 없겠지? 그런 건, 싫어."

아저씨는 죄어드는 것 같은 눈빛으로 아이 파를 바라봤다.

"나는 앞으로도 제노스의 백성으로서 살고, 너희와 계속 친하게 지내고 싶어. 그렇게 생각하는 건 나뿐만이 아니겠지. 그러니까 부디 성급한 판단만큼은 피해줘."

"숲가의 족장인 내 아버지는, 굳이 따지자면 성미가 급한 편일지도 모르겠지만 말이야. 하지만, 동포에게 올바른 길을 제시하는 것에 목숨과 영혼을 걸 거야."

그때 우리 등 뒤에서 이 대화를 들었는지 루도 루가 앞으로 나왔다.

"모르가 숲은 우리 고향이야. 그걸 간단히 버릴 생각은 없어. 그래도 귀족들이 제멋대로 굴게 둘 수는 없으니까, 뭐, 우리를 믿어줘."

"정말로? 계속 탈라와 친하게 지내줄래?"

불안한 듯 목소리를 높이는 탈라에게 루도 루는 "그래"라며 웃음을 건넸다.

"꼬마 리미가 너랑 만나고 싶다며 시끄러워서. 이번 일에 결판이 나면, 그 녀석도 역참 마을로 내려올 수 있게 될 테니까. 그때는 꼬맹이들끼리, 친하게 지내줘."

"응!" 하고 탈라는 크게 끄덕였다.

아저씨는 웃는 듯 우는 듯, 그런 표정으로 탈라의 머리를 또다시 쓰다듬었다.

"귀족들이 생각을 바꾸어주길, 나도 기도할게. ……그러고 보니, 귀족들 중에서도 우리 영주의 아들 하나는 숲가의 백성 쪽에 서 있다지?"

"아, 둘째 아들 포르아스라는 사람이에요. 그 사람이 농원 영주의 핏줄이라는 건, 조금 놀랐어요."

"응. 생각이 유연한 둘째 아들이란 평판이었는데 그 녀석이 아스타를 구할 힘이 되어주다니, 나는 드물게도 자랑스럽다는 기분을 느꼈다고."

그러면서 아저씨는 또다시 조금 다른 느낌으로 불안한 표정을 지었다.

"하지만 그 차남은 대체 뭘 꾸미는 거지? 시급히 이제까지 이상의 포이탄을 수확할 수 있도록 준비를 진행하길 원한다는 공고가 돌았는데, 부디 마을의 사람들한테는 들키지 않도록, 그런 이상한 주문이 달려 있었거든."

"……그건 확실히 이번 일과 관련이 있는 이야기니까, 함부로 입에 담지 않는 편이 좋을 거예요."

"역시 그런 이야기였나. 그게 숲가의 백성에게 도움이 되는 이야기라면, 포이탄 정도야 얼마든지 마련해주겠어."

그러면서 아저씨는 간신히 약하나마 미소를 지어주었다.

◇

그 후로도 포장마차를 방문하는 손님들 중 일부가 같은 화제를 꺼냈다.

여관이나 술집에서 소문 확산 속도는 내가 생각했던 것 이상이었을지도 모르겠다.

"정말로 바보 같은 이야기로군. 차라리 다툼이 벌어지기 전에 자갈로라도 이주해버리면 되는 거 아닌가?"

"그건 좋은 생각이네. 기원을 따지자면 숲가의 백성은 자갈의 핏줄이었으니까. 서쪽 왕국에서 변변한 대우를 못 받는다면, 일족이 모두 돌아가 버리면 그만이야."

그렇게 말해준 것은, 일찍이 바란 아저씨를 돕던 건축 가게 사람들이었다.

나는 이전에 슈미랄에게도 동쪽 왕국 시무로 이주하는 것은 어떠냐는 권유를 받은 적이 있다. 인연을 맺은 사람들이 그렇게 말해주는 것은 정말로 기쁜 일이었다.

하지만 그것과는 다른 이야기로, 시무나 자갈로 이주하는 것은 어렵겠다고 생각한다.

기바 사냥의 일을 포기하고 제노스를 나간다면, 숲가의 백성은 서쪽 왕국에게 배신자의 낙인이 찍히고 말 터. 우호국인 시무나 자갈이 그런 이들을 받아들인다면 국가 사이의 분쟁으로 발전할지도 모른다.

그러니까 조금 전, 돌라 아저씨도 마휴도라의 이름을 꺼낸 거겠지. 서쪽 왕국에게 대항한다면, 이제 숲가의 백성이 있을 곳은 적대국인 마휴도라 정도밖에 없다고.

그에 더해서 섬기는 신을 바꾸는 것은 무척 어렵다는 이야기도 있다. 80년 전에 신을 막 바꾼 숲가의 백성이, 또다시 신을 바꾸는 것이 가능한가—— 그리고 적대국인 마휴도라가 숲가의 백성을 동포로 맞이하기는 할까. 거기까지 생각한다면 숲가의 백성은 모든 왕국, 모든 신으로부터 존재를 거절당하게 될 수도 있는 것이다.

하지만 어쨌든 제노스를 나가는 것은 누구에게도 바람직하지 않은 결말이다. 우리는—— 숲가의 백성은 이곳 제노스에서, 모르가 숲에서 살아가기를 강하게 바란다. 바로 그러기 위해서, 사이크레우스와 결판을 내야만 하겠지.

"……뭔가 오늘은, 마을이 술렁거리는군."

중천 조금 전에 가게를 들른 미켈은 수상쩍다는 듯 미간을 찌푸리며 그렇게 말했다.

"마침내 귀족들과 전쟁이라도 시작할 생각이냐? 정말이지, 변변치도 않은 일이 되었군."

"미안해요. 하얀 달 15일까지는 무언가 결과가 나올 테니까요."

미켈을 위해서 『먀무구이』를 만들며, 나는 어떻게든 미소로 그렇게 대답했다.

미켈은 같은 표정 그대로, 문득 『기바 버거』 포장마차 쪽으로 시선을 옮겼다.

"……그런데, 그쪽 처녀들에게 요리를 가르친 건, 너인가?"

"예? 예, 그래요. 저쪽 요리도 제가 직접 만든 것과 손색은 없을 거예요."

"그런 건, 내가 붙잡혀 있는 동안에 요리를 샀으니까 잘 안다. ……너는 분명히 도래 백성이고, 아버지한테 요리를 배웠다고 그랬지?"

"예. 일본이라는 섬나라 출신이고, 아버지는 요리사를 생업으로 하셨죠."

"바다 밖의 이야기라니, 나로서는 전혀 알 수가 없다만…… 어쨌든 네 아버지는 상당한 실력을 가진 요리사였나 보군."

"예. 이 세상에서 가장 존경하는 분이에요."

그런 말이 스르륵 입에서 흘러나왔다.

당사자에게는 도저히 전할 수 없고, 또한 전할 방법도 없는 말이다.

"네 요리는 색달라. 게다가 이 기바 고기라는 것도 카론에 지지 않게 좋은 식재료인 것 같으니, 이래서야 호평이 나오는 것도 당연한 일이겠지."

그렇지 않으면 사이크레우스의 눈을 두려워할 필요도 없을 텐데, 그러는 것 같은 말투였다.

어쩐지 내가 대답이 곤란하던 참에, 깜짝 놀랄 무언가가 다가왔다. 가도 북쪽에서 덜컹덜컹 토토스가 끄는 커다란 상자형 짐수레── 다레임 백작가의 토토스 수레였다.

짐수레는 노점 구역에 접어든 참에 정지했다. 역참 마을의 영내에서는 마부도 짐수레에서 내려와 고삐를 끌어야 한다는 약속이 있는 것이었다.

하지만 짐수레는 그대로 움직이지 않고, 그 대신에 거기서 하차한 두 인물이 우리 포장마차로 다가왔다. 다레임 백작가의 요리장 얀과 호위 무관이었다.

훌륭한 복장을 입은 성 밑 마을 주민의 등장에, 미켈은 얼굴을 찌푸리고 몇 걸음 물러났다. 그리고 빈 공간에 얀과 무관이 섰다.

"아스타 경, 다백에서 카론의 젖이 도착했습니다. 아스타 경 쪽에서도 필요하다면 나누어주도록 포르아스 님께서 말씀하셨습니다만, 어떠실까요."

은근히 무례하다는 말이 딱 맞는 행동거지였다.

하지만 우리 아버지보다도 연장자인 상대라서 나야말로 위축되고 말았다.

"감사합니다. 우선은 남는 몫을 나누어 주시기만 해도, 저는 충분해요."

"그럼 우선은 백동화 한 닢 분량 정도로 괜찮겠습니까? 앞으로는 고기 상인이 며칠 단위로 가져다주도록 되어 있으니, 그쪽으로 주문을 하면 매번 필요한 양을 받는 것도 가능합니다."

"그건 정말 감사하네요. ……저기, 그건 역참 마을의 주민도 마찬가지로 살 수 있는 건가요?"

"물론입니다. 그건 원래 제노스로 고기를 나르던 상인들이니까요. 내일, 제 요리가 포장마차에서 팔리게 된 뒤에는, 모두가 카론의 젖을 원하게 되겠죠."

그렇다면 《키뮤스의 꼬리정》에서도 메뉴의 폭을 더 넓힐 수 있겠지. 키뮤스의 알과 후와노 가루에 이어서, 이건 든든한 원군이다.

"그럼 저쪽 짐수레에 젖을 담은 항아리를 가져왔으니, 손이 비는 분을——."

그렇게 말하려다가, 얀의 표정이 얼어붙었다.

그 시선을 따라가서 나도 움찔했다.

요리장의 눈은 고개를 돌리고서 『먀무구이』를 먹던 미켈의 모습을 포착한 것이었다.

"당신—— 당신은 혹시, 《하얀 옷의 처녀정》에서 요리장을 맡고 있던 미켈 경 아닙니까?"

미켈은 기분 나쁜 듯 얀을 쳐다봤다.

"성 밑 마을의 인간에게 용건은 없다. 나는 그냥 내버려둬라."

"저, 저는 《셀바의 모창(矛槍)정》에서 수련을 쌓고, 지금은 다레임 백작가의 주방을 맡고 있는 얀이라고 합니다. 실례입니다만, 미켈 경은 제노스에서 떠났다고 들었습니다만——."

"남의 이야기를 안 듣는 건가? 나는 숯구이 일을 하는 그저 늙은이다. 숯이 필요하다면 투란의 오두막으로 동화를 가져오게."

둘 다 초로의 남성이지만 연령은 얀이 더 위였을 테지.

하지만 미켈을 바라보는 얀의 눈에는 분명히 경외의 빛이 드리워 있었다.

"당신 정도의 요리사가 미래를 잃고 성 밑 마을에서 추방당했다는 이야기에, 저는 가슴이 아팠습니다. 하지만 그래도 이렇게 무사하신 모습을 볼 수 있어서, 저는——."

"성가신 남자로군. 식사가 맛없어진다."

험악한 표정으로 내뱉고 미켈은 마지막 한 입을 입 안으로 던져 넣었다.

얀은 멍한 얼굴로 나를 돌아봤다.

"미켈 경이 먹고 있는 건, 아스타 경의 요리로군요? 혹시 아스타 경은 미켈 경과 인연이 있는 요리사였던 겁니까? 그래서 그런 젊은 나이에, 투란 백작의 딸이 반할 정도의 실력을——."

"아, 아뇨. 저는 최근에 미켈과 인연을 맺었을 뿐이에요. 그런 대단한 건 아니에요."

나는 황급히 고개를 가로젓고, 미켈은 비웃듯이 코웃음을 쳤다.

"나와 인연이 있는 요리사가 이렇게 이상한 요리를 만들겠나. 그런 건 이 애송이의 요리를 한 입이라도 먹으면 알 수 있을 텐데?"

"예, 저는 아직 아스타 경의 요리를 먹은 적이 없어서…… 그건, 기바 고기를 사용한 요리라고 하더군요?"

"예. 기바의 등살과 가슴살을, 과실주와 마뮤와 타우유 국물에 절여서 구운 요리에요."

얀은 고뇌하는 표정을 지었다.

그것을 보고 미켈은 콧잔등에 주름을 지었다.

"성 밑 마을 백성의 잘난 혀로, 억지로 기바 따위를 먹을 필요는 없다. 무슨 생각으로 역참 마을로 나왔는지는 모르겠지만, 배탈이 나고 싶지 않다면 돌담 안에서 카론 고기라도 먹으면 되겠지."

"아뇨, 저는──."

"나는 할 일이 있다. 너희랑 엮어 있을 여유는 없어."

그렇게 내뱉고 미켈은 바로 떠나버렸다.

얀은 고뇌하는 표정 그대로, 그의 뒷모습을 지켜봤다.

"……미켈은 무척 고명한 요리사였군요."

"당연합니다! 《하얀 옷의 처녀정》은 그렇게 큰 가게도 아니었지만, 미켈이 요리장을 맡고 있는 동안에는 《셀바의 모창정》에도 지지 않는 평판을 얻었습니다. 제게는 제노스에서도 최고의 요리사 중 한 사람이었습니다."

열기가 담긴 말투로 말하고, 얀은 살점이 적은 어깨를 풀썩 떨어뜨렸다.

"그런데도 투란 백작 같은 사람이 눈독을 들였다는 것만으로 저런 지독한 일을…… 아스타 경에게 심경을 속일 필요는 없겠죠. 저는 요리사를 도구처럼 취급하는 투란 백작의 행적을 용납할 수 없습니다. 그러니까 다레임 백작가의 당수께는 질책을 당할 것도 알고서, 포르아스 님의 힘이 될 것을 결단할 수 있었습니다."

"그랬나요. ……당신 같은 사람과 손을 잡을 수 있어서, 저는 기쁘다고 생각해요."

그것은 거짓 없는 내 본심이었다.

비쩍 마른 초로의 요리장은 힘을 되찾은 눈빛으로 내 얼굴을 바라봤다.

"……당신을 요리를 살 수 있겠습니까, 아스타 경?"

"물론이에요. 값은 적동화 두 닢이에요."

나는 철판 구석에서 보온 중이던 고기를 써서『먀무구이』를 만들었다.

성 밑 마을의 인간이 기바 고기를 입에 대는 것은 아마도 처음일 것이다.

『먀무구이』를 머뭇머뭇 입으로 옮긴 얀은 깜짝 놀라서 멈칫했다.

"이것이—— 기바 고기입니까."

"예. 입에 맞으시나요?"

"……이건 확실히, 카론 가슴살이나 등살에도 뒤지지 않는 맛입니다."

얀의 눈동자가 더더욱 강한 빛으로 넘치기 시작했다.

"게다가 이건, 역참 마을의 식재료만으로 만든 거로군요? 불과 적동화 두 닢으로 팔 수 있을 정도의 식재료로."

"예. 타우유를 조금 쓰기도 했지만요."

"놀라운 이야깁니다. 저도 내일부터 역참 마을에서 팔 요리 메뉴를 재검토해야겠습니다."

그러면서 얀은 가도 옆에 세워진 짐수레 쪽을 가리켰다.

"카론의 젖은 받아주십시오. 저는 얼른 저택으로 돌아갈 필요가 있을 것 같습니다."

"알겠어요. 내일은 제 쪽에서 당신의 요리를 사도록 할게요."

"……결코 부끄럽지 않을 요리를 준비할 것을 약속드리죠."

얀은 힘찬 목소리로 그렇게 말했다.

4

그리고 그날도 무사히 일을 마무리할 수 있었다.

여관에서도 며칠 만에 『기바소테 아라비아타풍』과 『고기 찻치』를 제공하고, 포장마차의 요리도 100인분씩 모두 팔았다. 손님 숫자로 따지자면 가게를 휴업하기 전을 웃돌 정도였다.

잣슈마를 통해 역참 마을에 퍼뜨린 소문 덕분에 손님들이 무언가 사정을 묻는 경우는 많았지만, 그들 대부분은 남쪽이나 동쪽 백성이었기에 "앞으로도 장사를 계속할 수 있겠나?"라는 부분으로 그들의 관심이 집약된 것처럼 느꼈다.

한편으로 사이크레우스 쪽에 움직임은 없었다.

마을의 위병들은 다소 어두운 눈빛을 보내기만 하고 가까이 다가오려 하지도 않았기에, 우리 앞에 습격자가 모습을 드러내는 일도 없었다. 숲가의 백성 복장을 한 도적들도 내가 사이크레우스 저택에서 귀환한 이후로는 잠잠해졌다.

"표면상으로는, 지극히 평화롭군."

기루루가 끄는 짐수레에서, 마부석 바로 뒤에 자리 잡은 아이 파가 낮은 목소리로 그렇게 말했다.

짐수레 쪽에는 루가의 세 여성과 리 스도라, 그리고 호위인 분가의 소년이 한 명 탔고, 뒤에는 루루와 레이가에서 빌린 토토스의 등에 두 명씩 사냥꾼이 타고 있었다. 츠바이랑 아마 민 루티무 일행은 중천부터 호위인 여섯 사냥꾼들과 도보로 돌아갔다.

"회담 날까지, 앞으로 사흘. 이대로 아무 일도 없이 지나간다면 좋겠다만."

"응. 그리고 회담 날 이후로도 평화롭게 보낼 수 있길 기도하자."

돌라 아저씨만이 아니라 밀라노 마스나 네일 등등도, 숲가의 백성의 미래를 무척 걱정해주는 모습이었다.

숲가의 백성과 사이크레우스의 미래는, 그대로 제노스의 미래마저도 좌우하겠지. 이것이 자츠 슨 일당이 남긴 상흔이다.

"여어, 오늘도 무사히 돌아왔네."

루의 촌락에 도착해서 모두 함께 본가의 부엌으로 향했더니, 이번에도 집 뒤에서 바르샤와 다른 사람들이 장작을 패고 있었다.

"바로 저녁 식사 준비인가? 오늘도 구경을 좀 해볼까."

아이 파와 루도 루 이외의 사냥꾼들은 떠나고, 남은 멤버끼리 부엌으로 향했다. 이 단계에서 랴다 루도 이탈한 것을 제외하면, 어제와 완전히 같은 전개였다.

하지만 저녁 식사를 만들 아궁이 당번 멤버는 랜덤하게 교대한다. 오늘의 아궁이 당번은 티토 민 할머니와 리미 루였다.

"그리고 사실은 라라도 당번인데, 오늘도 실라 루와 교대할거야?"

부엌에서 기다리던 리미 루가 그렇게 묻자, 라라 루는 "무슨 불만이라도 있어?"라며 곧바로 얼굴을 붉혔다.

"아니. 신 루도 기뻐할 테니까, 괜찮다고 생각해!"

리미 루는 싱긋, 만면의 미소를 지었다.

말하는 내용은 어제 루도 루와 다르지 않은데, 이쪽은 천진난만 그 자체였다. 따라서 라라 루는 짜증을 터뜨리지도 못하고 그저 얼굴을 붉혔다.

"저기저기, 오늘은 뭘 만들 거야?"

그렇게 언니를 격침시킨 리미 루가 같은 표정 그대로, 내 가슴팍에 매달렸다.

"오늘은, 이제까지와 전혀 다른 요리를 만들 생각이야. 그러니까 숲가의 백성의 식사에 어울릴지, 가능한 한 많은 사람들이 시식해줬으면 좋겠어."

"정말로? 만세—!"

리미 루는 내 가슴팍에 적갈색 머리카락을 꾹꾹 들이밀었다. 사이크레우스의 저택에서 귀환한 이후, 리미 루는 이제까지 이상으로 친애의 마음을 던지게 된 것이었다.

"이봐, 꼬마 리미, 아스타도 일단 남자니까 말이야. 너무 가볍게 달라붙지 말라고."

루도 루가 조금 화난 목소리를 높이자 리미 루는 내 가슴팍에 뺨을 댄 채, 귀엽게 낼름 혀를 내밀었다.

"시끄러워─. 리미가 누구랑 달라붙든 리미 마음이라고─?"

루도 루는 벅벅 머리를 휘저었다.

모든 사람들과의 평화를 지키기 위해, "그럼 일을 시작할까"라고 나는 작업 개시의 목소리를 높이기로 했다.

우선은 장사 밑준비다.

어제와 마찬가지로, 『먀무구이』용 고기를 묵묵히 잘랐다. 100인분이라는 양이 터무니없을 뿐, 작업적으로 어려운 부분은 없었다.

그것을 마치면 드디어 저녁 식사 준비다.

나는 이날, 기다리고 기다리던 기바 고기 튀김 요리──『기바 커틀릿』에 도전할 생각이었다.

"어디. 후와노는 어떤 느낌일까."

어제부터 나무 그릇 위에 놓아둔 반죽 완성도를 확인했다.

확실히 포르아스가 말했다시피, 후와노 반죽은 수분이 빠져서 말라 있었다.

바삭바삭, 그럴 정도의 완성도는 아니지만, 손가락으로 집어도 좀처럼 뜯어낼 수 없을 정도로는 단단해졌다. 1센티미터가 채 안 되는 얇기로 밀어둔 것이 제 역할을 했는지, 무척 내부까지 수분이 빠진 듯했다.

"좋아, 이거면 되겠어. 레이나 루랑 실라 루, 괜찮으면 그쪽 일에 방해가 되지 않을 정도로──."

그렇게 말하려고 했지만, 그녀들은 처음부터 자기 일에 힘쓰면서도 이쪽으로 뜨거운 시선을 보내고 있었다.

"저기저기, 그걸 어떻게 할 거야?"라고, 이쪽은 저녁에 먹을 포이탄을 구우며 리미 루가 천진난만하게 물었다.

"이건 있지, 이 녀석을 사용해서 잘게 가루로 다시 만들 거야."

그러면서 나는 역참 마을에서 가져온 강판, 갑각류의 평평한 갑각을 꺼냈다.

그것으로 후와노를 갈자 전혀 힘들지 않게 후두둑 떨어졌다. 무척 원시적인 조리 도구였지만 그다지 딱딱하지도 않은 후와노를 갈기에는 문제가 없었다.

이윽고 도마 위에는 다소 촉촉한 후와노 가루가 봉긋하게 쌓였다.

"그리고 이건 기름을 바르지 않은 철판에서 덖는 거야."

리미 루보다도 레이나 루와 실라 루에게 들려주고자, 나는 해설을 곁들이며 작업에 착수했다.

이것으로 후와노 가루에서는 거의 완전히 수분이 빠져서 바삭바삭한 상태가 된다. 색깔도 다소나마 노란색을 띠고, 비주얼적으로도 빵가루의 대용품답게 완성되었다.

"다음은, 고기겠네. 등살의 힘줄을 자르고, 막대기로 두드려

둘째. 스테이크보다는 부드럽게 만들고 싶으니까 어느 정도 공을 들여서."

부위는 일부러 등심을 사용하기로 했다.

칼로리를 신경 쓴다면 안심이나 허벅지를 사용해야 할까 싶었지만, 기름기는 등심이 더 억제할 수 있다는 이야기를 들은 적이 있었으니까.

애당초 비계가 적은 안심이나 허벅지는 튀길 때에 고기가 기름을 빨아들인다고―― 그런 토막 지식을 내게 가르쳐준 것은, 다름 아닌 소꿉친구 레이나였다.

"그러니까 나는 안심이 아니라 등심을 먹을 거야!"

천진난만하게 웃으며 아버지가 만든 포크커틀릿을 잔뜩 먹던 레이나의 모습이 뇌리에 되살아났다.

단순한 여고생에 불과했던 레이나의 말을 그대로 받아들이는 것은 위험한 일일지도 모르겠지만, 내가 안심이 아니라 등심을 선택한 것에는 또 하나의 이유도 있었다.

바로 고기의 모양.

안심은 가늘고 긴 모양이니까 보통은 그것을 원통처럼 옆에서 자르고 작은 모양의 커틀릿으로 만든다.

하지만 하나하나가 작으면 튀김옷을 입히는 면적이 늘어나니까, 그런 점에서도 기름 섭취량이 올라갈 것 같았다.

커틀릿이 얼마나 맛있는지 알려주고 싶다는 욕구와, 가능한 한 이제까지의 식사에서 동떨어진 요리로 만들고 싶지는 않다는 기분이 서로 맞섰다.

　어쨌든 이상의 고찰을 바탕으로 나는 등심을 사용하기로 결정했다.

　평평하게 자른 등심 한 장을 공들여 막대기로 두들겼다. 가능한 한 많은 사람들에게 시식을 부탁하고 싶으니까 500그램의 특대 사이즈였다. 3센티미터 정도 두께가 반 정도까지 눌리면, 끝이다. 이 정도 두께라면 그다지 시간을 들이지 않아도 익힐 수 있겠지.

　"그리고 여기에는 소금과 피코잎을 문질러두고, 그게 끝나면 튀김옷 준비야."

　나는 작업대에 놓아둔 천 주머니를 열었다.

　포이탄을 구우며 리미 루는 "우와" 하고 목소리 높였다.

　"그게 뭐야! 뭔가, 귀엽네?"

　"이건 키뮤스 알이야. 키뮤스라는 건, 마을의 사람들이 먹는 새의 이름이야."

　키뮤스를 기르고 고기를 판매하는 키뮤스 가게에서 구입한, 알이었다.

　동물성 단백질은 부족하지 않은 숲가의 백성이고 애당초 이것은 노점 구역에서 파는 모습도 못 봤으니까, 대부분의 사람들에게는 처음 보는 재료겠지.

　"이건 나무 그릇에 깨놓고, 노른자와 흰자를 섞어둘게. 그런 다음, 처음에 평범한 후와노 가루를 빈틈없이 고기에 바르고,

풀어놓은 알에 넣었다가 꺼낸 다음에, 조금 전에 덖은 구운 후와노 가루를 마지막으로 발라. 이 튀김옷이 너무 두꺼워지지 않도록 조심하면서."

"예"라고 멀리서 레이나 루와 실라 루가 대답했다.

"그리고 다음은 드디어 라드의 등장이야."

"라드?"

"기바 기름을 끓인 거야. 숲가에서도 평소부터 양초를 만들려고 비계를 끓이잖아? 말하자면 그거랑 같아."

그건 이전에 만든 것을, 아침에 아이 파에게 집에 가서 가져다 달라고 부탁했다. 기바 고기 운반과 식량 창고 관리를 위해, 아이 파는 어제부터 매일 아침 기루루를 타고 파가와 루의 촌락을 왕복해주었다.

이전에 라드는 가죽 주머니에 넣어뒀지만, 최근에는 더욱 밀폐성이 높은 뚜껑 달린 항아리에 보관 중이었다. 바로 썩는 건 아니지만 산화하면 점점 맛이 떨어지니까, 고누모키 잎으로 안쪽 뚜껑까지 채웠다.

그 안쪽 뚜껑을 벗겨내자 크림색 라드가 끈적끈적 실을 만들었다.

고기 하나가 여유롭게 잠길 정도의 양을 나무주걱으로 퍼서 철 냄비로 옮겼다.

"그리고 라드를 데운 다음, 고기를 넣고 익히는 거야. ······이 불 조절이 가장 어려우니까, 이건 이 메뉴가 실제로 채용이 되면 다시 가르쳐줄게."

또다시 "예"라는 목소리가 울렸다.

아궁이에 장작을 투입하자 라드는 금세 투명하게 녹고, 표면이 일렁일렁 흔들리기 시작했다.

불의 기세는 중불을 유지하고 몇 분 더 기다렸다.

그리기 젓가락을 찍어봐서 적당한 크기의 거품이 떠오르면, 구운 후와노 가루를 한 꼬집 넣어봤다.

탁탁 소리를 내며 후와노 가루는 표면으로 떠올랐다.

이 정도면 되겠지. 가능한 한 고기랑 튀김옷이 기름을 빨아들이지 않도록 짧은 시간에 익혀야 하니까 180도의 고온이 목표였다.

"좋아, 그럼 튀겨보자. ……아, 리미 루, 미안하지만 쇠꼬챙이를 몇 개 빌려줄래?"

마침 포이탄 굽기를 마친 리미 루는, 얼른 내 요청에 응해주었다.

나무 그릇 안쪽에 고누모키 잎을 깔고, 접시 테두리에 쇠꼬챙이를 엇갈리게 겹쳐두었다. 물론 튀긴 커틀릿을 잠시 보관할 철망 대용이었다.

나는 튀김옷을 입힌 고기를 집어서 철 냄비 안으로 살며시 떨어뜨렸다.

이번에는 나름대로의 기세로 라드가 타닥타닥 소리를 냈다.

"와―, 굉장해!"라고, 리미 루가 신이 나서 목소리를 높였다.

아이 파, 루도 루, 바르샤도 흥미 깊게 이쪽을 지켜보고, 조금 떨어진 곳에서 자신들의 일에 집중하고 있는 레이나 루와 실라 루는 무척 애가 타는 모양이었다.

그런 가운데, 달아오른 라드의 향기가 천천히 부엌을 채웠다.

"흐음. 이건 햄버그 다음으로 공을 들인 요리 같구나."

아무래도 기바 전골 밑준비를 마쳤는지, 티토 민 할머니도 싱긋 웃으며 이쪽으로 다가왔다.

그동안에 튀김옷은 점점 색깔이 바뀌었다. 그것이 적당히 갈색으로 튀겨진 참에, 나는 집어 들고 쇠꼬챙이 위에 얹었다.

"여기서 여분의 기름이 빠지는 걸 기다리면, 완성이에요. ……리미 루, 하나만 더 부탁하고 싶은데, 남자들을 네다섯 명 정도 불러오겠니?"

"남자들을? 왜?"

"응. 이건 티토 민 루도 말했다시피, 햄버그만큼 특별한 요리니까. 숲가의 백성의 저녁 식사에 어울리는지, 루도 루나 아이 파보다도 완고할 사냥꾼한테도 시식을 부탁하고 싶거든."

"그런가―. 하지만 남자들은, 다들 숲에 함정을 설치하러 가버렸어―. ……아, 그럼 랴다 루한테 부탁해볼까! 그리고 미다라든지, 역참 마을에서 돌아온 남자들도 괜찮겠네!"

스스로 해답을 내고, 리미 루는 부엌을 뛰쳐나갔다.

미다에게 완고한 태도를 바랄 수는 없다고 생각하지만 좀처럼 내 요리를 먹을 기회가 없는 상대니까 그건 괜찮다 치자.

"아스타, 이쪽 일도 일단 끝났어요."

그때 간신히 레이나 루와 실라 루도 참전했다.

"이건 정말로, 햄버그에 지지 않을 정도로 신기한 요리네요. 뭔가 아까부터, 저는 가슴이 무척 뛰고 있어요."

"나도 첫 도전이니까. 제대로 완성이 되었다면 좋겠는데."

우선은 설익지는 않았을까. 숲가의 백성의 입에 맞을까. 그리고 이런 요리는 독이라며 거절하지는 않을까.

나로서도 이건 스테이크나 로스트 기바 등을 처음으로 돈다 루에게 대접했을 때 이후로 가장 긴장되는 한때였다.

"아스타, 기다렸지—!"

모처럼 만든 시식용 커틀릿이 식어버리기 전, 리미 루는 돌아왔다.

"고마워"라며 말을 건네고, 나는 그만 말을 잃고 말았다.

그곳에는 확실히 랴다 루도 서 있었지만, 그 옆에는 그의 형과 자식── 그러니까 돈다 루와 지자 루까지 버티고 서 있는 것이었다.

그리고 그 뒤에 있는 것은 신 루와 미다였다.

"마침 두 사람이 숲에서 돌아오던 참이었어! 루의 촌락에서 가장 완고한 건 돈다 아버지랑 지자 오빠일 테니까, 이 두 사람이 괜찮다면 다들 괜찮겠지?"

리미 루는 어흠, 가슴을 젖혔다.

그만 꺾이려는 마음을 다잡고, 나는 그쪽으로 머리를 숙였다.

"죄송해요. 사정은 리미 루한테 들었을 테지만, 시식을 부탁해도 될까요?"

"······이번에도 꽤나 이상한 요리를 만든 모양이군, 너는."

낮게 깔리는 목소리로 돈다 루가 말했다.

"정말로 그건 기바 고기인가? 내게는 흙덩어리 같은 걸로만 보인다만."

"이건 기바 등살이고, 주위를 덮고 있는 건 후와노 가루에 키뮤스의 알이라는 식재료예요. ······지금, 인원수에 맞춰서 자를 테니까."

남자가 여섯, 여자가 다섯, 그리고 나와 아이 파와 바르샤를 더해서 도합 열네 명이다. 그래도 뭐, 500그램의 빅 사이즈니까 이런 인원수라도 한 조각씩은 나누어줄 수 있겠지.

우선은 한가운데부터 잘라봤더니 일단 설익을 걱정은 피할 수 있었다. 빨간색은 전혀 남지 않았고, 깨끗한 상아색으로 물들어 있었다. 고기와 튀김옷 사이에서는 천천히 투명한 기름이 배어 나와서 참으로 식욕을 돋우었다.

그리고 인원수에 맞춰서 자르고, 레몬 대신에 씰 과즙을 뿌렸다.

포크커틀릿 재연을 목표로 한 나로서는, 겉보기에는 손색이 없었다.

하지만 문제는 숲가의 백성의 평가다.

"자, 드세요. ······아니, 저도 처음 한 요리니까, 우선은 먼저 완성도를 확인할게요."

그렇게 선언하고 나는 『기바 커틀릿』을 한 조각 집어 들었다.

그것을 입으로 던져 넣고 있는 힘껏 씹자, 바삭하게 기분 좋은 감촉 뒤에 아직 충분히 뜨거운 기름이 입 안으로 퍼졌다.

후와노 가루 튀김옷은 두께도 식감도 거의 이상 그대로였다.

게다가 라드를 사용해서 그럴까, 풍미가 무척 풍부했다.

실제로 나는 라드로 커틀릿을 튀긴 건 이것이 처음이었다. 다만 상점가 정육점 등에서 판매하는 크로켓 등은 라드로 튀기는 경우가 많다고 들었으니까 과감하게 시도한 것이었다.

이 맛은 기바 고기가 내는 것인가, 기바 라드가 내는 것인가. 튀김옷 그 자체가 고기의 감칠맛을 머금은 것처럼 느껴지고, 그러면서도 전혀 느끼하지는 않다. 안 그래도 감칠맛이 강한 기바 고기가 더욱 감칠맛을 두르고 입 안에서 터지는 것 같았다.

그리고 씰 과즙의 산미가 또 기분 좋았다.

나로서는 최고로 맛있었다.

이거라면 아무런 후회도 없이 모두의 평가를 기다릴 수 있다.

"저로서는, 만족스러운 완성도였어요. 여러분도 맛을 봐주세요."

여자들은 쇠꼬챙이를 들고, 사냥꾼들은 손으로 집어서 『기바 커틀릿』을 입으로 옮겼다.

"우와……"라고 루도 루가 목소리를 높였다.

그의 눈이 경악하며 나를 봤다. 하지만 요리를 먹고 있으니까 그 이상의 말은 나오지 않았다.

리미 루는 눈을 동그랗게 떴다.

레이나 루와 실라 루는 진지 그 자체의 표정이었다.

돈다 루는 무표정했다.

잠시 부엌에는 고기를 씹는 작은 소리만이 감돌았다.

나는 조금 안절부절못하는 기분으로 아이 파를 돌아봤다.

아이 파는 눈을 감고서 고기를 씹고 있었다.

"저기, 맛은 어떨까요……?"

단 한 입의 시식인데도 모두 좀처럼 삼키지를 않았다.

그런 가운데, 간신히 내게 대답한 것은 리미 루였다.

"엄청 맛있어!"

커다란 눈동자가 반짝반짝 빛났다.

"아스타가 만들어준 요리 중에서도, 제일 맛있을지도! ……아, 하지만 스튜도 맛있었는데. 어느 게 더 맛있는지 못 정하겠어."

그러면서 이번에는 머리를 부여잡았다.

사랑스러운 그 모습에 일단 나는 안도의 한숨을 내쉴 수 있었다.

그러자 그것을 계기로, 여기저기서 목소리가 올라오기 시작했다.

"이건…… 훌륭한 맛이네요."

"으음, 깜짝 놀라서 말도 안 나왔어."

"엄청 맛있네! 이거 뭐야!"

"아, 나는 틀림없이, 이렇게나 맛있는 요리를 먹은 건 처음일 거야."

실라 루, 티토 민 루, 루도 루, 바르샤가 각각의 말로 찬사를 보냈다.

랴다 루와 신 루 부자는 무척 온화한 표정으로 동포의 말을 듣고 있었다.

레이나 루는—— 황홀하게 눈을 감고, 자신의 마음에 잠겨버린 모양이었다.

그리고, 아이 파.

아이 파는 표정을 지운 채, 레이나 루와 마찬가지로 눈을 감고 있었다.

"……저기, 아이 파는 어땠어?"

아이 파는 눈을 뜨고, 나를 봤다.

무척 조용하고 온화한 눈빛이었다.

"맛있었다. ……확실히 이건 내가 만든 요리 중에서도 최고의 완성도였을지도 모르겠군."

내 심장이 통, 가볍게 뛰어올랐다.

나는 충동을 억누르지 못하여 아이 파의 귓가로 입을 가져다 대고 더더욱 물었다.

"그럼 나는 간신히 햄버그를 넘어서는 요리를 아이 파에게 줄 수 있었던 거야?"

그러자 아이 파는 고개를 숙여 주위의 모두로부터 표정을 감추며 입술을 삐죽였다.

"…………햄버그는, 각별하다."

"각별한가"라고, 그만 나는 입가가 풀어졌다.

아이 파는 화난 얼굴로 내 다리를 걷어차고는, 문득 미다 쪽으로 시선을 향했다.

"이봐, 울 건 아니라고?"

"응…… 미다는 안 우는데……?"

봤더니 부엌 입구를 가리는 체격으로 선 미다가 뺨을 부들부들 떨고 있었다.

"아스타…… 정말정말 맛있었다고……?"

"고마워"라고 대답하려던 바로 그때, 다른 방향에서 올라온 목소리가 내 입을 막았다.

"이건…… 이제까지의 요리 중에서 가장 기바의 힘을 느끼는 요리일지도 모르겠군."

나는 퍼뜩 놀라서 돌아봤다.

그것은 지자 루의 말이었던 것이다.

"어째설까. 후와노나 키뮤스의 알 같은, 숲가의 백성에게는 쓸데없다고도 여겨지는 식재료를 사용했을 텐데…… 나는 기바의 힘을 이 몸으로 받아들인다고, 강하게 느낄 수 있었다."

"그건 혹시 기바 기름을 잔뜩 사용해서 그럴지도 모르겠네요. 고기를 감싼 튀김옷에는 기바 기름이 흠뻑 스며들었을 테니까요."

그렇게 설명한 뒤, 나는 더더욱 마음을 다잡았다.

"그러니까 그저 고기를 굽거나 찌는 요리보다는 영양가가 높을 거예요. 그 영양가가 지나치게 치우친 건 아닐까, 그게 유일하게 걱정스러운 점이지만——."

"쓸데없는 걱정이로군. 영양이라는 건, 힘의 근원일 텐데?"

땅이 울릴 것 같은 목소리로 돈다 루가 중얼거렸다.

나는 긴장감을 유지한 채, 그쪽을 돌아봤다.

"예. 하지만 역시나 약도 과하면 독이 된다는 건 옳은 말이라고 생각하거든요. 영양이 치우친 탓에 병에 걸린 사람도 잔뜩 있었으니까—— 게다가 어젯밤에도 이야기드렸죠. 제노스에도 사치스러운 요리 때문에 생기는 내장의 병이라는 게 존재하거든요."

"흥. 저 사이크레우스라는 귀족이 그 병마라는 녀석으로 몸을 해치고 있다는 이야기인가. ……쓸데없는 걱정이다. 우리에게는 더더욱 강한 힘이 필요하니까."

돈다 루의 푸르게 불타는 눈빛이 나를 똑바로 봤다.

"포우의 가장이 그랬지. 네게 가르침을 받은 여자들의 요리를 먹으면 몸에 힘이 넘치는 걸 느낀다고 말이다. ……그건 맛의 여부만이 아니라, 단순히 그 영양이라는 게 가득 들어 있기 때문이 아니겠느냐?"

"그건 뭐…… 확실히 작은 씨족의 사람들은 기바 고기와 아리아와 포이탄, 그리고 말린 고기에 사용되는 암염 정도밖에 안 먹었을 테니까요. 제 요리에는 말린 고기 이외에도 암염이 사용되는 경우가 많고, 과실주에 포함된 당분이나 먀무 같은 채소에도 자양강장의 효과는 있다고 생각해요."

"자잘한 이야기는 아무래도 상관없다. 이만큼 힘이 넘치는 식사가 숲가의 백성에게는 독이 될 수도 있다고, 너는 그렇게 지껄이는 것이냐?"

강한 말투로 던진 돈다 루의 물음에 나는 필사적으로 생각했다.

"그러네요…… 어쩌면 햄버그 정도의 위험성은 있을지도 몰라요. 햄버그가 치아나 턱의 힘을 약하게 만들 수 있는 요리라면, 이쪽은 영양가가 치우친다는 의미로. ……그러니까 제 고향에서도 이런 요리를 먹을 때에는 채소나 산미가 강한 걸 잔뜩 같이 먹는 게 바람직하다고 여겼어요."

"그렇다면 너도 그러면 될 텐데?"

"예. 원래부터 그럴 생각이었어요. 이 요리를 저녁 식사로 제공하는 게 허락된다면, 티노나 타라파나 기고 같은 채소도 같이 잔뜩 먹도록 하자고. 이 씰이라는 과일의 즙을 뿌려서 드시는 것도, 기름이 과도하게 흡수되는 걸 막기 위해서였어요."

생각에 생각을 거듭해서, 나는 대답했다.

"그래도 역시 햄버그와 마찬가지로, 같은 요리만 계속해서 먹진 않는다는 게 중요하다고 생각해요. 원래부터 사용하는 건 기바 기름이니까, 양만 주의한다면 몸에 나쁜 영향은 거의 없지 않을까── 저는 그렇게 생각해요."

"흥. 그러면 네 힘을 독이 아니라 약으로 삼을 수 있다는 이야기로군. 제노스의 귀족들을 상대하기 위해서라도, 우리는 더더욱 강한 힘을 받아들여야만 한다. ……파가의 아스타여."

"아, 예."

돈다 루가 내 이름을 부르는 건 지극히 드문 일이다.

무심코 등줄기를 쫙 펴는 내 모습을, 돈다 루는 더더욱 강한 눈빛으로 노려봤다.

"너도 숲가의 백성이라면, 올바른 식사로 우리에게 올바를 힘을 가져다오. 숲가의 백성으로서, 그것이 네게 주어진 역할이다."

"……예. 알겠습니다."

그 눈을 똑바로 마주보며 나는 고개를 끄덕였다.

돈다 루는 한 번 끄덕이고, 그리고는 더더욱 놀라운 말을 입에 담았다.

"그럼 숲가의 족장으로서, 네게 일을 주겠다. 너는 이틀 뒤의 밤에, 루의 본가에서 저녁 식사를 만들어라. ……어제나 오늘처럼 네가 여자들을 돕는 게 아니라, 네가 여자들의 손을 빌려서 그날 밤에 어울리는 저녁 식사를 만드는 것이다."

"그날 밤에 어울리는 저녁 식사……?"

이틀 뒤의 밤이라면 사이크레우스와의 회담 전날이다.

그날 밤에, 대체 무슨 일이 있다는 걸까?

"……회담에는, 일찍이 슨 본가의 인간이었던 일곱 명을 데려간다. 전날까지, 그 녀석들은 이곳 루의 촌락에 모아두기로 결정했다. 줄로 슨, 디가, 도드, 오우라, 츠바이, 야밀 레이, 미다――루 본가의 인간과 그 녀석들 일곱 명이 먹을 저녁 식사를, 네가 만들라고 명령하는 게다."

"예…… 그런 물론, 만들라고 하신다면 아무런 이의도 없지만…… 하지만 그건 대체 무슨——."

"그 녀석들도 숲가의 동포임에 변함은 없다. 처단을 기다리는 몸인 대죄인인 줄로 슨마저도, 그건 마찬가지다. ……그리고 그 녀석들은 사흘 뒤에 숲가의 백성으로서 귀족들 앞에 서게 된다."

돈다 루의 목소리는 무겁고, 그리고 힘과 위엄으로 가득했다.

"미다와 야밀 레이는 이미 네 요리를 먹었을 테지만, 나머지 다섯은 네게 가르침을 받은 슨 여자들의 요리밖에 먹지 않았다. 네가 숲가에 무엇을 가지고 오려는 것인가, 무슨 생각으로 역참 마을에서 장사 같은 걸 하고 있는가…… 그 녀석들은 그것을 더욱 깊은 곳에서 알 필요가 있다. 그러니까 네 요리를 먹이라는 것이다."

"——예."

정체 모를 격정이 내 가슴속에서 날뛰기 시작했다.

있는 힘껏 주먹을 움켜쥐지 않으면, 그만 몸이 떨릴 것만 같았다.

"말해두겠다만, 대가 따윌 지불할 생각은 없다. 숲가의 사람을 자칭한다면, 너는 네 신념과 긍지를 가지고 숲가의 동포에게 자신의 각오를 전해라. 루가의 우리나, 거기 파의 가장에게 그랬던 것처럼."

"예. 감사합니다."

감사를 할 이유가 있느냐, 그러듯이 돈다 루는 코웃음을 쳤다. 그리고 사냥꾼의 옷을 펄럭이고 미다의 거구를 가볍게 손등으로 밀어젖히며, 부엌을 뒤로했다.

지자 루도 그를 따라 부엌을 나가고, 그 자리에는 무거운 적막만이 남겨졌다.

"……뭔지 잘 모르겠지만 말이야. 요컨대 얼빠진 녀석들한테 아스타의 요리로 활기를 불어넣으라는 이야긴가."

그 적막을 떨쳐내고 싶다는 듯, 루도 루가 퉁명스러운 말투로 그렇게 중얼거렸다.

돈다 루의 진의는 알 수 없다. 그저 나는 숲가의 백성으로서 역할을 주겠다며 명령을 받은 것에 고양되었을 뿐일지도 모른다.

하지만, 생각한다. 자츠 슨의 혈족으로 태어나고 만 그들 일곱 명은, 숲가의 백성이 어떠한 생각으로, 어떠한 각오를 가지고 동포가 저지른 죄와 마주하려는 것인지, 그것을 올바르게 알 필요가 있으리라고.

그것을 알려주는 것에 내 요리가 일조한다, 돈다 루가 그렇게 생각해준다면―― 나는 어떻게든 내 역할을 다하고 싶었다.

"……괜찮다"라고, 조용한 목소리가 내 귀에 스며들었다.

돌아보니 아이 파가 강한 눈빛으로 나를 바라보고 있었다.

"너라면 괜찮다, 아스타."

무척 차분한 표정으로, 무척 힘차게 푸른 눈동자를 빛내며, 아이 파는 다시 한 번 되풀이했다.

제3장 ★★★ 전야

1

그 다음날, 하얀 달 13일.

중천을 맞이하여 리 스도라와 아마 민 루티무에게 작업을 넘긴 나는, 무척 두근거리는 가슴으로 포장마차를 떠났다. 오늘은 여관으로 가기 전에 얀이 차린 간단한 식사 노점에 들을 예정이었던 것이다.

멤버는 어제와 마찬가지로 레이나 루와, 아이 파랑 루도 루를 포함한 여섯 사냥꾼들이었다. 그중에서 내 바로 옆을 걷던 아이 파가 의아하다는 듯 물었다.

"아스타여, 어째서 너는 그렇게 들뜬 표정인 거냐?"

"응——? 그렇게나 들떴나? 나는 그저, 그 얀이라는 요리사가 낸 포장마차가 기대되는 것뿐인데."

"기대? 어째서지?"

"어째서 그러냐고 물어도 곤란한데…… 그 사람한테는 여러모로 공감할 수 있는 부분도 많고, 성 밑 마을의 요리사가 역참 마을의 식재료로 어떤 요리를 만들지는 역시나 신경 쓰이거든."

"그렇군요. 저도 무척 신경 쓰여요."

레이나 루가 싱긋 웃으며 동의를 표해주었다.

그 미소를 바라보며 아이 파는 "그런가"라고 중얼거렸다.

"하지만 같은 적을 상대하는 동지의 입장이라고는 해도, 네게는—— 이른바, 장사의 경쟁자가 되어버리는 게 아닌가?"

"호오, 아이 파도 그런 말을 알고 있구나! ……응, 그러니까 더더욱 얀이 어떤 요리를 만드는지 신경이 쓰이는 걸지도 모르겠네."

그리고 이것은 구운 포이탄의 맛을 제노스 사람들에게 알리겠다는, 장대하고 무척 엉뚱한 계획을 위해서 하는 일이다.

어제 얀의 모습을 보면, 그가 요리사로서의 긍지를 걸고 그 일에 도전하고자 한다는 사실에 의심은 없다. 요리의 가치는 식재료의 가격으로 결정되는 것이 아니다, 그런 신념을 가진 얀이 어떤 메뉴로 이 명제에 도전하는지, 나로서는 기대할 수밖에 없었던 것이다.

"아스타, 혹시 저게 그 포장마차일까요?"

그때 레이나 루가 내 소매를 잡아당겼다.

봤더니 진행 방향에 인파가 모여 있었다.

노점 구역과 여관이 늘어선 구역 딱 중간 지점, 우리 기준으로는 오른편이었다. 4, 50명 정도의 사람들이 그곳에 모여서, 길 폭 10미터는 될까 싶은 돌 가도 반을 가로막아 버렸다.

"응, 아무래도 그런 것 같네."

조급해지는 기분을 억누르며 나는 그 인파로 다가갔다.

그 순간, 데운 유지의 향긋한 냄새가 코 안으로 날아들었다. 이것 또한 이 포장마차가 얀의 가게라는 틀림없는 증거였다.

"우와, 사람이 엄청나서 전혀 상황을 알 수가 없는데. 이건 예상 이상으로 번창하는 모양이잖아."

"음. 상황을 보고 싶다면 내 어깨에 타겠느냐?"

진지 그 자체의 표정으로 아이 파가 그렇게 말했다.

그리고 얼른 몸을 숙이려고 해서, 나는 황급히 "아니, 괜찮아!"라고 대답했다.

"순순히 순서를 기다리기로 할게. 원래부터 얀의 요리를 살 생각이었으니까."

"그런가."

그래서 우리는 인파 최후미에 서기로 했다.

하지만 사냥꾼 여섯을 거느린 큰 무리다. 그 자리에 있는 사이, 손님인지 구경꾼인지도 잘 알 수 없는 모습으로 호기심 가득 모여 있던 사람들은, 우리의 등장을 깨닫고는 곤혹스러운 표정으로 원 밖으로 이탈해버렸다. 그 반응에서도 알 수 있다시피, 이 포장마차에 무리 지은 손님의 8할은 황갈색이나 상아색 피부를 가진 서쪽 백성이었던 것이다.

'큰일이네. 이건 영업 방해가 되어버리잖아.'

하지만 그 덕분에 인파로 가려져 있던 포장마차의 모습을 볼 수 있었다.

포장마차는 우리가 빌린 것과 같은 구조였다. 미소로 손님의 주문을 받고 있는 것은 젊은 여성이었다.

그 옆에서 하얀 옷을 입을 얀이 열심히 요리를 만들고, 그리고 포장마차 양옆에는 병사 둘이 버티고 서 있었다. 마을의 위병보다도 훌륭한 복장을 입은, 다레임 백작가의 무관이었다. 게다가 그 포장마차에는 다레임 백작가의 문장이 자수 놓인 깃발 같은 것까지 걸려 있었다.

'굉장하네. 귀족의 어용 요리사라는 걸 감추지도 않고 장사를 시작했나.'

그러고서 무관 호위까지 붙어 있다면, 위엄 탓에 역참 마을의 사람들에게는 경원시될 것 같지만―― 그러나 그 포장마차는 무척 번창하고 있었다.

노점 구역의 최남단인 이 장소는, 틀림없이 고물상에게 자릿세를 지불하지 않으면 빌릴 수 없는 일등석이겠지. 여관 구역과 인접하고 있으니까 통행량은 많고, 시간도 마침 중천을 지났을 무렵이니까 가벼운 식사 포장마차로서는 대목이었다.

하지만 포장마차 하나에 이만한 손님이 모여 있는 것은 처음 봤다. 우리 기바 요리 포장마차라면 이른 아침의 러시에 필적할 만큼 북적거렸다.

"오, 아스타 경. 정말로 오셨군요."

우리 차례가 돌아오자 요리에 몰두하고 있던 얀이 고개를 들었다.

내가 사이크레우스 저택에서 입게 되었던 것과 무척 닮은 디자인의 하얀 옷을 입고, 머리에는 원통 모양의 모자를 얹었다. 마르기는 했지만 혈색이 좋은 황갈색 얼굴에는, 바쁜 상황을 증명하는 것처럼 어렴풋이 땀이 배어 있었다.

"수고하세요. 성황인 모양이라 다행이네요."

"예. 첫날치고는 그럭저럭 괜찮은 편일까요."

짐짓 점잔을 빼는 표정으로 얀이 끄덕였다.

"죄송하지만, 뒤에 손님들이 기다리시니까 주문을 부탁드릴 게요."

"예, 어디──."

그때 얀 옆에 있던 여성과 시선이 마주쳤다.

갈색 긴 머리카락을 뒤로 묶고, 머리에는 스카프 같은 것을 두르고, 질 좋아 보이는 긴 옷에 앞치마를 입은, 무척 고상해 보이는 젊은 여성이었다.

아마도 내 주위에 무리 지은 사냥꾼들에게 겁을 먹고 말았을 테지. 살짝 핏기가 가신 상아색 얼굴에 가냘픈 미소가 퍼졌다.

"어서 오세요. 가격은 적동화 한 닢입니다. 어떤 색깔로 고르시겠어요?"

"예? 색깔?"

여성은 고개를 끄덕이고 앞의 받침대 오른편을 가리켰다. 그곳에는 세 종류의 포이탄 반죽이 장식되어 있었다.

크기는 직경 15센티미터 정도, 내가 『먀무구이』에 사용하는 것보다도 꽤나 작은, 원형의 평평한 반죽이었다.

놀란 것은 그 색깔이었다. 반죽 하나는 익숙한 크림색이었지만, 나머지 둘은 세상에나 어렴풋한 오렌지색과 녹색을 띠고 있었다.

"하얀 반죽에는 기고를, 주황색에는 네논을, 녹색에는 나나르를 섞었어요. 가격은 모두 적동화 한 닢이니까, 좋아하는 색깔을 고르세요."

채소로 착색했나, 나는 더더욱 놀랐다.

기고를 섞으면 식감이 폭신하다고 알려준 것은 바로 나다. 하지만 기고는 원래 포이탄과 마찬가지로 크림색이 섞인 흰색이니까 색깔에 변화는 없다.

그리고 네논이라는 것은 당근과 무척 닮은 색깔의 채소이고, 나나르라는 건—— 나는 아직 내 메뉴에 사용하진 않지만, 아마도 시금치 같은 채소였을 터.

'그리고서 가격은 적동화 한 닢인가.'

그 이유는 반죽의 크기로 납득할 수 있었다. 틀림없이 이건 적동화 두 닢으로 파는 『먀무구이』의 절반 정도 사이즈로 파는 것이었다.

내가 이 역참 마을에서 처음으로 먹은 『키뮤스 고기만두』도 작은 건 적동화 한 닢으로 판매했다. 아이라면 하나로 충분하고, 어른이라면 두 개를 사면 된다는 거겠지. 그렇게 가격을 낮춰두면 처음 보는 사람이라도 가볍게 구입할 수 있다는 의도임에 틀림없다.

"저기…… 왜 그러시나요?"

여성이 조금 미덥지 못한 영업용 미소로 물었다.

"그럼, 주황색이랑 녹색을 하나씩 주문할게요"라고 나는 대답했다.

얀의 요리는 나와 레이나 루가 하나씩 구입하기로 미리 약속한 것이었다.

"감사합니다. 잠시만 기다려주세요."

틀림없이 이 여성도 다레임 백작가와 관계있는 성 밑 마을의 백성이겠지. 이렇게까지 고상하게 접객하는 인간을 나는 역참 마을에서 본 적은 없다.

여하튼 나와 레이나 루는 한 닢씩 적동화를 지불하고, 그 대가로 얀이 음식을 만들어주었다.

포장마차 안쪽에는 거대한 철 냄비가 설치되어 있고, 그 안에서는 갈색의 내용물이 보글보글 끓고 있었다. 감도는 것은 카론의 유지와 향초 같은 것의 달콤한 냄새.

끈적끈적한 갈색 페이스트를 포이탄 반죽으로 감싼다. 모양은 『먀무구이』와 마찬가지── 그러니까 크레이프와 같은 삼각형이었다. 역시 원형 반죽으로는 이렇게 접는 것이 가장 무난하겠지.

"기다리셨습니다."

"감사합니다. ……그럼, 감상은 나중에 다시 드리는 걸로."

"예. 와주셔서 감사합니다."

어디까지나 점잖게, 얀은 머리를 숙였다.

틀림없이 성 밑 마을에서는 손님 앞에 서는 장사는 하지 않았을 테지. 애당초 고지식하고 융통성 없어 보이는 인물이었지만, 잡념을 떨치고 일에 집중하려는 모습이었다. 그럼에도 미켈과 만난 이후로 숲가의 백성에 대한 불신감 같은 것은 완화되었는지, 은근히 무례하던 모습에서 무례의 부분이 사라진 것처럼 느껴졌다.

목표로 하는 물건을 입수한 우리는 서둘러 포장마차에서 멀어졌다. 그러자 또다시 포장마차 주위로는 우르르 사람이 모이기 시작했다. 그 모습을 지켜본 뒤, 우리는 조금 떨어진 장소에서 한숨 돌렸다.

"향기는, 훌륭하네요. 이게 카론의 유지라는 식재료의 향기인가요?"

손에 든 얀의 음식으로 진지한 눈빛을 보내며, 레이나 루가 그렇게 물었다. 레이나 루가 오렌지색, 내가 녹색 반죽이었다.

"그러네. 그리고 카론 고기의 냄새와, 거기에 향초도 사용한 것 같아."

"그런가요. 기바가 아닌 고기를 먹는 건, 역시 조금 긴장되네요."

그러나 레이나 루도 《키뮤스의 꼬리정》에서 밀라노 마스에게 요리를 배웠을 때, 키뮤스와 카론 고기를 입에 댔다. 껍질이 없는 키뮤스 고기와 카론 다릿살이 얼마나 맛이 없는 재료인지──그리고 그것들을 내가 어떠한 방법으로 그럴듯한 요리로 만들었는지, 그것을 알고서 레이나 루도 이 요리의 시식에 도전하는 것이었다.

"그럼, 먹어볼까."

"예."

우리는 동시에 포이탄 반죽에 이를 댔다.

우선 버터와도 닮은 유지와, 그다지 기억이 없는 향초의 향기가 코를 지나갔다.

유지와도 조화되는, 무척 달콤한 향기였다. 내가 아는 것 중에서는 시나몬에 가까운 향기일지도 모르겠다.

그 뒤로 잘 끓인 카론 고기와 채소의 감칠맛이 입 안에 퍼졌다.

카론 다릿살은 적당한 식감이 남을 정도로 부드럽게 익혔다.

채소는 뭘 썼을까. 일단 아리아와 네논의 단맛은 느꼈지만, 그밖에도 다양한 채소를 사용한 듯했다.

포이탄 반죽에 섞여 있는 나나르라는 채소는 나름대로 풋내가 날 터인데, 그건 속재료의 풍미로 상쇄되었다. 또한 기고를 사용하진 않았기에 반죽은 살짝 퍼석했지만, 속재료에 물기가 많으니까 별로 신경 쓰이지는 않았다.

한마디로 평한다면, 이건 단맛을 주제로 한 요리인 듯했다.

유지의 단맛, 카론 고기의 단맛, 채소의 단맛── 그것들을 함께 묶었기에, 아마도 이 시나몬 같은 향초를 사용했을 테지.

그리고 이 향초 외에 조미료라고 할 것은 사용되지 않았다. 카론 다릿살은 염장육일 테지만, 느낄 수 있을 법한 짜게 절여진 맛은 존재하지 않았다. 어쩌면 그 소금기조차도 요리의 단맛을 이끌어내는 걸지도 모르겠다.

'이건 틀림없이── 유지를 축으로 해서 고안한 맛이겠구나.'

암염 외에는 변변한 조미료를 얻기 힘든 이곳 역참 마을에서, 나는 먀무의 향기나 타라파의 산미, 과실주의 단맛 등을 맛의 주축으로 정했다. 거기에 암염과 피코잎을 조합해서, 우선은 납득이 가는 요리를 만들어낼 수 있었던 것이다.

반면에 얀은 유지와, 이름도 모를 이 시나몬 같은 향초로 맛을 조합한 것이었다.

놀랄 정도로 맛있다, 그런 것은 아니다. 개인적으로 단맛만을 강조하는 건 조금 먹기가 그렇다는 느낌이 들고, 나라면 다른 방향성을 선택했을 것이다. 다만 고기나 채소에서 단맛을 이끌어내는 실력과, 그것을 유지와 향초로 통합시키는 발상에서는 상당한 기술과 센스가 느껴졌다.

단적으로 말하자면 완성된 맛이다. 역참 마을에서 이만큼 완성된 요리를, 나는 이제까지 먹은 적은 없었다.

"이건 고기를 구운 다음에 채소와 함께 끓인 걸까요?"

여전히 진지한 표정인 레이나 루가 그렇게 이야기했다.

"응. 틀림없이 카론 고기의 표면을 유지로 굽고, 그게 부드러워질 때까지 채소랑 향초와 함께 끓인 거겠지. 사용한 건 아리아와 네논── 어쩌면 티노랑 찻치 같은 것도 썼을까."

"티노는 쓴 것 같아요. 거의 형태는 남아 있지 않은 것 같지만요."

"아, 그리고 끓일 때에 탈지유도 넣었을 거야. 그러니까 이렇게나 순한 맛이겠지."

무척 작은 사이즈의 요리지만, 나도 레이나 루도 한 입 먹은 뒤에는 해석에 몰두하고 말았다. 주위를 둘러싼 다른 이들은 그저 가도의 상황에 주의를 기울이며 우리에게는 무관심했다.

"이 포이탄 반죽의 색깔에는 조금 놀랐지만, 맛과는 상관이 없네요. 이러면 기고를 섞는 게 가장 맛있지 않을까요?"

"그러게. 이건 아마도 손님의 시선을 끌기 위한 궁리일 거야. ……역시 네논 맛은 전혀 안 나?"

"안 난다……고 생각해요. 제가 못 느끼는 것뿐일지도 모르지만요."

"아니, 이것도 나나르의 맛은 안 느껴지니까 확실히 그렇지 않을까. ……그래도 일단 서로 맛을 비교해볼까?"

순식간에 레이나 루의 얼굴이 새빨갛게 물들었다.

그와 동시에 등 뒤에서 상당한 힘으로 내 다리를 걷어찼다.

돌아보니 기분 나빠 보이는 아이 파 옆얼굴이 있었다.

"저기, 아스타…… 미안하지만, 같은 집안사람도 아닌데 같은 요리를 먹는 건…… 숲가의 백성으로서 삼가야 할 행위로 여겨져요."

"어, 어어, 그렇구나. 미안해, 배려가 부족했어."

하지만 나는 리미 루에게 내 햄버그를 나누어준 기억이 있고, 루도 루도 타라한테 고기만두를 나누어 받았다고 생각하는데,

어린이가 상대일 경우에는 노카운트일까.

여하튼 이번 일에 대해서는 나한테 잘못이 있으니까 장딴지의 이 통증은 진지한 마음으로 받아들이자고 생각할 따름이었다.

"뭔가, 냄새만큼은 엄청 맛있을 것 같네. 레이나 누나, 한 입만 먹어봐도 될까?"

루도 루도 가도 쪽으로 시선을 향한 채, 그렇게 말했다. 레이나 루는 "괜찮아"라고 거리낌 없이 대답하고 먹던 음식을 동생에게 건넸다.

"어, 아이 파, 너도 괜찮다면——."

"필요 없다."

나는 얌전히 다시 먹기로 했다.

그동안에 누나한테서 음식을 한 입 얻어먹은 루도 루가 "으—응" 하고 분명치 않은 목소리를 높였다.

"맛있는 건가, 이거? 딱히 맛이 없는 건 아닌데."

"불과 이틀 동안에 고안했다고 생각하면 훌륭한 완성도라고 생각해. 뭐라고 할까, 맛이 확고하다는 느낌이겠네."

"……잘 모르겠는데—. 나는 아스타랑 레이나 누나가 만드는 게 훨씬 맛있단 말이지."

그것은 우리가 기바 고기라는 어드밴티지를 가지고 있으니까. 적어도 내가 《키뮤스의 꼬리정》에서 만드는 『키뮤스 고기 완자』나 『채 썬 카론 볶음』보다 모자란 요리는 아니라고 생각한다. 물론 얀도 유지를 사용할 수 있다는 어드밴티지가 있지만, 그래도 이것이 완성도가 높은 요리라는 사실에 변함은 없었다.

　게다가 색색의 포이탄 반죽과 유지의 향기로 길을 가는 사람들의 눈과 코를 붙잡고, 그러면서 가격은 적동화 한 닢으로 억눌렀다. 요리의 맛만이 아니라 그런 것도 포함한 전략이겠지. 전문가로서의 요리사가 존재하지 않는 이곳 역참 마을에서, 얀은 자신의 실력을 확실하게 선보인 것이었다.

　"여어, 역시 모습을 드러냈군."

　그때 웃음을 머금은 목소리가 날아들었다.

　망토의 후드를 깊이 눌러쓴, 덩치 큰 서쪽 백성── 입가는 회색 천으로 가린,《수호자》잣슈마였다.

　"예, 안녕하세요. 일단은 순조롭게 시작한 것 같네요."

　"그렇군. 첫날에 이만큼 북적인다면 충분한 것 이상이겠지. 지금은 무척 차분해졌지만, 처음에는 이게 포이탄이냐고 놀라는 녀석도 그럭저럭 있었던 모양이니까 말이다."

　사냥꾼들의 어깨 너머로 잣슈마는 눈가에 웃음을 건넸다.

　"게다가 역시 요리사란 건 굉장하군. 역참 마을에서 이만큼 맛있는 요리를 먹을 수 있는 가게는 거의 없겠지. ……나는 조금 더 술에 맞는 맛이 좋다만 말이다."

　"아, 당신도 맛을 봤군요."

　내 말에 잣슈마는 후드 너머로 머리를 긁적였다.

　"그건 일단, 우리한테도 중요한 작전의 일환이니까 말이다. ……아직 자네 요리를 먹지 않은 건, 좀 미안하게 생각한다고."

"아뇨, 그렇게까지 신경을 쓰실 건 없어요."

황갈색 피부의 잣슈마는 이곳 제노스에서 무척 가까운 마을 출신이겠지. 그렇다면 그도 기바나 숲가의 백성을 기피하던 인간 중 하나인 것이다.

포르아스도 기바 요리를 입에 댈 생각은 좀처럼 들지 않는다고 그랬으니까, 그건 어쩔 수 없는 일이다. 그런 태생이라도 숲가의 백성과 함께 싸워주려고 하니까, 불만을 건넬 일이 아니다.

다만── 그와는 별개로, 하나 신경 쓰이는 점은 있었다.

"그러고 보니 얀의 가게에 모여 있는 건, 대부분 서쪽 백성인 것처럼 보이는데요?"

"그래. 그것도 어쩔 수 없는 일이겠지. 남쪽이나 동쪽의 백성은 죄다 자네들의 가게에 모여 있으니까 말일세. 손님을 두고서 다툴 일이 없으니 다행이잖나."

당장의 매상만 생각한다면 그 말은 옳을지도 모른다. 하지만 우리 목적은 어디까지나 서쪽 백성에게 기바의 맛을 알려주는 것이다. 그런 의미에서는, 앞으로 얀의 가게는 최대의 라이벌이 되어버릴지도 모른다.

'물론 그럼 그것대로 정면으로 승부할 수밖에 없겠지만.'

이 대항 의식은 좋은 의미로 불태우자고 생각한다.

그에 더해서 앞으로는 어느 가게라도 유지를 취급하게 될 테니까, 역참 마을에서 요리라는 것이 전체적으로 한 단계 높은 레벨로 올라갈 가능성도 상정해 두어야만 했다.

'하지만 나도 유지를 쓸 수 있고, 게다가 후와노랑 키뮤스의 알이라는 새로운 식재료도 만났어. 인원만 확보할 수 있다면 포장마차를 늘려서 새로운 요리를 팔아보자.'

하지만 이런 일들도 모두 사이크레우스와 결판을 낸 다음의 이야기다. 그곳에서 만족스러운 결과를 얻지 못한다면, 기바 고기 보급이고 뭐고 없는 것이다.

"뭐, 역참 마을에서 귀족의 어용 요리사가 가게를 열다니, 전대미문의 이야기니까 말이다. 그것만으로도 충분히 호평을 부르겠지. 그리고 다레임 백작가의 문장을 여봐란 듯이 내건 저 가게가 역참 마을의 인간들에게 받아들여지고 있다는 것도, 우리로서는 길보다."

마음을 다잡듯이 잣슈마가 그렇게 말했다.

"자네가 투란 백작의 딸에게 붙잡혔을 때, 구출에 한몫 거들었던 것이 다레임 백작가의 인간이었다는 사실은 이미 역참 마을에 알려져 있다. 숲가의 백성을 아직 원망하는 인간이라면, 다레임 백작가와 관계있는 가게 따위와 엮이려고 하진 않겠지. ……반대로 혹시 저 가게가 투란 백작가의 문장 따위를 내걸었다면, 저렇게까지 번성할 일은 없지 않았겠나."

"그런가요. ……그렇군요."

저곳에 있던 서쪽 백성들은 대부분이 숲가의 사냥꾼의 등장에 동요했다. 하지만 확실히, 그렇게까지 숲가의 백성을 무서워하거나 혐오하진 않았던 것 같다.

"숲가의 백성과 사이크레우스의 불화에 대해서도 거의 알려진 모양이고, 그건 확실하게 사이크레우스를 비난하는 분위기를 만들어내고 있네. 가즈란 루티무라는 숲가의 남자는 시세를 읽는 것에 무척 뛰어난 모양이군. ……나쁜 의미로 하는 말은 아니네만, 숲가의 촌락에 그런 인간이 존재한다는 건 조금 놀랐다고."

"예. 저도 그 사람한테는 놀랄 때가 많아요."

"그런 남자는, 대화를 나누어도 기분이 좋지. 이번의 성가신 일들만 정리되면, 같이 술이라도——."

그렇게 말을 하려다가, 잣슈마의 눈매가 스윽 가늘어졌다.

"——같은 태평한 소리를 할 때도 아닌 모양이로군. 이봐, 나는 일단 모습을 감출 테니까 조심하라고, 자네들."

"예? 그건 무슨——."

불러 세우는 내 목소리도 공허하게, 잣슈마는 얼른 인파 사이로 섞여버렸다. 영문을 알 수가 없어서 시선을 헤매자, 아이 파가 북쪽 방향을 노려보고 있었다.

"루도 루. 저건, 사이크레우스 휘하의 병사다."

그 순간, 나와 레이나 루를 둘러싼 사냥꾼들의 원이 확 좁혀들었다. 안 그래도 좁은 공간에 갇혀 있던 우리는 원의 중심에서 어깨를 부딪치고 말았다.

"……숲가의 백성이여. 이 자리에서 만날 수 있다니 잘 됐군."

북쪽 방향에서 접근한 덩치 큰 인물이 우리 앞에 섰다. 의례적인 하얀 가죽 갑옷차림에, 도신이 가는 장검을 허리에 찬 그 인

물은 분명히 그 저택에서 사이크레우스를 경호하던 투란 백작
가의 무관 중 하나였다.

"숲가의 백성, 파가의 아스타와 아이 파로군? 나는 투란 백작
가의 경호대 제1대장 지몬이다. ……이중에 숲가의 족장 루가의
인간은 포함되어 있나?"

"나는 루 본가의 막내 루도 루다. 대체 무슨 용건이신지, 들어
볼까."

사냥꾼의 불꽃을 두 눈에 불태우는 루도 루가 지몬 앞으로 나
섰다.

투란 백작가의 문장을 가슴갑옷에 새긴 무관과 숲가의 사냥꾼
이 대치하는 모습에, 길을 가는 사람들이 술렁거렸다. 그런 불
온한 술렁거림 가운데, 지몬은 무척 침착한 목소리로 말했다.

"우리 주인, 투란 백작 사이크레우스 경의 말씀이다. 숲가의
족장들에게 올바르게 전해주었으면 한다. 내용은, 이틀 뒤로 다
가온 회담에 대한 이야기다만——."

그리고 지몬은 우리에게 두 가시 사항을 전달했다.

그중 두 번째 사항에 말이 이르렀을 때, 아이 파는 파란 눈동
자에 격정의 불길을 깃들이고 "웃기지 마라!"라며 노성을 터뜨
렸다.

2

몇 시간 뒤—— 정각에 일을 마친 우리는, 어제와 같은 편성으

로 루의 촌락에 귀환했다.

다만 무척 무거운 분위기를 드리운 귀환이었다. 아이 파를 필두로 하는 사냥꾼들이 아직도 분노를 풀지 못했기 때문이었다.

"어, 일 수고했어. ……무슨 일이야? 다들 무시무시한 표정인데."

완전히 이 촌락의 일원이 되어버린 것처럼 보이는 마살라의 바르샤가, 장작을 패는 손도끼를 손에 들고서 의아한 듯 고개를 갸웃거렸다. 감시 담당이자 경호 담당이기도 한 랴다 루도 살짝 미간을 찌푸리고, 미다는 어리둥절해서 우리를 내려다봤다.

"어, 사이크레우스의 부하한테, 되먹지도 않은 전언을 받는 꼴이 되었다고. ……랴다 루, 아버지랑 다른 사람들은 아직 숲에 있어?"

"음. 아직 해가 높으니까, 돌아오려면 시간이 걸리겠지."

"그런가. 아버지도 잔뜩 화를 내려나. 아니, 의외로 아버지는 우리가 화낼 법한 이야기에는 화를 안 내기도 한단 말이지."

"대체 무슨 일이 있었던 거야? 내가 들어도 된다면, 좀 물어보고 싶은데."

바르샤도 사자 같은 얼굴에 긴장한 기색을 드리우기 시작했다.

그쪽을 돌아보고 루도 루는 황갈색 머리카락을 마구 휘저었다.

"당신한테 감출 이야기는 아니야. 모레 회담에 대해, 사이크레우스 녀석이 되먹지도 않은 조건을 들이밀었다고."

"조건?"

"그래. 첫 번째는, 회담 장소를 투란이 아니라 성 밑 마을에 있는 그 녀석의 저택으로 변경하겠다는 이야기였어. 몸 상태가 안 좋아서, 저택에서 나가는 게 귀찮아졌대."

그 설명만으로는 화가 난 이유가 전해지지 않는다. 의아하다는 표정인 세 사람에게, 루도 루는 계속해서 말을 쏟아냈다.

"하지만 성 밑 마을에는 통행증이라는 게 없으면 못 들어간다고. 그러니까 회담이랑 관계없는 사람의 몫은, 열 명까지 동행을 허가하겠대. 정말로 웃기지도 않는 이야기잖아?"

숲가의 백성은 줄로 슨 일행을 데려가는 대신, 경호 담당 사냥꾼을 수십 명은 더 동행시킬 예정이었다. 회담 장소로 가는 것은 족장을 포함한 몇 명이더라도, 사냥꾼들은 그 건물 주위에 대기하다가 유사시에 내부로 뛰어들 계획이었던 것이다.

"흠…… 그건 역시, 줄로 슨 일행을 데려간다는 우리의 요청에, 상대도 경계심을 품었다는 것인가?"

"흥! 때마침 병이 악화됐다고 생각하는 것보다야 그쪽이 자연스러운 이야기겠지!"

하지만 물론 지몬은 어디까지나 사이크레우스의 몸 상태가 좋지 않아서 그렇다며 주장했고, 게다가 회담 자리에 그 이상의 호위는 필요 없을 거라고도 말했다. 그건 이 요청을 받아들이지 않는다면 반심이 있는 것으로 간주하겠다, 그러는 것 같은 말투였다.

"또 하나의 조건은, 더 웃기는 소리라고? 그 빌어먹을 귀족 녀석은, 회담 자리에 아스타를 데려오라고 그랬단 말이야!"

이 말에는 랴다 루도 깜짝 놀라서 눈을 부릅떴다.

"아스타를 회담 자리에? 이건 어디까지나 숲가의 족장과 사이크레우스의 회담일 텐데? 아스타는 관계없지 않느냐."

"나도 몰라! 뭔가 영문 모를 소리를 좋알좋알 늘어놓던데 말이지!"

분통을 터뜨리며 루도 루는 발을 마구 굴렀다.

그런 이유로, 어쩌면 이중에서는 가장 냉정할지도 모르는 내가 설명을 대신하게 되었다.

"저쪽의 주장으로는, 제 출신을 문제시하는 모양이에요. 바다 밖에서 왔다는 도래 백성을 일족으로 맞이하는 것은 조금 전례가 없는 일이니까, 좀 더 신중하게 대처해야 하는 게 아니냐——."

나는 나대로 이 세계의 관습이라는 것을 완전히 파악하지 못했기에, 지몬의 말을 이해하기는 무척 힘들었다.

하지만 뭐 요컨대, 도래 백성이라는 건 이 대륙 사대신의 아이가 아니라 이교의 신을 숭배하는 일족일 터이니, 그런 출신의 인간을 얼떨결에 받아들이는 건 너무 경솔하지 않느냐는, 그런 논지인 듯했다.

"아스타는 숲가의 동포다! 아스타 본인이 그렇게 생각하고 주변의 우리에게도 불평은 없으니까, 그걸 남이 이러쿵저러쿵 떠들어댈 이유 따윈 없어!"

몇 시간 전, 역참 마을의 가도에서 루도 루는 그렇게 말해주었

213

지만, 지몬은 냉철한 표정 그대로 고개를 가로저었다.

"그럼 파가의 아스타도 현재는 서방신 셀바의 아이다, 그런 이야기로군?"

"예. 저는 그렇게 생각해요."

"그렇다면 셀바의 아이라는 증거를 보여 봐라."

물론 나로서는 무슨 소리인지 알 수 없었다.

지몬은 만족스럽게 끄덕였다.

"뭣하면 자갈이나 시무에 대한 예라도 상관은 없다. 마휴도라의 아이라도 아닌 한, 셀바의 문은 닫혀 있지 않다. ……물론 그래도 셀바의 아이가 아닌 한, 제노스의 영토인 모르가 숲가에 사는 것은 인정할 수 없다만."

"……미안해요. 무슨 말을 하시는지 잘 모르겠네요."

"음. 바로 그것이, 귀공이 이 대륙 출신이 아니라는 것을 증명하고 있다."

"잠깐만! 그런 거, 우리도 무슨 소린지 모르겠다고?!"

큰소리를 높이는 루도 루를 향해 지몬은 차가운 시선을 던졌다.

"숲가의 백성은 셀바의 아이로서의 관습을 배우지 않는 모양이로군. 참으로 생각하기 힘든 이야기다만, 그것은 80년 전에 제노스 후작과 숲가의 족장 사이에 나눈 약속이었다고 하니 누구를 책망할 수도 없다. 신을 향한 예도 모르는 인간 따위, 이 대륙에는 숲가의 백성 정도밖에 존재하지 않을 테지만 말이다."

"흥! 그렇다면 딱히 아스타도——."

"숲가의 백성은 특이한 그 풍모로 자신을 분별할 수 있다. 또한, 이제까지 숲가 밖의 인간과 인연을 맺을 필요도 없었기에, 더더욱 출신을 따진 적도 없었을 테지. 하지만 여기 파가의 아스타는 도래 백성이면서 서방신의 아이를 표방하고, 서쪽 땅에서 동화를 벌고 있다. 그것을 내버려두는 것은, 의문이 많은 도래 백성에 대한 나쁜 전례를 만드는 일일 수도 있다, 라는 것이 투란 백작의 생각이시다."

어디까지나 담담하게, 지몬은 그렇게 말을 이었다.

"리프레이아 아가씨의 잘못과는 관계없이, 파가의 아스타의 존재를 간과할 수는 없다. 파가의 아스타가 앞으로도 숲가의 백성, 제노스의 백성으로서 살아갈 생각이라면, 제노스 영주 마르스타인의 허가가 필요한 것은 당연하리라, 그런 이야기다."

"……그 딸의 잘못을 사과한 혓바닥에 침도 마르기 전에, 이번에는 그런 트집을 잡는 것이냐."

——끝내는 아이 파가 얼음 칼날처럼 차갑고 날카로운 목소리로 그렇게 발언했다.

"저 사이크레우스라는 귀족에게, 자신의 얄팍함을 부끄러워할 마음이라는 건 존재하지 않느냐?"

"말을 삼가도록 해라, 파가의 아이 파. 아무리 타인에게 비방을 당할지라도, 파가의 아스타의 정체를 알게 되어버린 이상, 백작은 그것을 간과할 수 없는 입장이신 것이다."

그 후로는 이제 위병을 부르게 될 것 같은 소동이 벌어질 뻔했다.

"족장의 지시를 청하겠어요!"라고 내가 수습하지 않았다면, 정말로 돌이킬 수 없는 일이 벌어졌을지도 모른다. 그만큼 아이 파나 루도 루를 비롯한 사냥꾼들은 격노했던 것이다.

"요컨대 사이크레우스라는 녀석은 아스타도 슨가의 녀석들도 전부 자기 수중에 넣겠다는 것뿐이겠지! 빤히 보여서 차라리 웃길 지경이야!"

심각하게 미간을 찌푸린 다른 이들을 앞에 두고, 또다시 루도 루가 큰소리를 높였다. 감정은 풍부하고 무척 솔직한 성격인 루도 루이지만, 이 소년이 이만큼 분노를 드러내는 것은 정말로 드문 일이었다.

"그것과는 별개로, 역시 사이크레우스는 회담 자리에서 숲가의 백성이 날뛰는 상황을 경계하는 걸지도 모르겠네. 나 같이 발목을 붙잡는 녀석이 있다면, 족장들도 함부로 움직일 수는 없게 되어버릴 테니까."

"관계없어! 회담 자리에는 야밀 레이나 츠바이도 데려가는 거니까! 사이크레우스 녀석은 틀림없이, 딸이랑 똑같이 아스타의 신병을 노리는 거야."

루도 루는 이미 완전히 사냥꾼의 눈빛이 되어버렸다.

아이 파 역시도 무표정한 상태로, 루도 루 이상으로 뒤숭숭한 눈빛이 되어버렸다.

"……하지만 우리가 얼마나 큰 각오로 이틀 뒤의 회담에 임하고자 하는지는, 역참 마을의 백성에게도 알려졌을 테지? 그렇다면 그걸 들은 사이크레우스라는 귀족이 경계하는 건 당연한 일이다."

침착한 목소리로 랴다 루가 그렇게 말했다.

"그리고 이 이야기를 퍼뜨리는 걸 가즈란 루티무가 허락했다는 건…… 족장들도 사이크레우스가 경계하더라도 상관없다, 오히려 그 움직임으로 상대의 진의를 가늠하자, 그런 생각이 아니겠느냐."

"그게 뭐야! 그것 때문에 우리가 불리해진다니 바보 같잖아!"

"이까짓 불리한 것 따윈 정말로 불리한 것도 아니다, 그렇게 생각하는 것일지도 모르겠군. ……여하튼, 우리가 떠들어봐야 변할 건 없겠지. 아스타의 말대로, 족장의 결정을 기다릴 수밖에 없다."

하지만 결론은 진즉에 나와 있다고 생각한다.

군주는, 저쪽인 것이다. 반심이 없다면 회담 장소 따위야 어디든 상관없고, 호위 숫자도 열 명만 있으면 충분하겠지── 그렇게 말한다면 그를 거스를 수도 없다고 여겨졌다. 내 취급에 대해서도, 역시나 지당했다.

그것을 알고 있기에, 아이 파랑 루도 루도 이렇게까지 격렬히 화가 났을 테지. 회담을 이틀 뒤에 앞두고, 끝내 사이크레우스도 목을 쳐들었다는 것이었다.

여하튼 족장이 없이 이러쿵저러쿵 이야기해봐야 끝이 없으니까, 우리는 눈앞의 일에 착수하기로 했다.

아이 파와 루도 루 이외의 사냥꾼은 그 자리에서 해산하고, 남은 멤버가 부엌으로 향했다. 부엌에서는 오늘도 당번이었던 리미 루가 혼자서 포이탄을 구울 준비를 시작하고 있었다.

"루도도 아이 파도 뭘 그렇게 화가 났어?"

의아한 듯 고개를 갸웃거리는 리미 루에게 또다시 루도 루가 큰소리로 설명을 시작하는 것을 들으며, 나는 고기 자르기 준비를 진행했다.

그러자 오늘도 따라온 바르샤가 "당사자인 너는 무척 차분한 모양이네"라고 말을 건넸다.

"예. 저는 족장의 말에 따를 뿐이에요. 제 존재로 폐를 끼치고 마는 것은 무척 괴로운 일이지만―― 나만 없었다면, 그런 비굴한 소리는 하고 싶지 않으니까요."

"흐응. 의외로 배짱이 두둑하네."

"그렇진 않아요. 속으로는 화도 나고, 불안하기도 해요."

다만 내 몫까지 아이 파와 모두가 화를 내주었으니까, 그에 대한 미안함으로 나는 묘하게 차분해지고 말았을 뿐이었다.

여하튼 이것은 나 개인만의 문제가 아니다. 숲가의 일원으로 있기를 바란 나와 그것을 허락해준 숲가의 사람들과의, 모두가 함께 짊어져야 하는 문제겠지. 그래서 나는 숲가의 모두와 함께 생각하고 최선의 길을 선택하길 바란다.

"하지만 신을 향한 예를 모른다니, 깜짝 놀랄 이야기네. 그런 일족이 이 대륙에 존재한다고는 생각해본 적도 없었어."

그러면서 갑자기 바르샤는 억센 오른팔을 바로 옆으로 펼치고 왼손으로 자신의 심장을 움켜쥐는 것 같은 동작을 취했다.

"나, 마살라의 바르샤는 서방신 셀바의 아이라는 것을, 이 영혼에 걸고 맹세한다. ……고작 이것뿐인데 말이지, 신을 향한 예라는 건."

"허어, 그것으로 자신이 서쪽 백성이라는 게 증명되는 건가요?"

"그래, 간단하지? ……다만 거짓된 예를 드러냈다가는, 그 인간은 사후에 영혼이 넷으로 찢겨나가지만. 왕족이든 도적이든, 이 맹세만큼은 소홀히 할 순 없어."

웃으면서 바르샤는 팔을 내렸다.

"뭐, 마휴도라 곁으로 다가가지 않는 한, 자신의 신을 증명할 기회 따원 좀처럼 없지만. 하지만 예를 들어 카뮤아 요슈 같이 북쪽 백성 같은 모습을 한 인간이라면, 여기저기서 신분을 증명할 필요가 있겠네."

"아, 그렇군요."

슈미랄도 숲가의 데릴사위가 될 수 있다면, 두 번 다시 시무의 아이를 자칭하는 것은 허락되지 않는다.

그것을 감추고 마휴도라와의 장사를 계속하다가 무언가의 계기로 신분을 증명해야 할 필요가 있다면, 서방신으로 신앙을 옮긴 사실을 드러내게 되어버린다── 그러니까 그런 이야기겠지.

'신을 갈아탄다는 건, 역시 그만큼 엄청난 일이구나.'

그렇다면 나도 제대로 서방신 셀바의 아이가 될 각오가 필요하겠지.

다행히도 나는 고향에서 신과도 신앙과도 무관한 몸이었다. 어머니 장례식은 불교식이었을 테지만, 솔직히 어느 종파인지도 나는 모른다. 그런 나라도 정체 모를 신의 아이가 된다는 것은 무척 불안하긴 했지만―― 그러지 않고서는 숲가의 백성을 자칭하는 건 허락되지 않는다면, 선택의 여지는 없었다.

'하지만 숲가의 백성에게 그 관습이 전해지지 않는다는 건―― 역시 제노스의 영주로서도 처음부터 동포로 맞아들일 생각이 희박했다는 이야기 아닐까?'

혹은 80년 전 숲가의 족장이, 그런 관습 따위는 아무래도 상관없다며 소홀히 여기고 말았나.

하지만 애당초 숲가의 백성은 남쪽 왕국 자갈 출신일 터. 그 시절부터 살고 있는 지바 할머니라면, 신을 향한 예라는 개념을 가지고 있을까. 아니면 처음부터 그런 지식은 없는 상태로, 숲가의 백성은 숲속에서 독자적인 생활을 이어왔을까.

'정말로 신기한 일족이구나, 숲가의 백성은.'

그렇게 생각한 뒤, 나는 자신의 어리석음에 쓴웃음을 흘릴 뻔했다.

기묘하다고 한다면, 내 존재야말로 가장 기묘한 것이다. 편의상 나는 바다 밖에서 찾아왔다는 취급이지만, 사실은 다른 공간에서 찾아왔다고 말할 수밖에 없는 출신인 것이다.

애당초 나는 한 번 죽은 몸이다. 타오르는 건물 안에서, 파편이 깔려서 목숨이 끊어졌다. 그 고통이 꿈이나 환상이었다고 여겨지지도 않고, 이 땅에는 내 상식이 통하지 않는 수많은 것들이 넘쳐났다. 그럼에도 불구하고 나는 태평하게 두 번째 인생을 계속 보내고 있다.

죽었을 터인 내가 어째서 생전 그대로의 모습으로 평범하게 존재하는가. 전혀 모르는 세계인데도 어째서 말이 통하는가. 나는 왜, 어떠한 운명의 장난으로 이런 사태에 빠지게 되었는가――모든 것이 불명인 상태로, 나는 이렇게 이 자리에 서 있는 것이다.

'그래도 나는 숲가의 백성으로―― 파가의 일원으로서, 아이 파와 함께 살아갈 것을 결심했어.'

한 번 죽은 몸이기에, 내가 원래의 세계로 돌아갈 방도는 이미 없겠지.

그래도 내가 절망하지 않았던 것은, 아이 파와 만날 수 있었던 덕분이다.

새로이 손에 넣은 이 행복을 지켜내기 위해서라면, 나는 어떠한 고난에도 맞설 각오였다.

'사이크레우스가 그것에 트집을 잡으려 들겠다면, 나도 죽을 힘을 다해서 내가 있을 장소를 쟁취하겠어.'

그런 생각을 하는 동안에, 『먀무구이』 고기 자르기는 끝났다.

"좋아. 그럼 저녁 식사 준비로 들어갈까."

내 말에 리미 루가 돌아봤다.

"아스타는 오늘, 스프 쪽을 만들어주는 거지? 대체 어떤 스프를 만들 거야?"

다행히도 리미 루는 루도 루의 말을 듣고서도 전혀 동요하지 않았다. "돈다 루 아버지한테 맡겨두면 괜찮아"라고, 가장을 더 없이 신뢰하는 모양이었다. 그것으로 루도 루도 독기가 빠져버렸는지 뽀로통한 얼굴로 벽에 기대어 있었다.

"응, 오늘은 카론의 젖을 쓸 생각이야. 어제, 짐수레로 가져온 그거 말이지."

얀에게서 사들인 카론의 젖 10리터는, 항아리에 봉입한 상태로 식량 창고에 보관을 부탁했다. 하룻밤이 지나서 지금쯤이면 지방분이 떠오를 시간일 테니까, 드디어 유지 제작에 착수하며 남은 탈지유로 스프를 만들 예정이었다.

"미안해요, 아스타. 그걸 돕는 데 조금 더 시간을 주실 수 있을까요?"

이번에는 열심히 패티를 만드는 레이나 루가 말을 건넸다. 오늘은 이미 유지 제작과 카론유를 다루는 방법을 가르쳐주기로 약속했던 것이다.

"응, 서두를 필요 없으니까. 그동안에 나는 내 공부를 하고 있을게."

아궁이 중 하나에는 어제 사용한 라드가 그대로 남겨져 있었다.

물론 고누모키 잎으로 가능한 한 밀봉했지만, 한 번 사용한 라드는 다시 항아리에 담을 순 없다. 기름이 산화되어 더는 못 쓸

때까지 기간과 횟수가 얼마나 걸리는지, 그것은 요리 공부를 겸해서 확인할 생각이었다.

'다행히도 튀길 게 부족하진 않으니까.'

어제는 『기바 커틀릿』만이 아니라 치아가 약한 지바 할머니를 위해서 『기바 민스 커틀릿』도 만들었다. 오늘은 세 번째 튀김 요리 테스트였다.

나는 아궁이에 불을 지피고, 우선은 준비해둔 찻치를 넣기로 했다. 그동안에 기바 등심이나 뱃살 토막 등을 다졌다.

"⋯⋯햄버그인가?"라고 아이 파가 작게 물었다.

"아니, 이건 또 다른 요리야"라고 대답하자 "그런가"라며 눈을 감았다.

"햄버그가 아니라면 뭐야? 찻치도 쓰는 거야?"

간신히 차분해진 루도 루도 흥미진진하게 철 냄비 안을 들여다봤다. 그러고 보니 루도 루는 찻치를 좋아했다.

"응, 이건 장사용 요리 공부인데 말이지. 크로켓이라는 요리를 만들 생각이야. ⋯⋯괜찮으면 루도 루도 한 입만 맛을 볼래?"

"괜찮아?"라고 루도 루는 눈을 반짝이고, 리미 루는 "치사해!"라며 불만의 목소리를 높였다.

"왜 루도만 먹어? 리미도 맛보고 싶어!"

"아, 미안해. 원래 이건 나 혼자 맛을 볼 생각이었으니까, 1인분 재료만 준비했거든."

살짝 신경질적인 행동일지도 모르겠지만 내일 저녁에도 『기바

『커틀릿』을 조금은 만들 예정이었기에, 나는 기름진 음식을 연일 시식하는 건 피해야겠다고 생각했다.

그래도 루도 루에게 말을 건네고 만 것은, 나 같은 사람을 위해서 그렇게나 분노해준 것에 대한 최소한의 감사표시였던 것이다. 하지만 리미 루는 무척 불만스럽다는 표정이었다.

"그게, 어제도 설명했다시피, 튀김이라는 요리는 매일 먹으면 몸에 좋지 않을지도 모르니까. 몸이 작은 리미 루는 더더욱 조심하는 게 좋겠다고 생각하거든."

"루도도 꼬마 루도잖아!"

"너만큼 꼬마는 아니라고!"

별것 아닌 제안이 남매가 다투게 만들어버렸다.

머뭇머뭇 아이 파 쪽을 돌아봤더니 "나는 필요 없다"라고 먼저 말했다.

"너무 맛있으면, 맛을 보는 것만으로는 부족해질 테니까 말이다."

그리고 내가 먹고 싶은 건 그 요리가 아니라며 얼굴에 적혀 있는 것처럼 느껴지는데, 그건 내 착각이었을까.

"어, 어쨌든 말이지, 내일 저녁에도 또 『기바 커틀릿』을 조금 만들 예정이니까, 그걸로 참아줘. 이 요리는 어디까지나 장사용이야."

"하지만 아스타가 만든다면 당연히 맛있을 건데!"

"아니, 남들 모르게 실패작을 잔뜩 만들기도 한단 말이지.

……그렇게나 흥미가 있다면, 다음에 만들 때에 시식을 부탁할 테니까. 응?"

귀엽게 입술을 삐죽이던 리미 루는 눈썹을 축 늘어뜨리며 "정말로"라고 나를 바라봤다.

"거짓말 아니지? 약속할 거지?"

"응. 약속할게."

"으—…… 알았어. 그럼 참을게."

리미 루는 시무룩하게 어깨를 떨어뜨리며 포이탄 굽는 작업을 재개했다. 루도 루는 득의양양한 표정으로 "이히힛" 하고 웃었다. 참으로 복잡한 남매애였다.

마음을 다잡고 나도 작업을 재개하기로 했다.

우선은 아리아를 잘게 썰고, 소량의 라드로 재빨리 볶는다.

재료가 부드러워지면 다진 고기도 추가하고, 소금과 피코잎으로 맛을 조정한다.

그리고 익은 찻치를 건지고, 아직 뜨거울 때에 그리기 막대기로 으깬다. 나무 그릇 안에서 볶은 재료와 찻치를 거칠게 섞고 원통 모양으로 빚으면 속재료는 완성이다.

그리고 어제와 마찬가지로 후와노 가루, 키뮤스의 알, 구운 후와노 가루 순으로 튀김옷을 입히고 라드로 튀기면 끝이다.

다만 오늘은 소스 대용 조미료도 만들 생각이었다.

육포에 포함된 암염만으로 생활하던 숲가의 백성에게는, 기름기와 마찬가지로 과도한 염분은 필요 없다고 여겨졌다. 하지만 피코잎이 아니라 소금에 절인 고기를 항상 먹는 역참 마을의 백성은 숲가의 백성보다도 소금기를 즐기고, 또한 그만큼의 염분이 필요한 체질이 되어 있음을 헤아릴 수 있었다. 따라서 타우유를 잔뜩 사용한 소스 대용품을 만들기로 한 것이었다.

대략적인 레시피는, 투란 백작 저택에 붙잡혀 있었을 때에 완성했다. 으깬 타라파와 아리아를 철 냄비에서 끓이고, 한 김 식힌 뒤에 타우유를 붓고 후와노 가루를 첨가한다. 타라파의 신맛, 아리아의 단맛, 그리고 후와노 가루의 끈기를 이용해서, 간장과 똑같은 타우유를 우스터소스의 맛에 가깝게 만드는 건 가능했다.

마마리아 식초 같은 걸 넣으면 한층 더 풍미가 가까워지지만, 그건 성 밑 마을에만 존재한다. 나는 어디까지나 역참 마을에서 얻을 수 있는 식재료로 요리를 완성해야만 하는 것이었다.

"……아스타, 그 요리도 무척 흥미 깊은데요."

타라파 소스를 끓이며 레이나 루가 애절한 눈빛을 보냈다.

"어, 응, 잘만 만들면 여관 중 어딘가에서 사용할 생각인 요리니까. 실제로 채용된다면 제대로 가르쳐줄게."

기바 고기보다도 다량의 찻치를 사용하는 이 요리는, 틀림없이 역참 마을의 백성 쪽이 상성은 더 좋겠지. 다만 역참 마을의 백성은 숲가의 백성 이상으로 기름기 섭취와는 거리가 먼 식생활이었을 테니까, 그런 부분은 역참 마을의 주민들에게 의견을 청하자고 생각했다.

여하튼 나는 요리를 완성하기로 했다.

어제와 같은 정도의 온도로 데운 라드에 속재료를 넣었다.

타닥타닥, 기분 좋은 소리가 오늘도 부엌에 울려 퍼졌다.

라드는 아직 투명하니까 앞으로 두세 번은 문제없이 쓸 수 있 겠지. 다만 기름을 거를 도구가 없으니까 매번 불순물을 제거하 는 게 고생이다.

'그러고 보니 디알은 아직 역참 마을로 못 나오는 걸까.'

앞으로도 튀김을 만든다면 철망 같이 새로운 조리 도구를 구 입하고 싶은 참이었다. 하지만 역참 마을에는 그런 부류의 기 구는 팔지 않는 것이었다. 이럴 때야말로 철제 도구상인 디알을 의지하고 싶은 참이었다.

'하지만 디알의 아버지한테는 사이크레우스 쪽이 중요한 장사 상대니까, 숲가의 백성과는 교류를 맺고 싶진 않겠지.'

그리고 사이크레우스가 실각해버리면, 디알의 상단은 중요한 거래 상대가 허사로 돌아가게 된다. 그때는 역시 우리에게 분노 의 감정을 내비치게 되는 걸까.

양호한 인연을 맺으려고 해도 맺을 수 없는, 나는 앞으로 그 소녀와 어떤 관계가 되는 것일까. 그런 막연한 쓸쓸함을 가슴에 품고, 나는 갈색으로 완성된 크로켓을 쇠꼬챙이 위로 건졌다.

"겉모습도 냄새도 평범하게 맛있겠는데. 이름은, 크로켓이었 던가?"

"응. 고기 요리라고 부르기는 힘든 요리니까, 숲가의 백성의 입에는 맞지 않을지도 모르겠지만."

하지만 역참 마을이라면 소분해서 사이드 메뉴로 파는 건 가능하지 않을까, 나는 그렇게 생각했다.

그리고 여담으로, 나는 숲가의 백성도 조금 더 사이드 메뉴 같은 걸 먹는 습관이 있어야 하지 않을까, 그런 생각도 했다.

어제 저녁 식사에는 『기바 커틀릿』에 채 썬 티노와 타라파의 생채소 샐러드와 삶은 기고도 곁들여보았다. 내 요리는 이제까지의 저녁 식사와 비교하면 염분도 당분도 유분도 높을 테니까, 그에 맞추어서 채소 섭취량도 늘릴 필요가 있다고 여겨진 것이었다.

'찻치를 사용한 감자 샐러드 같은 요리였다면, 루도 루도 기뻐할 테고.'

그런 생각을 하며 나는 여분의 기름이 빠진 크로켓에 소스 비슷한 것을 조심스럽게 뿌렸다.

"좋아, 완성이야. 뜨거우니까 데지 않도록 조심해."

새 나무 그릇 위에서 작은 크로켓을 반으로 자르고, 그중 하나를 루도 루에게 건넸다.

그리고 나머지 반을 내 입으로 집어넣자—— 무척 그리운 크로켓의 맛이 입 안에 퍼졌다.

감자와 무척 닮은 폭신폭신한 찻치가 참을 수 없었다. 평소에는 주장이 강한 기바 고기도 이번만큼은 조연이지만, 그래도 확실한 식감과 감칠맛이 남아 있었다. 후와노 가루의 바삭바삭한 식감도 역시나 뛰어났다.

라드라는 것이 이렇게까지 튀김에 적합하다는 사실을, 우리 아버지는 알고 있었을까? 적어도 나는 몰랐다.

여하튼 동물성 유지니까 더욱 기름지게 입에 남는 이미지였는데, 그런 건 전혀 없었다. 뒷맛은 오히려 산뜻할 정도인데, 그러면서도 단맛이나 감칠맛을 충분히 머금고 있는 듯했다.

뭐, 여하튼 크로켓도 커틀릿에 지지 않는 맛이었다.

이거라면 상품으로서 충분히 통할 것 같다, 그런 만족감을 가슴에 품고서 나는 크게 숨을 돌리고—— 그리고 갑자기 누군가 내 멱살을 붙잡았다.

"어? 뭐야? 왜 그래, 루도 루?"

루도 루의 진지하기 그지없는 얼굴이 내 눈앞까지 다가왔다.

"······엄청나게 맛있어."

"아, 그런가. 그렇다면 다행이——."

"이제까지 먹은 것 중에 제일 맛있었어! 스테이크보다도, 햄버그보다도, 스튜보다도 기바 커틀릿보다도 맛있었어! 이거 뭐야!"

"아니, 그러니까 이건 크로켓이라는 요리이고——."

"잔뜩 더 만들어줘! 이것만으로는 부족해!"

나보다도 작은 체구이지만 사냥꾼으로서의 완력을 가진 루도 루가 내 머리를 마구 흔들어댔다.

"으, 응, 하지만, 저기, 튀김이라는 건 영양가가 치우치니까—— 조, 조만간에 또 만들어줄게."

"그 조만간이라는 건 언제야?! 내일이야?! 모레야?!"

머릿속의 내용물이 마구 흔들려서 점점 눈앞이 흐려졌다. 아무래도 가벼운 빈혈 상태, 혹은 뇌진탕이라도 일어난 것 같았다.

그런 나를 구해준 것은 역시나 아이 파였다.

"루도 루, 지나치게 평정심을 잃었군."

낮고 냉정한 목소리가 울리는 것과 동시에 가슴팍의 압박감이 사라지고, 루도 루의 모습이 점점 멀어졌다.

하지만 세계는 아직도 흔들리고 있었다.

아니, 흔들리는 건 내 두개골 안의 내용물일까.

흐물흐물 무너지려는 내 몸을 강한 힘과 열기가 감싸고, 그와 함께 달콤한 향기가 의식의 깊은 곳까지 물씬 파고들었다.

"아스타는 어린아이나 여자들처럼 약하다. 그렇게 난폭하게 대하면 안 된다."

"하지만! 엄청 맛있었단 말이야!"

루도 루가 어린아이처럼 외쳤다.

아직 눈 안쪽으로 반짝반짝 하얀 빛을 느끼며, 나는 그 목소리를 멀리 들었다.

"어쨌든 진정하고 이야기해라. 아무리 맛있는 요리라도 계속 그것만 먹으면 위험하다, 그런 이야기를 막 했을 텐데."

한편 아이 파의 목소리는 무척 가까웠다. 귓가 바로 뒤에서 들렸다.

그도 그럴 터. 아이 파는 뒤에서 내 몸을 단단히 끌어안고 있었다. 다리에 힘이 안 들어가는 나는 모든 체중을 아이 파에게 맡겼고, 그리고 그녀는 내 가슴팍에 두 팔을 단단히 두르고 있었다.

"우와, 미안해! 이제 괜찮아, 아이 파!"

"어디가 괜찮다는 거냐. 전혀 몸에 힘이 들어가질 않잖느냐."

기분 나쁜 듯 말하고 더욱 강한 힘으로 내 몸을 졸랐다.

"하지만 아이 파도 먹어보면 알 거야! 정말로 맛있었으니까!"

"뭘 맛있다고 느끼는지는 사람에 따라 제각각이다. 그것도 일찍이, 스테이크를 먹었을 때에 나눈 말일 텐데."

"그럼, 나한테는 크로켓이 가장 맛있는 요리였던 거야!"

"그렇다면 더더욱 참을 수밖에 없다. 아스타의 힘을 약으로 삼기 위해서, 그건 시련이라고 생각해라."

내 어깨 너머로 아이 파와 루도 루의 문답이 이어졌다.

그 사이로 리미 루가 "치사해—!"라며 끼어들었다.

"그렇게나 맛있었다면, 역시 리미도 먹어보고 싶었어! 아스타, 다음에는 꼭 리미한테도 만들어달라고?"

"으, 응."

"저도 맛을 보고 싶었어요. 장사용 요리로 생각한다면, 더더욱."

"정말로. 나도 먹어보고 싶었다고."

끝내는 실라 루나 바르샤까지 가담했다.

아이 파에게 뒤에서 안겨 있는 이 상황을 누구도 언급하려 하지는 않지만, 오히려 부끄러워서 죽어버릴 것만 같았다.

그리고 최종적으로는 레이나 루도 "……정말, 치사해요"라며 원망스러운 눈빛으로 바라봤다.

나는 깊이 한숨을 내쉬고, 내 귀에 아이 파가 작게 속삭였다.

"네가 걱정할 필요는 없다. 아스타의 힘을 약으로 삼으려면, 때로는 인내도 필요한 법이다."

"으, 응……."

"나도 참을 수 있으니까, 다른 이들이 못 참을 이유는 없다. ……다만, 우리의 인내를 아무렇게나 취급한다면, 네게도 마땅한 응보가 찾아오겠지."

그대로 꽈악꽈악 흉곽을 압박당하고, 나는 정말로 목숨이 끊어질 뻔했다. 사랑스러운 가장에게 좀처럼 햄버그를 제공해주지 못하는, 이것이 그에 대한 응보였을까.

여하튼 회담 날까지 앞으로 하루하고 반나절 정도였다.

3

다음 날── 하얀 달 14일.

사이크레우스와의 회담 전날이다.

마을에서는 조금씩 불온한 분위기가 감돌고 있었다. 잣슈마가 흘린 소문이 점차 본격적으로 퍼지고 있겠지.

숲가의 백성은 사이크레우스가 큰 죄를 저지르지는 않았는지 의심하고 있다. 그런 숲가의 백성이 내일, 숲가의 대죄인 자츠 슨 혈족의 처우를 둘러싸고 사이크레우스와 회담을 가진다. 혹시 쌍방의 의견이 좁혀지지 않는다면 어떠한 사태로 발전할지 알 수 없다. ──그런 절박한 뒷사정을 역참 마을의 사람들이 알게 된 것이었다.

우선 내일 15일은 포장마차 장사도 휴업이 결정되었다. 여관 장사도 마찬가지로, 다만 사흘치 신선육을 오늘 미리 팔기로 했다. 모레 이후가 어떻게 될지는, 내일 회담의 결과에 달려 있다.

그런 가운데, 얀의 장사는 순조로운 모양이었다. 들은 바에 따르면, 첫날에는 200인분의 요리를 팔아치웠다나. 적동화 한 닢으로 파는 미니 사이즈 요리라지만, 통상적으로는 50인분 정도로 그치는 것이 포장마차 장사니까 이건 쾌거다.

그리고 포장마차 장사를 하러 가는 길에 관찰했더니, 얀의 포장마차는 오늘도 어제 못지않게 북적이는 모양이었다.

다만 손님 층에는 살짝 변화가 생긴 것처럼 느껴졌다. 어제는 균등했던 남녀의 비율이 여성으로 치우친 것 같았다.

게다가 어린 아이들도 늘어난 것처럼 보였다. 단맛을 주축으로 정했으니까 이건 필연적인 결과였을까. 형형색색의 반죽도 여성이나 어린이의 인기로 이어졌을지도 모른다. 게다가 역시 동쪽이나 남쪽의 백성은 극단적으로 적고, 서쪽 백성이라도 낮부터 과실주를 들이킬 법한 무뢰한은 하나도 보이지 않았다.

뭐라고 할까, 더더욱 우리 가게와는 반대편의 손님 층으로 넘어가는 듯했다. 뒤집어보면 우리 가게가 놓치고 있는 손님 층을

얀의 가게가 붙잡고 있다는 의미다. 이건 앞으로 참고로 하자
고, 기억의 선반에 확실하게 보관해두기로 했다.

여하튼 얀의 가게가 번성하는 것은 틀림없었다.

그리고 오늘부터는 세 여관, 네 포장마차에서 구운 포이탄을
사용한 요리를 판매하게 되었다.

요리의 내용은 이제까지와 마찬가지이고, 그저 후와노 대신에
포이탄을 사용하는 것이었다. 역참 마을의 영주인 사투라스 백
작가의 협력을 얻어서, 포르아스가 그만한 숫자의 가게에 포이
탄을 판매해냈다.

가루 형태로 정제한 포이탄을, 품삯을 제외하고 원가로 판매
한다. 게다가 착색 요리 방법도 전수한다는 조건으로 실험적인
판매를 의뢰했다나.

노점 구역을 걷고 있으니, 그런 가게들이 나름대로 북적이는
모습을 확인할 수 있었다. 네논이나 나나르로 색깔을 입혔다는
특이함, 그리고 이제까지는 거들떠보지도 않았던 포이탄에 이
런 조리법이 존재한다는 사실로 사람들의 관심을 모을 수 있었
을 테지. 물론 역참 마을에서 호평인 얀의 가게가 마찬가지로
구운 포이탄을 사용한다는 사실도 틀림없이 좋은 방향으로 작
용하고 있을 것이다.

게다가 이번 의뢰에 응해준 가게에는 유지 제작 방법도 앞서
전수했다나. 그러니 구운 포이탄을 취급하는 가게부터 순서대
로 유지를 사용하게 되기도 해서, 한층 더 호평을 부르는 것도

가능하다는 구조였다.

정말로 주도면밀하다.

그리고 유지의 등장 등등은 카뮤아 요슈에게도 예상 밖이었을 테니까, 그 점에서는 완전히 포르아스나 얀의 전략이었을 터.

이대로 간다면 포이탄과 후와노의 입장을 역전시키겠다는 계략도 아주 꿈같은 이야기만은 아닐지도 모른다. 일찍이 포르아스가 말했다시피 후와노보다는 훨씬 저렴한 포이탄이니까, 파는 쪽이든 사는 쪽이든 그것을 기피할 이유는 어디에도 존재하지 않는 것이었다.

"이 상황도 슬슬 사이크레우스의 귀에 들어갔을 무렵이겠지. 지금은 아직 코웃음을 칠지도 모르겠다만, 다레임과 사투라스의 두 가문이 그 일에 함께한다는 사실을 안다면 뭐, 태연할 수야 없을지도 모르겠군."

잣슈마는 그렇게 말하며 웃었다.

하지만 이것은 어디까지나 사이크레우스를 몰아붙이기 위한 포석이다. 실질적인 효과를 만들어내는 것은 아직 먼 이야기니까, 이런 상황에서 사이크레우스에게 무언가 타격이 갈 리도 없다. 그저 네 영화는 영원히 계속되지 않는다고 넌지시 압력을 가해서—— 그 견고한 성벽에 구멍을 뚫으려는 계략이겠지.

그러니까 오히려 이건 사이크레우스의 주변에 있는 사람들에 대한 견제일지도 모른다.

실제로 다레임 백작가의 영주 같은 경우에는, 자기 아들의 폭

거로도 여겨지는 소행을 묵인해버렸다. 사투라스 백작가도, 어디까지 진심으로 나서는 것인지는 불명이지만, 포르아스에게 힘을 빌려주고 있다. 사이크레우스의 아성은 서서히, 그러나 착실하게 무너지고 있는 것이다.

"——드디어 내일, 성 밑 마을로 들어가는구나."

영업 후, 저녁 식사 준비를 위해 채소를 구입하려고 돌라 아저씨네 가게에 들렀더니, 심각하기 그지없는 얼굴로 맞이했다.

"그 회담이라는 건 중천부터 시작된다던가? 그럼 이의 각이나 삼의 각에는 끝날 테지."

"예. 저도 확실한 건 모르지만요."

"여하튼 해가 질 때까지 시간이 걸리진 않겠지. ……그때까지 너희가 성문에서 나오지 않는다면, 또 큰 소동이 벌어질 거라고?"

그러면서 아저씨는 화내는 것 같은 웃는 것 같은 표정을 지었다.

"적어도 나 같은 경우에는 또 성문까지 나갈 테니까 말이다. 남쪽이나 동쪽 백성들도 절대로 잠자코 있을 수는 없겠지."

"예. 그렇게 되기 전에 무사한 모습으로 돌아올 수 있도록 최선을 다할게요."

"아아, 걱정이구나! 그 안에 아스타까지 포함되어 있다는 게 가장 걱정이야!"

이번에는 풀이 죽은 표정을 짓는 아저씨였다.

숲가의 백성이 제노스를 멸망시켜 버리지는 않을까, 그런 걱정을 품고 있던 아저씨는, 그에 더해서 또한 숲가의 백성의 안

부마저도 걱정해야만 하게 되어버렸다.

그것은 물론 숲가의 족장들이 전면적으로 사이크레우스의 조건을 받아들였기 때문이었다.

역시나 피를 나눈 형제라고 해야 할까, 랴다 루가 말한 것처럼 돈다 루 쪽에서는 사이크레우스의 이런 대응은 처음부터 상정한 것이었다.

"호위 사냥꾼을 잔뜩 데려가는 건, 가즈란 루티무도 말했다시피 우리의 각오를 알기 쉽게 표현하기 위해서였다. 그쪽의 태도에 따라서는 힘으로 저항하겠다는, 뭐, 위협이로군."

어제 저녁 식사 때, 돈다 루는 그렇게 말했다.

"하지만 우리가 그만큼의 남자를 데려가겠다고 생각한 것은, 아직 상대에게 전하지 않았다. 그런데도 슨가 녀석들을 데려가겠다고 전한 것만으로 그렇게까지 크게 반응한다는 건…… 상대 역시도 거친 일이 벌어질 것을 적잖이 각오하고 있다는 이야기겠군."

"그래서, 어떻게 할 거야? 저쪽에서 내놓은 웃기지도 않는 조건을 그대로 받아들일 거야?"

불만스럽게 말하는 루도 루에게 돈다 루는 야수처럼 웃었다.

"그걸 거절할 이유가 어디에 있느냐? 회담 자리에는 나와 그라프 자자가 함께 있다. 다리 사우티에 가즈란 루티무도 있지. 걸리적거리는 게 몇 명이 있든, 싸움에서 질 걱정 따윈 전혀 존재하지 않는다. 호위가 열 명이나 허락된다면 더더욱."

"하지만 회담 자리에서는 칼을 뺏기는 거겠죠? 그리고 저쪽에
는 완전 무상한 병사들이 있을 테고——."

무심코 나도 이야기에 끼어들자, 돈다 루는 같은 표정 그대로
나를 돌아봤다.

"그러니까 거친 일이 벌어졌을 때는, 그 병사들의 칼을 빼앗
으면 그만이다. ……그리고 걸리적거리는 상대를 품고 있는 건,
이쪽만이 아니지."

돈다 루의 두 눈은 점점 격렬하게 푸른 불꽃을 뿜어냈다.

"성 밑 마을의 풋내기 병사들이 내 동포를 상처 입히기 전에,
그 사이크레우스의 목덜미를 붙잡아주마. 그래도 병사들이 저항
하려고 든다면—— 그때야말로, 정말로 거친 일이 벌어지겠지."

나도 확실히 돈다 루나 그라프 자자 등등이 병사들에게 제압
당하는 모습을 상상할 수는 없었다.

돌라 아저씨가 걱정했다시피, 가장 무서운 것은 사이크레우스
가 숲가의 사냥꾼의 힘을 오인해서 섣불리 거친 일을 준비하는
것일지도 모른다.

"허나 여하튼, 우리가 먼저 칼을 드는 일은 있을 수 없다. 그
럼에도 거친 일이 되어버렸을 때, 제노스의 법은 우리와 사이크
레우스 중 어느 쪽을 죄인으로 볼 것인가—— 우리에게 가장 중
요한 건, 바로 그것이다."

그러면서 돈다 루는 푸르게 불타는 눈으로 나를 응시했다.

"어쨌든 슨가 녀석들도 너도, 누구 하나 사이크레우스 따위에

게 넘기진 않는다. 저쪽이 네 출신에 이러쿵저러쿵 불평을 흘린다면, 그건 잘 돌아가는 네 혀로 변명해보아라, 파가의 아스타여."

"예. 알겠어요."

크게 끄덕이는 네 옆에서 아이 파가 "기다려라"라고 낮은 목소리를 흘렸다.

"그것이 족장의 결정이라면, 나도 따르겠다. ……다만 그 자리에 아스타를 데려간다면, 나도 동행하도록 하겠다. 파가의 가장으로서, 그것 하나만큼은 결코 물러날 수 없다."

"……회담에 따르는 인간은 여섯 명으로 정해져 있다. 세 족장과, 그의 동행자인 사냥꾼── 가즈란 루티무와, 포우의 가장과, 베임의 가장이다."

"…………."

"다만 새로운 조건을 들이민 것은 상대니까 말이다. 어디까지나 파가의 아스타를 동행시키라고 주장한다면, 그를 숲가로 받아들인 파가의 가장도 동행하겠다고 사이크레우스에게 전해두겠다."

"……감사한다"라고, 아이 파는 머리를 숙였다.

그리하여 나와 아이 파도, 내일은 회담 자리에 참석하는 것이 결정되었다.

"아스타 오빠, 반드시 무사히 돌아와야 된다?"

눈물을 글썽이는 탈라와 아저씨에게, 나는 "응" 하고 고개를 끄덕여 대답했다.

"반드시, 무사히 돌아올게. 그를 위해 전력을 다할 것을 약속할게."

칼도 못 쥐는 나 따위에게 무슨 책임도 부여될 리는 없다. 그저 나는 같은 목적을 위해 목숨과 긍지를 걸고자 하는 동료들을 믿고, 마찬가지로 모든 힘을 짜내겠다고 생각했다.

그리고 우리는 두 사람에게 이별을 고하고 역참 마을을 뒤로했다.

숲가의 촌락에서는 내일을 맞이하기 위한, 최후의 중요한 일이 기다리는 것이었다.

◇

"여어, 오랜만이군, 아스타랑 아이 파여!"

루의 촌락에 도착하자마자 그런 목소리가 날아들었다.

사실은 그렇게 오랜만도 아닌, 사흘 만에 보는 라우 레이였다.

"아, 라우 레이. 오늘은 어쩐 일이야?"

"어쩐 일이기는. 야밀 레이를 데려온 거다. 토토스는 너희한테 빌려줬으니까 터벅터벅 걸어서 말이야."

"어, 가장인 라우 레이가 직접?"

하지만 내가 잡혀가기 전까지는, 라우 레이는 토토스를 타고서 야밀 레이와 함께 파가를 이따금 방문했다. 행동력은 단 루티무 이상으로 강하겠지.

"집에는 의지가 되는 집안사람들이 모여 있으니까 말이야! 게다가 이 역할만큼은 다른 사람한테 넘겨주겠다는 생각이 들질 않았어."

그리고 라우 레이는 사냥개처럼 두 눈을 빛냈다.

"아스타. 오늘은 모두에게 네가 직접 저녁 식사를 대접하는 거겠지? 그 자리에 나도 참석하고 싶은데, 어때?"

"어? 나는 전혀 상관없지만, 그런 이야기는 돈다 루한테 해야 하지 않을까."

"돈다 루한테는 내가 이야기하지! 넌 승낙해주는 거로군?"

라우 레이는 안도한 듯 만면의 미소를 지었다.

"감사한다고! 수확 잔치 이후로, 나는 아스타의 요리가 먹고 싶어서 매일 근질근질했거든! 레이가 여자들도 나름대로 실력을 길렀다지만, 역시 아스타의 발치에도 못 미치니까 말이야!"

"응, 뭐, 낙담시키지 않도록 열심히 할게."

그리고 야밀 레이는 어디에 있는지 물어보려고 했을 때, "오, 아스타!"라며 무지막지하게 큰 목소리가 뒤에서 날아들었다. 기루루의 고삐를 붙잡은 채 그쪽을 돌아봤더니, 나타난 것은 단 루티무였다.

"오랜만이군! 사실은 긴히 아스타에게 부탁할 일이 있다만——."

"아, 예, 저녁 식사 이야기라면 돈다 루한테 이야기해 주시겠어요?"

"뭐라고! 내 마음을 읽은 것이냐?!"

나는 힘없이 웃을 수밖에 없었다.

놀란 눈빛의 단 루티무 뒤에서 가즈란 루티무와 한 여성이 모습을 드러냈다.

"아스타, 마침 돌아오셨습니까. ……루도 루, 오우라를 데려왔습니다."

츠바이의 어머니이자 과거에는 줄로 슨의 아내였던 여성, 루티무 집안사람 오우라였다. 갈색 머리카락을 어깨 부근에서 가다듬은, 가늘고 단정한 얼굴의 여자다. 츠바이의 어머니라고는 여겨지지 않을 정도로 젊어 보이지만, 표정에 생기는 부족하고 눈동자도 어둡게 그늘이 졌다.

"오랜만이에요, 오우라. 츠바이는 아마 민 루티무와 함께 걸어서 이쪽으로 오고 있으니까 곧 도착할 거예요."

"……그런가요……."

오우라는 조용히 끄덕였다.

그녀와 만나는 것은 테이 슨을 숲에 매장한 이후로 처음이었다. 그 무렵부터 인간이 전혀 변하지 않은 듯이 느껴지는 것은, 기뻐해야 할 일인지 불안하게 여겨야 할 일인지—— 나로서는 알 수 없었다.

"저녁때까지는 아직 시간이 꽤 있군. 그때까지 오우라는 어디서 기다리면 되겠느냐?"

단 루티무는 루도 루에게 물었지만 대답한 것은 라우 레이였다.

"야밀 레이는 저기 빈 집에 넣어뒀다고. 조금 정도는, 예전 가족들과 대화를 나누게 해주자고 생각해서 말이야."

"음? 그건 미다 말인가? 아니면——."

"줄로 슨과, 디가와, 도드야. 지금은 그라프 자자 쪽에서 집 밖을 감시하고 있어."

"그렇다면 너도 그쪽으로 가겠느냐?"

단 루티무의 말에 오우라는 움찔 어깨를 떨었다.

"……예…… 그것이 허락된다면……."

"전혀 사양할 것 없다! 너희는 인연을 끊기 위해 지나치게 얼굴을 마주하는 걸 금지하고 있으니까. 그건 반대로 생각하면, 이런 때가 아니면 대화를 나눌 기회도 없다는 의미일 텐데?"

"그럼 내가 그라프 자자에게 이야기를 해두지."

라우 레이의 안내로, 오우라는 우리가 머무르고 있는 빈 집 쪽으로 사라졌다.

그 뒷모습을 지켜보며 단 루티무는 드물게도 조금 걱정스러운 표정을 짓고 있었다.

"흐—음…… 오우라와 츠바이가 루티무 집안사람이 되고 이미 한 달 이상 지났다만 말이다. 아무래도 아직 우리에게 마음을 열지 못하는 것 같다. 나로서는 한시라도 빨리 루티무의 성씨를 주고 싶은 참이다만……."

"자츠 슨이 초래한 영향은 그만큼 컸을 테죠. 서두르지 말고 그녀들의 마음이 진정되는 걸 기다리는 게 최선이라고 생각합니다."

침착한 표정으로 그렇게 대답한 뒤, 가즈란 루티무가 나를 돌아봤다.

"그런데, 아스타. 아버지 단만이 아니라, 요리 몇 인분을 더 준비하시는 건 가능하겠습니까?"

"예? 아, 예, 원래 스무 명 이상의 대인원이니까, 겸사겸사 몇 명이 늘어나도 놀랄 건 아닌데……."

"그렇다면 모쪼록 부탁드리고 싶습니다. 5인분——이라도 괜찮겠습니까?"

"예. 하지만 그건, 누구랑 누구일까요?"

"다리 사우티와 그라프 자자, 포우의 가장과 베임의 가장, 그리고 저를 합쳐서 다섯 명. 내일 회담에 참가하는 사람의 몫, 이겠군요."

그러면서 가즈란 루티무는 표정을 풀었다.

"돈다 루가 줄로 슨 일행에게 아스타의 요리를 먹이겠다는 이야기를 듣고, 그렇다면 회담에 참가하는 인간도 그 자리에 모여야 하지 않겠느냐고 다리 사우티가 제게 상담을 청했습니다. 그라프 자자가 직접 줄로 슨 일행을 이곳에 데려와서 아직 남아 있는 것도, 다리 사우티가 내일을 위해 상담하고 싶은 것이 있다고 전했기 때문입니다."

다리 사우티는 일찍이 수확 잔치 때에 그라프 자자도 아스타의 요리를 먹어야 한다고 이야기했다. 맛있는 요리라는 것을 받아들이며, 파가나 루가가 힘과 기쁨을 얼마나 얻게 되었는지—
— 파가의 소행을 부정한다면 현재 상황을 올바르게 알 필요가
있을 터, 그렇게 말했던 것이다.

"승낙하신다면 저는 루가의 토토스를 빌려, 포우와 베임의 가
장들을 불러올 생각입니다. 다리 사우티는 사냥꾼 일을 마친 다
음에 이쪽으로 올 예정이니."

"흥! 그런 계략을 세우면서 나만 따돌리려고 할 생각이었느
냐! 너는 치사하다고, 가즈란!"

잔뜩 화가 난 단 루티무에게 가즈란 루티무는 "죄송합니다"라
며 웃었다.

"아버지 단은 남들보다도 식욕이 왕성하시니, 아스타에게 부
담이 되어버리진 않을까 생각했던 겁니다. 결코 악의가 있어서
한 행동은 아니었습니다."

"뭐라고! 들었느냐, 아스타! 아내를 얻었다고 이렇게까지 아
비를 업신여길 수 있는 법이란 말이냐!"

"아마 민은 관계없지 않습니까."

나는 그만 웃음을 터뜨릴 뻔했다.

하지만 그렇게까지 손님의 숫자가 늘어난다면, 나도 멍청히
있을 수는 없었다.

"그럼 저는 저녁 식사 준비에 들어갈게요. 돈다 루에게는 단
루티무 쪽에서 승낙을 얻어 주시겠어요?"

"그래, 맡겨둬라!"

모레 장사가 어떻게 될지는 불확정이었기에 채소는 그날치도 구입해두었다. 식재료 쪽은 그것으로 어떻게든 되겠지.

하지만 그래도 7인분 추가는 상당한 부담이었다. 시급하게 대처해야만 한다.

"으음, 그럼 결국 몇 인분의 재료가 필요한 거죠?"

부엌으로 향하며 레이나 루가 물었다.

"루 본가가 열두 명, 야밀 레이 일행이 일곱 명, 나와 아이 파와 바르샤가 셋—— 그리고 신 루의 집이 여섯이라 원래 28인분이었지."

이 일에는 실라 루와 타리 루로 돕기를 원했기에, 그렇다면 신 루가의 만찬도 같이 만들어 버리기로 한 것이었다.

"50인분—— 자그마한 잔치 정도의 양이네요."

"응. 하지만 모두 힘을 합치면 어떻게든 될 거야."

남은 시간은 대략 세 시간. 하지만 내일은 휴업일이니까 전원이 풀가동으로 저녁 식사 준비에 매달릴 수 있다. 그렇다면 계산상으로는 가능할 터였다.

"아, 어서 와—! 아스타, 포이탄은 구워뒀어!"

부엌에서는 이미 리미 루를 포함한 이들이 일을 시작했다.

"고마워. 하지만 뜻밖의 손님이 늘어나 버렸거든. 미안하지만 10인분 정도 더 부탁할 수 있을까?"

"10인분? 알겠어—!"

리미 루가 식량 창고로 달려가려 했다. 그 자그마한 등을 향해 사티 레이 루가 "잠깐만" 하고 말을 건넸다.

"리미는 아궁이 당번을 잘 하니까 아스타의 힘이 되어주렴. 포이탄은 내가 맡을게."

"고마워요. 사티 레이 루."

"아뇨"라고 사티 레이 루는 온화하게 미소 지었다.

"게다가 여기 아궁이도 전부 다른 요리에 사용하는 거죠? 저는 신 루의 집에서 포이탄을 구워올게요."

확실히 아궁이 당번으로서 사티 레이 루의 실력은 리미 루에게 미치지 못할지도 모르겠지만, 순식간에 거기까지 머리가 돌아가는 것은 아마도 그녀 정도밖에 없겠지. 이런 든든한 멤버가 함께 한다면 아무런 걱정도 필요 없을 테지.

"그럼 순서는 어제 설명한 그대로, 각각 잘 부탁할게요. 사티 레이 루가 빠진 구멍은 제가 메울 테니까요."

요리에 참가해준 것은 루 본가와 신 루가의 여자들, 도합 여덟 명이다. 한 명이 부족한 것은, 티토 민 할머니가 코타 루를 돌보고 있으니까.

"아, 그리고 갑작스럽게 미안하지만, 원래 정한 메뉴에 갈비 요리도 추가할까 싶어요."

"갈비요? 어째서죠?"

실라 루가 의아한 듯 물었기에, 나는 그녀에게 미소를 건넸다.

"단 루티무도 동석하게 될 것 같으니까, 일단 추가해둘까 해서. 어떤 훌륭한 요리를 모아놓더라도 갈비가 없으면 단 루티무가 슬퍼할지도 모르니까요."

"어머나" 하고 실라 루가 미소 짓고, 그 옆에서는 라라 루가 "하지만—" 하고 목소리를 높였다.

"안 그래도 엄청난 양의 요리를 만드는데, 갑자기 메뉴를 늘려도 괜찮아?"

"메뉴가 하나 늘어나면 다른 요리의 분량을 줄일 수 있으니까. 들어가는 노력에 그다지 영향은 없지 않을까. 여하튼 저녁 식사 시간에 맞출 순 있을 거야."

"흐—응. 뭐, 아스타가 그런다면 딱히 상관은 없지만."

라라 루가 걱정하는 건 당연해서, 오늘은 원래 여덟 종류의 요리를 만들기로 계획했던 것이다.

아무래도 사람도 많고, 게다가 파가의 행실을 줄로 슨 일행에게 전한다면 우리가 어떤 요리를 역참 마을에서 팔고 있는지, 가능한 한 다채로운 메뉴로 그것을 드러내야 한다고 생각한다.

따라서 오늘의 메뉴는——『기바 햄버그』『먀무구이』『기바 통 삼겹조림』『고기 찻치』『기바소테 아라비아타풍』『기바 커틀릿』『타우유로 만든 기바 스프』, 그리고 『기바 스페어립』도 추가해서 무려 아홉 종류였다.

이중에서 『기바 햄버그』『먀무구이』『타우유로 만든 기바 스프』는 레이나 루와 실라 루에게 지휘권을 넘길 수도 있다. 그리고 내가 어떻게 효율 좋게 모두에게 일을 할당하느냐에 달렸을 테지.

"그럼 저도 집으로 돌아가서, 어머니와 함께 햄버그를 만들어서 올게요."

"예, 부탁할게요. 레이나 루는, 스프 준비를 부탁해. 나는 카론의 것을 가져올 테니까. ……아이 파, 항아리 옮기는 걸 도와줄래?"

"음."

나는 아이 파와, 그리고 실라 루와 함께 부엌을 나섰다.

하지만 앞에 있던 실라 루가 갑자기 멈춰 섰기에, 그만 부딪힐 뻔했다.

"다루무 루…… 돌아오셨군요."

실라 루의 어깨 너머로, 나는 그 모습을 확인하게 되었다. 검은색 긴 머리카락을 뒤로 묶고 오른쪽 뺨에 깊은 흉터를 가진, 늑대 같은 안광의 사냥꾼── 루 본가의 차남, 다루무 루였다.

그는 줄로 슨 일행을 감시하기 위해서 반 개월 정도 전부터 자자의 촌락으로 나가 있었다. 그 줄로 슨이 루의 촌락으로 이송되었으니까 그가 귀환하는 것도 당연한 이야기였다.

"오랜만이에요, 다루무 루…… 별일 없는 모양이라, 다행이네요."

"그래"라고 실라 루에게 고개를 끄덕인 뒤, 다루무 루는 불꽃 같은 눈빛을 내게 향했다.

그리고는 내 위팔을 붙잡고 강한 힘으로 확 끌어당겼다.

곧바로 아이 파가 항의하는 목소리를 높이려고 하자, 다루무 루는 "파가의 아스타에게 용건이 있다"라고 내뱉었다.

"아스타에게 무슨 용건이냐? 어쨌든 그렇듯 난폭하게 행동하는 건——."

"난폭한 짓 같은 건 안 해. 약속을 어긴다면, 내 오른팔을 주마."

언젠가와 비슷한 이야기를 늘어놓더니, 다루무 루는 내 팔을 붙잡은 채로 다른 이들에게서 멀어지기 시작했다.

그렇게 10미터나 진군한 뒤, 걸음을 멈췄다. 다른 이들에게 모습은 보이지만 목소리는 들리지 않는다. 그런 거리였다.

곁눈질로 확인해보니 아이 파는 당장에라도 이쪽으로 달려올 것 같은 기척이었지만, 실라 루가 그녀의 팔에 매달려서 말리고 있었다.

"오, 오랜만이네요, 다루무 루."

나는 일단 평범하게 인사를 해봤다.

다루무 루는 내 팔에서 손을 떼고 얼굴을 불쑥 가져다댔다.

"파가의 아스타. ……너는, 바보냐?"

"예? 그건 뭐, 그다지 똑똑하진 않다는 자각은 있는데요……."

"너는 아이 파를 지키고 싶다며, 내 앞에서 지껄였을 텐데? 그런 네가 적의 수중에 떨어져서 어쩌자는 거냐."

활활 타오르는 푸른 두 눈이 지근거리에서 나를 노려봤다.

"너는 아이 파의 마음이나, 생각이나, 존엄까지를 지켜내겠다고 떠들었지. 그날 밤의 그 말은, 그저 그 상황을 넘기려는 변명이었나? 너는 그 정도 각오로 아이 파 곁에 있는 것이냐?"

나는 가슴팍을 붙잡히는 바람에 바로 대답할 수도 없었다.

다루무 루는 더더욱 뒤숭숭한 느낌으로 두 눈을 불태우며 얼굴을 가져다댔다.

"아이 파를 지켜내지 못했을 때는, 내가 널 처리하겠다고 했다. 하지만 네가 먼저 뒈져버리면, 나는 정말 어쩔 수도 없게 되어버리지 않느냐."

필사적으로 격정을 억누르려 하는 것 같은, 다루무 루의 목소리였다.

그리고 다루무 루는 끝내 못 참겠다는 듯, 내 양쪽 어깨를 덥석 움켜쥐었다.

"지금 아이 파가 널 잃으면 어떻게 될 거라고 생각하느냐? 너는 아이 파의 영혼 깊은 곳까지 파고들었으면서, 그것을 잃는 절망을 아이 파에게 줄 생각이냐?"

으득으득, 어깨뼈가 삐걱대는 소리가 들리는 것 같았다.

하지만 그보다도 다루무 루의 말이 더 아팠다.

"아이 파를 지켜내겠다는 건, 그런 것이다. 아이 파가 숲에서 스러지는 것을 걱정하기 전에, 우선은 너 자신이 아이 파 곁에 계속 있어야만 한다는 것이다. 네가 그런 사실조차도 모른다면 —— 나는 대체, 무얼 위해서…….."

"알고 있어요! ……아니, 안다고, 생각해요."

무슨 말을 하더라도 변명밖에 안 된다는 건 잘 안다.

하지만 나도 자신의 진정한 마음을 털어놓지 않을 수가 없었다.

"저는 자기 몸을 지키지도 못하는 약한 사람이지만, 그래도 계속 아이 파 곁에 있기를 원한다고—— 서로가 납득할 수 있는 삶을 살고, 그 끝에 천수가 다할 때까지 운명을 함께 하기를 바라고 있어요. 그런 크나큰 실수를 저지른 뒤에 이런 소리를 해 봐야 설득력은 없을지도 모르겠지만…… 그 마음만큼은, 거짓은 없어요.”

“…………”

“이번 일로, 저도 자신의 무력함을 알게 되었어요. 하지만, 그럴지라도—— 저는, 아이 파와 함께 있고 싶어요.”

다루무 루는 잠시 말없이 내 눈 안을 노려본 뒤, 이윽고 거칠게 어깨를 떠밀었다.

그리고 격렬한 두통이라도 참는 것처럼 자신의 눈가를 손바닥으로 덮었다.

“……부탁이니까…….”

“예?”

“부탁이니까, 이 이상 아이 파를 슬프게 만들지 마라.”

낮은 목소리로 내뱉고, 다루무 루는 내게서 등을 돌렸다.

그대로 다루무 루는 총총히 떠나고, 아이 파와 실라 루가 내 곁으로 달려왔다.

“이봐, 대체 무슨 일이냐? 나로서는 전혀 알 수가 없다고, 아스타.”

조금 전 다루무 루와 같은 정도의 거리에서, 아이 파는 화난 얼굴을 가져다댔다.

"수확 잔칫날 밤도 그렇고 오늘도 그렇고, 어째서 저 차남은 아스타를 그런 눈으로 바라보는 것이냐?"

"응…… 뭐, 간단히 적의 수중에 떨어지지 말라고 혼이 났을 뿐이야."

아이 파는 전혀 납득이 안 가는 모양인지 더더욱 얼굴을 가져다댔다.

"그건 호위인 사냥꾼들의 잘못이다. 아스타가 그걸로 질타를 들을 이유는 없을 텐데?"

"그렇지 않아. 다른 누구한테도 거의 질타를 안 들었으니까, 나는 오히려── 다루무 루한테는 감사하고 싶을 정도야."

그것은 내 본심이었다.

아이 파는 입을 시옷자로 만들고, 역시나 조금 전 다루무 루처럼 눈동자 안쪽을 들여다봤다.

"전혀 모르겠다고. 너는 저 차남과 관련된 이야기에는 입이 무거워지는 것 같군, 아스타여."

"응, 그럴지도 모르겠네."

아이 파는 몸을 물리고, 이번에는 불만스럽게 입술을 삐죽였다.

그 옆에서 실라 루가 덧없는 미소를 건넸다.

"그럼 저는 집으로 돌아갈게요. 햄버그 준비가 되면 바로 돌아올 테니까."

"예. ……아, 고마워요, 실라 루."

발길을 돌리려던 실라 루의 입가에 더욱 덧없는 미소가 번졌다.

"그렇게 감사하실 일은 전혀 없어요. ……저도 제 마음에 따르는 것뿐이에요, 아스타."

그리고 실라 루 역시도 떠났다.

나는 작게 한숨을 내신 뒤, 오른쪽 손바닥으로 있는 힘껏 내 뺨을 때렸다.

"뭘 하는 거야, 아스타"라고 아이 파는 눈을 동그랗게 떴다.

"아니, 기합을 다시 넣었을 뿐이야. ……그럼 항아리 옮기는 걸 도와줘."

나는 아이 파에게 미소를 건넸다.

아이 파는 미간을 잔뜩 찌푸리고는, 내 뺨에 찰딱 손바닥을 댔다.

"무척 아파 보인다고, 아스타여."

"괜찮아. 하나도 안 아파."

나는 아이 파의 손을 붙잡고 함께 식량 창고로 향했다.

중천과 일몰 중간 즈음에 떠 있는 태양은 서서히 서쪽으로 기울고 있었다.

4

그리고 세계는 연보라색의 어둠으로 뒤덮였다.

저녁 식사 시간이었다.

저녁 식사는 야외의 광장에서 진행하게 되었다.

아무리 루 본가의 가옥이 크더라도 이만한 인원을 수용하는 건 어렵나. 단 루티무 일행이 갑작스럽게 참가하기 전부터 26명이라는 대인원이었기에, 야외에서 저녁 식사를 하는 것은 사전에 정해진 사항이었다.

그를 위해 필요한 물자도 사전에 역참 마을에서 구입해두었다. 그러니까 땅바닥에 깔 천 돗자리와 요리를 담기 위한 큰 그릇이다.

"이건 앞으로 벌일 잔치에도 사용할 수 있으니까, 저희가 구입할게요."

그래서 그 물건들의 동화는 레이나 루가 장사에서 번 돈으로 지출하게 되었다.

루가에서 독자적으로 장사를 시작하고 이미 이레가 지났다. 단순히 계산해서 매상은 적동화 2700닢에 이르고, 게다가 루가에서는 인건비도 기바 고기 비용도 안 든다는 것을 생각하면 7할 이상이 순이익이 될 터.

물론 그건 그녀들 개인이 아니라 루가 전체의 자산이 되겠지만, 이런 형태로 동화를 소비하는 것에 돈다 루가 반대 목소리를 내지는 않은 듯했다.

그런 경위로, 루 본가 앞에는 커다란 돗자리가 몇 장이나 깔리고, 그곳에 수많은 요리를 담은 나무 그릇이 죽 놓여 있었다.

한가운데에는 돌로 만든 받침대 위에 스프 철 냄비도 놓여 있었다. 그것을 둘러싼 것은 서른다섯 명까지 불어난 저녁 식사

출석자들이었다.

루 본가가 열두 명. 분가인 신 루가가 여섯 명.

일찍이 슨가였던 이들이 일곱 명.

나와 아이 파와 바르샤로 세 명.

그리고 단 루티무, 가즈란 루티무, 라우 레이, 다리 사우티, 그라프 자자, 포우의 가장, 베임의 가장까지 신규 손님이 일곱 명.

참으로 쟁쟁한 멤버들이었다. 마치 잔치 같았다.

하지만 모인 사람들에게 미소는 없고, 모닥불이나 화톳불에 비치는 얼굴은 다들 그야말로 진지했다. 기쁜 듯 눈을 반짝이는 것은 리미 루나 신 루가의 어린아이들 정도였다.

"그럼, 저녁 식사를 시작할까 한다만──."

상석에 자리 잡은 돈다 루가 무겁게 목소리를 높였다.

"오늘 저녁 식사에는 이날의 생명을 얻는다, 이상의 의미가 있다. 특히 대죄인 자츠 슨의 혈족이었던 너희들에게는 말이다."

바로 그 자츠 슨의 혈족이었던 사람들은, 돈다 루의 정면에 해당하는 하석에 일렬로 늘어서 있었다.

자츠 슨의 아들이자 현재는 처단을 기다리는 몸인 줄로 슨.

현재는 어느 가문 소속도 아닌, 탈주의 죄를 속죄하고자 돔가에서 일하고 있는 디가와 도드.

루가 사람이 된 미다.

레이가 사람이 된 야밀 레이.

루티무가 사람이 된 오우라와 츠바이.

이상의 일곱 명이었다.

"자츠 슌은 숲가의 족장이면서도 수많은 죄를 저질렀다. 도적 흉내까지 냈다는 건, 우리와 마찬가지로 너희로서도 모르는 일이었을 테지만── 너희는 자츠 슌이 약속한 용서받을 수 없는 규율에 따라, 십수년 동안 모르가 숲을 어지럽혔다."

돈다 루의 날카로운 눈빛이 그들 하나하나를 노려봤다.

"자츠 슌이 병마로 쓰러지고 가장과 족장의 자리에서 물러나도, 새로운 가장 줄로 슌은 용서받을 수 없는 그 규율을 지키고자 분가에 속한 자들에게까지 억지로──."

줄로 슌은 그저 고개를 푹 숙인 채로 움직이지 않았다.

"줄로 슌의 아이인 세 남자들은, 부끄러운 줄도 모르고 숲가와 마을 양쪽에서 무법을 저질렀다."

디가와 도드도 고개를 들려고 하지 않았다.

미다는 눈앞의 요리에 배꼽시계를 울리며, 그럼에도 열심히 돈다 루를 바라봤다.

"또한 여자들에게도 우둔한 남자들을 제약할 힘은 없어서, 어떤 이는 마음을 닫고──."

오우라는 무릎을 모으고서 조용히 돈다 루의 말을 듣고 있었다.

"어느 이는 자신들의 잘못도 깨닫지 못하고──."

츠바이는 평소의 퉁명스러운 표정으로 딴청을 부리고 있었다.

"어느 이는 더욱 큰 혼란을 숲가에 가져오고자 기도했다."

야밀 레이는 무표정했다.

다만 그녀의 시선은 올려다보듯 돈다 루를 바라봤다.

"하지만 너희에 대한 벌은 이미 정해졌다. 가장과 족장 자리를 물려받은 줄로 슨은 자신의 생명으로 죄를 갚을 수밖에 없지만, 그를 제외한 집안사람에게는 성씨를 박탈한다는 벌을 주었다. 돔가의 사람이 되어서도 자츠 슨 일당 앞에 무릎을 꿇은 디가와 도드에게는 한동안 그 영혼의 본모습을 드러내게 했을지라도, 이 이상의 벌을 너희에게 주는 규율은, 숲가에는 존재하지 않는다."

그리고 돈다 루는 움켜쥔 주먹을 그들 앞으로 내질렀다.

"너희는 내일, 더욱 큰 벌을 바라는 제노스의 귀족 앞에 서게 된다. 자신에게 부끄러울 일은 없다고, 너희 자신의 입으로 이야기하는 것이다. 숲가의 동포로서 우리는 그에 힘을 더하겠지만, 시험당하는 것은 너희 자신의 긍지와 신념이다. 너희에게 숲가의 백성으로의 긍지와 신념이 존재하지 않는다면 우리도 힘을 더할 수는 없다. 그것만큼은, 잘 알아두어라."

대답하는 이는 없었다.

돈다 루는 천천히 자리에 앉았다.

"그리고 이 숲가에는, 동포에게 더욱 큰 풍요를 가져다주고자 역참 마을에서 장사를 시작한 이들이 있다. 새삼스럽게 설명할 것까지도 없겠지만, 그것은 파가의 아이 파와 아스타다. 아직 크게 힘을 빌려주고 있는 것은 루의 혈족과 포우나 스도라 같은 일부 씨족에 불과하지만, 어이없을 정도의 동화를 벌고 있다는 사실은 틀림없다."

"⋯⋯⋯⋯."

"⋯⋯⋯⋯."

"⋯⋯⋯⋯."

"자츠 슨은 마을의 사람들을 습격하고 모르가의 은혜를 어지럽히는 것으로, 더욱 큰 풍요를 얻으려고 했다. 제노스의 귀족들에게 대항하는 것에, 녀석은 힘과 풍요를 원하여 그렇게 길을 그르치고 만 것이다. ⋯⋯그렇다면 우리는 어떠한가? 파가나 루가는, 올바른 길을 걷고 있는 것인가? 자츠 슨의 혈족이었던 너희에게는 그것을 알 의무와 권리가 모두 존재한다고, 나는 생각한다. 그를 위한 것이, 바로 이 저녁 식사다."

"⋯⋯⋯⋯."

"⋯⋯⋯⋯."

"⋯⋯⋯⋯."

"서두가 길어졌다. 이제 슬슬, 어딘가의 바보 영감이 시끄럽게 떠들기 시작하겠군."

돈다 루가 씨익 웃자, 내 왼쪽에 자리 잡고 있던 단 루티무가 불만스러운 목소리를 높였다.

"그게 누군지는 모르겠지만, 네가 기나길게 떠드는 동안에 요리는 점점 식어버린다고, 돈다 루!"

돈다 루는 눈을 감고는 "숲의 은혜에 감사하며⋯⋯"라고 아무런 서두도 없이 식전의 문언을 읊기 시작했다.

"불을 담당한 아스타, 아이 파, 미아 레이 루, 사티 레이 루, 비나 루, 레이나 루, 라라 루, 리미 루, 타리 루, 실라 루에게 예를 표하며 오늘 밤 생명을 얻는……."

서른 명 이상의 인간이 그것을 복창하는 것은 장관이었다.

그리하여 식전의 영창이 끝나자, 돈다 루는 "자, 그런데" 하고 이 사람치고는 드문 말로 의문을 드러냈다.

"이제 우리는 어떠한 식으로 식사를 하면 되느냐? 무척 상당한 양을 준비한 모양이자만, 우리 팔은 그렇게까지 길진 않다고."

"어떨까요. 그건 서로 돕는 정신으로 극복하셨으면 좋겠는데요."

나는 줄로 슨 일행에 가져온 무거운 분위기를 떨쳐내고자 밝은 목소리로 대답했다.

"앞 접시도 레이나 루가 잔뜩 사왔으니까, 그것으로 요리를 나누어주세요. 멀리 있는 요리를 받고 싶을 때는, 근처에 있는 사람에게 접시를 돌리면 되지 않을까요."

서른다섯이나 되는 인간이 요리를 가운데 두고 빙 둘러앉은 것이다. 앉은 채로 뷔페 형식이 어렵다는 건 실행 전부터 예상할 수 있었다.

"일단 스프만은 처음에 나누도록 할게요. 여러분은 자유롭게 드세요."

"그런 소리를 해도, 무엇부터 손을 대면 좋을지도 알 수가 없단 말이지!"

기쁜 듯 목소리를 높인 것은, 아이 파를 사이에 두고 오른편에 있던 라우 레이였다.

죽 늘어놓은 쟁반 같이 기대한 접시에는 각종 요리가 잔뜩 담겨 있었다.

과실주 소스를 더한『기바 햄버그』.

아리아 외에 티노와 프라도 함께 구워낸『먀무구이』.

통 아리아와 함께 끓인『기바 통삼겹조림』.

폭신폭신한 찻치가 포인트인『고기 찻치』.

타라파 소스에 치트 열매를 더한『기바소테 아라비아타풍』.

대량의 생채소 샐러드를 곁들인『기바 커틀릿』.

특제 소스로 천천히 구운『기바 스페어립』.

그리고 높이 쌓여 있는『구운 포이탄』과 각종 채소볶음.

확실히 이래서는 눈이 쏠리더라도 어쩔 수 없겠지. 메뉴의 풍성함으로 따지자면 틀림없이 역대 최대인 것이다.

이번 저녁 식사로 루의 촌락에서는 기바 고기 비축분을 거의 다 사양하게 되었다. 반개월 동안 루가는 사냥꾼 일을 쉬었고, 애당초 피코잎에 절여도 고기는 20일 정도밖에 보존할 수 없다. 수확 잔치와 오늘 저녁 식사, 장사에 사용할 만큼의 고기까지 독자적으로 조달할 수 있었다는 게 오히려 굉장한 일이었다.

물론 내일이나 모레에 바로 먹을 것이 떨어질 수준은 아니지만, 가까운 시일 안으로 새로운 기바를 사냥하지 않는다면 강대한 루 일족일지라도 굶주리게 된다. 그렇다면 번 동화로 카론이나 키뮤스 고기를 사면 된다── 같은 생각을 하는 숲가의 백성은 결코 없는 것이다.

'정말로, 귀족을 상대로 싸운다니, 숲가의 백성에게는 참으로 성가신 일일 뿐이구나.'

그런 생각을 하며 나는 자리에서 일어나, 요리장의 책임으로서 스프를 분배하기로 했다.

우선은 신작인 『카론유로 만든 기바 스프』부터.

이것도 투란 백작 저택에서 대략적인 레시피를 완성시킨 요리다.

기바 어깨살과 아리아, 티노, 찻치, 네논 같은 각종 채소를 정성들여서 끓여 국물을 내고, 카론 탈지유와 합치고, 거기에 생 포이탄으로 끈기를 추가한다. 맛은 소금과 피코잎만으로, 유지 등은 사용하지 않았기에 건강하면서 살짝 산뜻한 밀크 스프 같은 요리로 완성할 수 있었다.

그것을 부지런히 나무 그릇에 나누어 담자, 어느샌가 마찬가지로 일어서 있던 레이나 루가 우선은 상석부터 나누어주었다.

그때 "느아—!" 하고 우렁찬 함성이 들렸다. 돌아보니 양손에 스페어립을 든 단 루티무가 몸을 젖힌 자세로 굳어 있었다.

"아, 아스, 아스타, 이 갈비는——."

"예. 타우유와 과실주의 배분을 조금 바꿔봤어요. 거기에 치트 열매라는 조금 특수한 식재료도 사용했는데, 입에 맞으셨나요?"

"맛있다! 죽을 만큼 맛있다!"

"그건 잘 됐네요."

그러고 보니 타우유 등을 구입하는 건 파와 루가뿐이니까, 애당초 단 루티무는 수확 잔치 정도 때에만 타우유의 은혜를 받았을 터였다.

"아스타, 아스타, 이 맛은——."

"그러네요. 타우유와 치트 열매만 있다면 루티무가에서도 같은 맛을 낼 수 있을 거예요. 타우유를 조금 더 구입할 수 있을지 여관 주인한테 이야기해 볼게요."

"……어떻게 아스타는 내 마음을 읽는 것이냐?"

그건 나로서도 불명이다.

어쨌든 단 루티무가 엄숙하고 암울한 분위기를 박살내 주었기에, 단숨에 그 자리는 잔치 같이 떠들썩해졌다.

우선은 가까운 요리를 손에 들고, 여자들이 유쾌한 목소리를 높였다. 이미 맛을 알고 있는 『기바 햄버그』나 『먀무구이』보다도, 역시나 그다지 익숙하지 않은 요리 쪽이 사람들의 관심을 모으는 듯했다.

"우와, 이건 어쩐지 신기한 녀석이로군!"

다리 사우티의 큰 목소리가 들렸다.

봤더니 그 나무 그릇 위에는 『기바 통삼겹조림』이 담겨 있었다.

"그건 기바의 가슴살을 끓인 거예요. 역시 그 부드러운 식감은 사냥꾼의 입에 안 맞을까요?"

"아니…… 놀라기는 했다만, 맛에 불만은 없다. 그렇다고 할까, 너무 맛있다는 것에도 깜짝 놀랐다."

그런 그의 옆에서는 같은 요리를 먹었는지 포우의 가장이 절실하게 숨을 내쉬고, 그보다 더 옆에는 『먀무구이』를 접시에 담은 베임의 가장이 눈을 끔벅이고 있었다.

　"이건…… 가장 회의에서 나온 것과 같은 요리일 테지?"

　"예. 타우유라는 식재료를 써서 맛을 좀 바꾸기는 했지만요."

　조금 더 말하자면, 그때 모두가 먹은 것은 나랑 미아 레이 아주머니에게 가르침을 받은 슨가 여자들의 요리였다. 『먀무구이』를 시작할 무렵에는 슨가의 여자들도 그럭저럭 움직일 수는 있게 되었지만, 실라 루가 실력을 더욱 갈고닦은 이 『먀무구이』와는 아무래도 완성도에 차이가 있었을 테지.

　그런 생각을 하는데, 이번에는 뒤쪽에서 "아얏!" 하는 목소리가 들렸다.

　"아스타, 입 안이 아프다고! 이 요리는 정말로 괜찮은 거야?!"

　떠들썩한 것은 라우 레이이고, 그의 그릇에 놓여 있는 것은 『기바소테 아라비아타풍』이었다.

　"응. 거기에도 동쪽 백성이 즐기는 치트 열매라는 향신료를 사용했거든. 장사용보다는 매운맛을 무척 줄였는데, 아직도 매워?"

　"으음. 피코잎 덩어리를 실수로 씹었을 때 같이 아파."

　투덜대며 라우 레이는 고기를 한 입 더 먹었다.

　"……아프지만, 맛있어."

　"그럼 다행이네. 너무 아플 때는 스프로 입을 달래도록 해."

　라우 레이 옆에서는 바르샤가 같은 요리를 먹으며 호쾌하게 과실주를 들이켰다.

"지트 열매를 사용히다니 재치 있잖아. 이건 동쪽 행상인과 연줄이 없으면 좀처럼 얻을 수 없으니까 말이야. ……그건 그렇고, 네 실력은 역시 대단하다고, 아스타."

"고마워요. 하지만 저 혼자가 아니라 루가 여러분과 힘을 합쳐서 만든 요리에요."

그 루가의 사람들도 본가와 분가의 구별 없이 요리를 즐기는 모양이었다.

여자들이 솔선해서 나무 그릇을 돌리며 남자들에게 요리를 전달해주었다. 리미 루나 신 루의 남동생들은 넘쳐날 것 같은 미소로 『고기 찻치』나 『기바 스페어립』을 먹고 있었다.

지바 할머니 옆에는 미아 레이 아주머니와 티토 민 할머니가 앉아서, 『기바 햄버그』나 『기바 통삼겹조림』, 그리고 특별 메뉴인 『기바 민스 커틀릿』 같이 부드러운 요리를 먹여주고 있었다.

루도 루는 오랜만에 재회한 다루무 루에게 무어라 말을 건네고, 『기바 커틀릿』을 추천하는 모양이었다.

그런 루도 루의 접시에 담겨 있는 것은, 애원하듯 부탁해서 특별히 만든 『기바 고기와 찻치 크로켓』이었다.

라라 루는 신 루 일가에서 스프를 전달하며, 그 자리에 앉아서 자신도 요리를 먹기 시작했다. 평범한 저녁 식사에서는 그다지 볼 수 없는 광경이지만, 자리 이동도 지금은 충분히 있을 법하겠지.

돈다 루는 무언가 심각해 보이는 표정으로 지자 루와 대화를 나누고, 그 옆에서는 사티 레이 루가 코타 루에게 『카론유로 만든 기바 스프』 국물을 나무숟가락으로 떠먹이고 있었다.

드디어 코타 루도 이유식을 먹게 된 것이었다. 아마도 바로 그 코타 루야말로, 내가 가져온 숲가의 새로운 식사만으로 자라게 되는, 최초의 세대가 되겠지. 자연스럽게 나는 긴장되는 심정이었다.

여하튼 일부 인간을 제외하고는 모두 미소였다. 정말로 잔치같이 떠들썩했다.

그때 나는 가즈란 루티무와 눈이 마주쳤다.

나는 고개를 끄덕이고 시선을 돌렸다.

스프는 모두에게 나누어줬다. 하지만 전혀 나무 그릇을 들려고 하지 않는 사람들이 있었다. 물론 그것은 하석에 있는 일곱 명이었다. 그리고 그 바로 옆에 있는 그라프 자자도, 조금 전부터 과실주만 들이키는 것처럼 보였다.

나는 남아 있는 나무 그릇에 『기바 스페어립』이나 『고기 찻치』 등을 담아서 그쪽으로 걸음으로 옮기기로 했다.

"줄로 슨. ……그리고 디가와 도드도, 오랜만이에요."

고개를 숙이고 있던 디가가 느릿느릿 얼굴을 들었다.

너무나도 여윈 그 모습에 나는 그만 숨을 삼켰다.

큰 덩치에 살집도 좋은 디가였는데, 포우의 가장 정도로 야위어버렸다. 눈은 움푹 패고, 뺨은 쑥 들어가고, 원래는 넙데데하던 얼굴에 그늘이 짙었다. 머리카락은 부스스하고 입 주위에는 수염이 마구 자라서, 마치 다른 사람 같았다.

한편 도드는, 그렇게까지 용모에 변화는 없었다. 살짝 야위기는 한 모양이지만, 틀림없이 골격이 탄탄한 거겠지. 해태상 같은 얼굴에도, 작고 땅딸막한 체형에도 큰 변화는 없었다. 다만 한결같이 패기가 없었다.

그리고, 줄로 슨.

이 인물과는, 그야말로 가장 회의 이후로 첫 대면이었다.

본래는 디가보다도 크고 살이 찐 줄로 슨이, 완전히 시들어버렸다. 틀림없이 한 아름은 작아져버렸을 테지. 그리고 늘어진 느낌이었던 얼굴의 피부는 더더욱 이완되어서 공기가 빠진 두꺼비 같은 얼굴이 되어버렸다.

그리고 눈가에 덮인 눈꺼풀 아래에는 작고 칙칙한 두 눈동자가, 죽은 생선처럼 부옇게 흐려져 있었다. 마치 과거의 오우라나 슨의 분가 사람들처럼―― 말이다.

'이건…… 예상하던 것보다 더 지독한 모습이네.'

이중에서 줄로 슨만은 사형을 선고받은 몸인 것이다. 한 달 가까이나 처벌이 시행되지 않은 것은, 사이크레우스가 그의 신병을 넘겨야 한다고 계속 주장했기 때문임에 불과했다.

게다가 줄로 슨은 사이크레우스가 집요할 정도로 그들의 신병을 요구한다는 사실을 알자마자, "지금 당장 처형시켜줘!"라며 울부짖었다는 이야기도 들었다.

사이크레우스는 자신의 손으로 줄로 슨을 말살하길 바라는 것일까. 아니면 야밀 레이가 추측한 것처럼, 또다시 슨가를 족장으로 부흥시키고자 계획하는 것일까—— 그 진위는 모르는 채, 줄로 슨은 자신의 죽음을 바란 것이었다. 그 바람이 거절당하자 그는 산 채로 시체 같은 모습이 되어버렸다.

게다가 그의 손목은 피부가 벗겨져서 빨간 피가 배어나오고 있었다. 줄로 슨만이 아니었다. 디가도 도드도 그것은 마찬가지였다. 평소에는 거기에 가죽 끈이라도 감겨 있는 거겠지. 좌우의 발목에는 지금도 30센티미터 정도 길이의 가죽 끈이 감겨 있었다. 걸을 수는 있지만 뛸 수는 없는, 죄인을 위한 구속구였다.

수많은 요리를 앞에 두고, 그들은 진흙으로 만든 인형처럼 앉아 있을 뿐이었다.

'……이것도 전부, 내가 슨가의 죄를 폭로했기 때문이니까 말이야.'

디가와 도드를 상대로, 후회는 없다. 그만큼 악랄한 짓을 되풀이하던 그들이기에, 다소의 거친 치료는 필요했으리라 생각한다. 그들이 이렇듯 딱한 처지가 되지 않았다면, 틀림없이 나는 아이 파가 납치당한 원한을 언제까지도 잊지 못했을 것이다.

하지만 줄로 슨만큼은, 별개였다. 내가 규탄하는 바람에 한 인간의 목숨이 사라진다고 생각하면—— 무언가가 위를 꽉 움켜쥐는 것 같은 기분에 빠지고 만다. 그것 외에 다른 길은 없었다고 스스로를 위로하려 해도, 좀처럼 딱 나누어서 볼 수가 없었다.

하지만 그럼에도 나는 이 애처로운 모습에서 눈을 돌릴 수는 없는 것이었다. 사형을 결정한 것은 숲가의 족장들이고, 숲가의 백성들은 그 결정에 따랐다. 숲가의 동포 모두가 줄로 슨의 죽음을 짊어지겠다고 결의한 것이다. 꺾여버릴 것 같은 마음을 어떻게든 북돋우고, 나는 가져온 나무 그릇을 줄로 슨 앞에 놓았다.

"……내 요리를 먹어주지 않겠나요, 줄로 슨?"

줄로 슨은 움직이지 않았다.

탁한 그의 눈동자에 내 모습은 비치는 것일까.

그들의 오른쪽에는 미다와 야밀 레이가, 왼쪽에는 오우라와 츠바이가 앉아 있었지만, 그들의 그릇에도 손을 댄 기색은 없었다. 미다마저도 아직 요리를 입에 대지 않은 것이다.

"미다, 안 먹을 거야? 오늘 요리는 전부 자신작이야."

"……응……."

미다의 작은 눈은 줄로 슨 일행의 모습을 가만히 바라보고 있었다.

미다는 줄로 슨이나 거취를 신경 쓰는 기색이 없었기에 야밀 레이나 츠바이 정도로 중요한 상대는 아니었던 걸까, 그렇게 생각했지만── 그럼에도 미다는 꼬르륵 울리는 커다란 배를 부여잡은 채, 조금 애절한 눈빛으로 과거의 아버지랑 형들을 바라볼 뿐이었다.

"……돈다 루의 말은 너희들도 들었을 테지."

이윽고 멀지 않은 위치에 자리 잡은 그라프 자자가 낮게 깔리는 목소리를 건넸다. 그 목소리에 담긴 박력에 디가와 도드는 움찔 몸을 움츠렸다.

"너희 아버지이자 할아버지였던 자츠 슨의 죄를 갚기 위해, 우리는 사이크레우스라는 귀족에게 맞서려 하고 있다. 너희에게는 과거의 수치를 씻어내고자 하는 긍지와 신념도 존재하지 않는 것이냐?"

"나…… 나는……."

"자츠 슨은 우리를 배신하고, 우리에게는 몰래 제노스의 사람들에게 재앙을 흩뿌렸다. 방식은 어찌되었든, 여기 파가의 아스타는 자츠 슨 탓에 그렇게 어지럽혀진 제노스와의 인연을 다시 잇고자 애쓰고 있다. 그렇기에 아스타가 역참 마을에서 팔고 있는 요리를 너희도 먹어야 한다고, 돈다 루는 생각했다. ……여기까지 말을 해도, 너희는 그저 모르는 척 하겠다는 것이냐?"

"자, 잠깐만요. 그라프 자자. 당신이 그렇게 따져 묻는다면 누구라도 위축되어버릴 거예요."

그라프 자자의 말에 담긴 내용에는 크게 감사의 심정을 바치며, 나는 그렇게 끼어들었다.

"억지로 먹어봐야, 요리는 맛있지 않아요. 기왕이면 즐겁게 먹자고요."

"……무슨 소릴 하는 것이냐, 너는."

그라프 자자는 두 눈을 도깨비불처럼 빛내며 과실주를 들이켰다.

나는 호흡을 가다듬고, 줄로 슨 일행을 돌아봤다.

"하지만 나도 이야길 좀 할게요, 줄로 슨. 그리고 디가와 도드도. ……우리 사이에는 나쁜 인연밖에 존재하지 않았어요. 당신들은 파가에 재앙을 부르려 했고 우리는 슨가의 죄를 폭로하는 역할을 연기하게 되었으니까, 서로 애정을 가질 수야 없는 사이였다고 생각해요."

"…………."

"하지만 파가의 아이 파에게 주워진 나는, 숲가의 백성의 일원으로서 살아가길 바라고 있어요. 숲가의 백성 모두를, 나는 동포로 여기고 싶고, 동포로 여겨지고 싶어요. ……그리고 돈다루는, 당신들도 틀림없는 숲가의 동포라고 말했어요. 그렇다면 나도 당신들과는 동포이기를 바라겠어요."

"…………."

"자츠 슨은 숲가의 백성의 미래를 우려한 나머지, 길을 그르치고 말았어요. 그 길을 올바른 방향으로 되돌리기 위해서라도, 모두와 힘을 합치지 않겠나요?"

"……지금의 줄로 슨에게, 그런 어려운 이야기를 이해할 힘은 과연 남아 있긴 할까."

──야밀 레이가 갑자기 일어나서 내 옆으로 걸어왔다.

그리고 줄로 슨 앞에 무릎을 꿇고, 스프가 담긴 나무 그릇을 들었다.

"자, 먹어봐. 너도 미다에게 지지 않게, 맛있는 식사에는 정신이 없었을 테지, 줄로 슨?"

줄로 슨은 공허한 눈으로 야밀 레이를 봤다.

"모르가 숲에는 무척 맛있는 과일이냐 야채가 열리지. ⋯⋯하지만 아스타의 요리에는, 더더욱 맛있는 논밭의 은혜를 사용한다고?"

줄로 슨이 떨리는 손으로 나무 그릇을 받아들었다.

그것을 만족스럽게 바라본 뒤, 야밀 레이는 곁눈질로 디가를 봤다.

"디가, 너는 동화로 산 키뮤스 고기라는 걸 좋아했지. 스스로는 역참 마을로 내려갈 용기도 없었는데."

"어⋯⋯ 나는⋯⋯."

"하지만 아스타가 처리한 기바 고기는, 그런 고기보다도 훨씬 맛있어. 가장 회의의 요리로는 부족하지 않았을까? 오늘의 요리라면 만족할 수 있을 텐데."

그리고 야밀 레이는 내가 가져온 요리 그릇을 디가 앞으로 슥 밀었다.

"어차피 자자나 돔가에서 주는 식사로 만족할 수 없었으니까, 그렇게나 비쩍 마른 거겠지? 됐으니까, 이 요리를 먹어봐."

디가도 머뭇머뭇 나무 그릇을 들었다.

야밀 레이는 도드를 돌아봤다.

"도드, 당신도. 좋아하는 과실주는 이제 마시는 게 허락되지 않으니까, 제대로 된 식사로 마음과 몸을 채우도록 해."

"…………."

"내 말이 안 들리는 걸까?"

야밀 레이의 눈이 아주 잠깐 독사 같은 빛을 번쩍였다.

그 순간, 도드는 "히익" 하고 쉰 비명을 흘렸다.

"정말이지, 죄다 기개도 없네. 족장이라는 직함이 없었다면 당신들은 의연하게 행동하지도 못했을 거야."

야밀 레이는 천천히 일어섰다.

그리고 이번에는 미다를 돌아봤다.

"미다. 너도 빨리 먹어. 머뭇거리다가는, 전부 루나 루티무 녀석들이 먹어버린다고."

"……응…… ."

"이렇게나 잔뜩 마련한 걸, 한 입도 안 먹고 끝내도 되겠어?"

"응…… 싫다고……?"

"그럼 먹어. 내가 가져다줄 테니까."

야밀 레이가 발길을 돌렸다.

날카로운 눈이 겸사겸사, 그런 느낌으로 나를 봤다.

"아스타, 당신도 아무것도 안 먹었잖아? 이런 녀석들을 신경 쓰느라 공복을 견딜 필요는 없어."

"예. 하지만 야밀 레이도 아무것도 안 먹은 거 아닌가요?"

"나는, 과실주를 마셨어."

고개를 홱 돌리고 야밀 레이는 요리를 나눠 담기 시작했다.

섹시하게 숙인 자세 그대로, 비스듬히 뒤의 오우라를 바라봤다.

"오우라, 좀 도와주겠어? 나 혼자서는 손이 부족해."

"어…… 그렇네, 야밀…… 아니, 야밀 레이……."

오우라가 일어서서 야밀 레이를 돕기 시작했다.

그리고 나도 그에 협력하기로 했다.

"고마워요, 야밀 레이. 나 혼자서는 아마 어떻게도 못 했을 거예요."

작은 목소리로 그런 말을 건네었더니, 차가운 곁눈질로 나를 노려봤다.

"딱히 감사를 들을 입장은 아냐. 그저 저 녀석들이 너무나도 한심하니까 화가 치밀었을 뿐이야."

일찍이 가족이던 시절, 슨가에서는 어떠한 일이 있었을까.

타락의 극치이던 족장과, 후계자 자리에 떡하니 앉아 있던 장남, 술주정이 심하던 난폭한 차남. 막내아들은 항상 멍하니 있고, 막내딸은 풍요로운 슨가야말로 숲가의 패자라 의심치 않고——그리고 가장의 아내와 그녀의 아버지는 죽은 물고기 같은 눈빛이었다.

그런 가운데, 온갖 악의 근원인 선대 가장에게 진정한 후계자로 지목되고서도 마음속 깊은 곳에서는 슨가의 멸망을 바라던 장녀는, 대체 어떻게 행동했을까.

적어도 화난 표정으로 가족을 위해 요리를 나누는 역할은 하지 않았을 것 같다.

"이봐—, 미다—, 제대로 먹고 있어—?"

그러면서 어린 아이들이 커다란 나무 그릇을 들고 걸어왔다.

리미 루와 신 루가의 아이들이었다.

"자, 『먀무구이』! 놔두면 전부 먹어버릴 것 같으니까, 가져왔어!"

"응…… 고맙다고……?"

"미다, 다른 사람들한테도 나눠주렴."

야밀 레이의 말에 미다는 "응……" 하고 뺨을 떨었다.

새끼돼지처럼 자그마한 그의 눈동자에는 간신히 밝은 빛이 들어오기 시작하는 것 같았다.

5

"자, 먹어."

야밀 레이와 오우라와 내가, 요리를 담은 그릇을 남자들 앞에 놓았다.

그동안에도 줄로 슨과 도드는 힘없이 스프를 홀짝이고, 디가는 『고기 찻치』를 우물우물 먹고 있었다.

야밀 레이는 한동안 그 모습을 바라본 뒤, 나무 그릇 하나를 들고 발길을 돌렸다. 그녀가 향하는 곳에는 기바 모피를 머리부터 뒤집어쓴 우람한 사냥꾼의 모습이 있었다.

"자, 당신도 좀 드시라고, 그라프 자자? 당신과 마찬가지로 파가의 소행에 반대하는 베임의 가장도 열심히 맛을 확인하고 있어."

"……네 말참견 따윈, 들을 이유는 없다."

"어머, 그래. 뭐, 마음대로 하도록 해."

야밀 레이는 우아한 동작으로 그라프 자자 앞에 나무 그릇을 놓고는 자기 위치로 돌아갔다.

"자, 먹자, 아스타."

"예."

나는 자기 자리로 돌아갈 핑계를 잃고 말았기에, 야밀 레이 맞은편에 자리 잡기로 했다.

그런 내 귀에 "으윽……" 하는 기묘한 목소리가 들렸다.

봤더니 디가가 『기바 커틀릿』을 한 입 먹은 자세로 기능이 정지했다.

"그 요리는, 처음 보네."

야밀 레이도 자기 접시에서 『기바 커틀릿』을 한 입 먹었다.

그러더니 날카로운 눈을 경악으로 부릅떴다.

"이건…… 뭔가 굉장한 요리네, 아스타."

"숲가의 백성에게는 그 『기바 커틀릿』이 호평인 것 같네요. 하지만 너무 많이 먹으면 살이 찔지도 모르니까 조심하세요."

식사 자리에서 독이니 뭐니 초치는 소리를 하고 싶지 않았기에 나는 소극적으로 표현하려는 생각이었지만, 야밀 레이는 "어"라며 불안한 표정을 짓고 늘씬한 라인을 덧그리듯 배에 손을 댔다.

"어, 아니, 이 정도 양이라면 괜찮아요. 그렇게나 불안한 표정 짓지 마세요."

너무나도 흐뭇해서 입가가 풀어져버린 것이 잘못이었는지, "……싫은 사람이네"라며 치뜬 눈으로 노려봤다.

"무척 맛있어…… 그렇지, 츠바이?"

낮게 속삭이는 그런 목소리가 귀로 날아들었다.

그쪽에는 미다한테 나누어 받은 『먀무구이』를 먹으며, 오우라가 온화한 눈빛으로 츠바이를 바라보고 있었다. 츠바이는 그저 말없이, 나무 그릇의 음식을 입으로 넣고 있었다.

어느샌가 디가랑 도드도 열심히 요리를 먹고 있었다.

스프 그릇은 비웠고, 고기랑 채소를 입 안에 잔뜩 집어넣었다.

이윽고── 그런 디가의 눈에서 커다란 눈물이 흐르기 시작했다.

오열을 억누르며 고기를 씹고, 타라파 즙을 후루룩 마셨다. 마구잡이로 난 수염으로 덮인 그 얼굴은 어린아이처럼 흠뻑 젖어버렸다.

도드는 말없이, 자포자기한 듯이 요리를 비웠다. 어쩐지 굶주린 들개가 며칠 만에 먹이를 얻었다, 그런 식으로 표현하고 싶어지는 모습이었다.

"……그럼 모자란가 보네?"

그 모습을 쭈뼛쭈뼛 들여다보던 리미 루가 딱히 상대도 없이 발언했다.

"더 가져다줄게. 미다는 뭐가 먹고 싶어?"

"응…… 미다는 뭐든 먹고 싶다고……?"

"알았어—!"라고, 리미 루는 남자아이들과 함께 달려갔다.

그와 엇갈려서 이쪽으로 다가오는 사람이 있었다.

무척 작은 사람과, 그 손을 붙잡은 늘씬한 사람—— 지바 할머니와 아이 파였다.

"……잠깐 실례해도 괜찮겠니……?"

두 사람은 내 옆에 앉았다.

지바 할머니와 마주보는 모양새가 된 것은, 줄로 슨이었다.

"줄로 슨…… 얼굴을 마주하는 건 아마도 이게 처음이겠구나…… 나는 루의 가장 돈다의 아버지의 어머니고, 지바 루라는 늙은이야……."

줄로 슨은 공허한 눈으로 지바 할머니를 봤다.

그의 손에는 먹고 있던 스프 나무 그릇이 들려 있었다.

"너는커녕, 나는 자츠 슨조차 제대로 얼굴을 마주한 적은 없었지…… 슨의 촌락과 루의 촌락은 멀리 떨어져 있으니까…… 내가 아는 건 전전대 슨의 가장…… 자츠 슨의 아버지 정도야……."

"…………."

"지금으로부터 70년 정도 전일까…… 족장인 가제가 기바에게 당해서 사라졌지…… 그들의 친족이었던 리마가도, 마찬가지로 사라져버렸어…… 그 후로 일족을 이끌 수 있을 정도의 힘을 가진 씨족은 슨가와 루가 정도뿐이었으니까…… 우리는 북쪽과 남쪽으로 나뉘어서, 각자가 기바를 사냥하기로 했지…….”

“…………”

“그리고 루가도, 본가의 피를 이은 건 나 정도밖에 안 남았으니까, 새로운 족장의 자리는 슨가가 맡기로 한 거야…… 아무리 혈족이나 친족의 숫자가 많더라도, 여자인 내가 족장이 될 수는 없었으니까…… 하지만 슨가의 가장은 참으로 훌륭한 사냥꾼이었으니까, 우리도 아무런 걱정도 없이 족장으로서 맞이할 수 있었지…….”

지혜가 담긴 푸른 눈동자가 줄로 슨의 늘어진 얼굴을 가만히 바라봤다.

줄로 슨의 가라앉은 눈동자에는, 한밤중에 돌멩이를 던진 호수의 수면처럼 파문이 퍼지기 시작하는 듯 느껴졌다.

“슨의 가장…… 새로운 우리 족장은, 정말로 멋진 남자였어…… 거친 자자나 돔도 슨의 가장에게는 심취했지…… 자츠 슨은, 그 멋진 남자의 뒷모습을 보며 자랐을 거야…….”

“…………”

“그럼에도 자츠 슨은 길을 잘못 들었어…… 틀림없이 자츠 슨도 숲가의 동포를 올바른 방향으로 이끌고자 많은 생각을 했을 텐데…… 어딘가에서, 아주 살짝 길을 그르치고 말았지…… 어쩌면 그건 처음부터 잘못된 길을 걸을 수밖에 없었기 때문인지도 모르겠구나…….”

“…………”

"80년 전, 모르가 숲가로 이주했을 때, 족장은 가제가였어……
그 가제가의 가장이, 제노스의 영주와 잘못된 인연을 맺고 만 걸
지도 모르지…… 남쪽의 검은 숲속에서, 누구와도 교류하지 않
고, 숲을 신으로 섬기며 살았던 우리로서는, 숲 밖의 인간들과
올바르게 교류할 방법을 알지 못했어…… 그렇게 생각하게 되고
마는구나…….

"…………."

"하지만 가제의 가장을 책망하다니, 누구도 그럴 순 없어……
누가 족장이라도, 결과는 전혀 바뀌지 않았을 테니까…… 하지만
그릇된 길을 걷고 있다면, 올바른 길로 돌아와야만 해…… 족장
은 가제에서 슨으로, 슨에서 새로운 세 씨족으로 넘어갔지만……
우리는 힘을 합쳐서, 올바를 길을 찾아야 한다고 생각해…….

지바 할머니의 마른 가지 같은 손가락이, 줄로 슨의 부어오른
손등에 살며시 겹쳐졌다.

줄로 슨은 부르르 몸을 떨었지만 그 이상 움직이려고 하지는
않았다.

"그러니까, 줄로 슨…… 너도 마지막까지, 숲가의 동포로서
힘을 빌려줘…… 그리고 스스로 죽음을 바란다니, 그런 슬픈 말
은 하지 말아줘…… 네 죄에 벌이 필요할 때에는, 네 동포가 올
바르게 칼을 휘둘러줄 테니까…….

"…………."

"하지만…… 자츠 슨은 자신의 목숨으로 죄를 갚게 되었으니

까, 나는 그의 아이한테까지 목숨을 요구하는 게 올바른 길이라고 여겨지진 않아……."

그리고 지바 할머니는 투명한 시선을 줄로 슨의 오른쪽으로 옮겼다.

그곳에 앉아 있던 것은 야밀 레이였다.

"……야밀 레이라는 건, 너로구나……?"

"그래"라며 야밀 레이는 두려워하는 기색도 없이 지바 할머니를 마주봤다.

지바 할머니는 주름투성이 얼굴로 싱긋 미소 지었다.

"너도 말이야…… 가족을 위해 목숨을 내놓는다니, 그런 짓은 더 이상 하지 말라고……? 그 높은 긍지는 아름다울지도 모르겠지만, 모든 걸 자기만 짊어지려고 하는 건 결코 올바른 일이 아니야…… 나도 숲가의 동포 중 하나니까……."

야밀 레이는 혀를 차려다가 참는 듯한 표정으로 나를 노려봤다.

이건 분명히 사이크레우스가 슨가의 신병을 원한다면, 자츠 슨이 후계자로 보던 자신의 신병만 넘기면 된다는 야밀 레이의 발언에 대해서 이야기를 들은 거겠지. 물론 나는 그런 이야기를 여기저기에 퍼뜨리진 않았으니까, 라우 레이를 통해서 지바 할머니의 귀에 들어갔을 거라 생각한다.

여하튼 지바 할머니와 야밀 레이가 대화를 나누는 날이 올 줄이야, 나는 꿈에도 생각하지 않았다.

"루가의 최연장자인 지바 루, 당신이 말씀하시는 것도 모른

건 아니지만, 나한테는 나 나름대로의 생각이라는 게 있어."

"흐응…… 그건 어떤 생각일까……?"

지바 할머니는 싱긋, 야밀 레이는 싸움을 걸듯 상대의 모습을 바라봤다.

"혹시 사이크레우스라는 귀족이 슨가를 다시금 부흥시키려는 계획이라면, 역시 숲가의 백성은 나와 줄로 슨의 신병만 넘겨주면 그만이지 않을까."

가늘게 땋은 흑갈색 머리카락을 쓸어 올리며 야밀 레이는 그렇게 말했다.

"그렇다면 내가 슨가의 새로운 가장이 되고, 뭣하면 족장 자리를 이어받아도 돼. ……그러면 사이크레우스한테 따르는 척을 하고, 어떠한 간계가 있는지 폭로하겠어."

"말도 안 되는 소리. 너 같은 여자를 족장으로 인정할까 보냐!"

아무래도 제대로 듣고 있었는지, 그라프 자자가 갈라진 목소리로 소리 질렀다.

야밀 레이는 요염한 곁눈질로 그쪽을 쏘아봤다.

"바보 같은 말이라고는 생각하지만, 그래도 여차하면 칼을 들고서라도 귀족들을 물리치겠다며 기세가 등등한 당신들과 비교해서 누가 더 바보일까? 적어도 내 방식이라면 한동안은 누구의 피도 흐르지 않을 거야."

"……너는 정말로 숲가의 백성이냐? 저 가즈란 루티무도 그렇게까지 교활한 모략을 생각하진 않겠지. 그런 건, 그야말로 귀족들에게나 어울리는, 음모다!"

"음모로 나오는 상대에게 음모로 갚아주는 게 뭐가 나쁜 걸까? 뭐든 힘으로 해결하려고 드는 것보다는 훨씬 똑똑하다고 생각하는데."

"안 되겠구나, 야밀 레이…… 자신의 몸을 지키기 위해 네가 허언의 죄를 저지르게 만들 수는 없어…… 게다가 잘못하면 역시나 너와 줄로 슨은 목숨을 잃을 수도 있지 않겠니……?"

여전히 미소를 머금은 채, 지바 할머니는 고개를 가로저었다.

"너는 이제 자츠 슨의 혈족이 아니라 레이가의 인간이야…… 더 이상 모든 걸 네가 짊어질 필요는 없어……."

"……나도 이런 생각이 완고한 족장들에게 통할 거라고 진심으로 생각하진 않아."

기분 나쁜 듯 말하고 야밀 레이는 한순간 줄로 슨의 모습을 훔쳐봤다.

어쩌면── 귀족에게 넘길 바에는 머리 가죽을 벗겨달라, 줄로 슨이 그렇게 미쳐 날뛰었을 때에 야밀 레이는 그 음모를 떠올리고 말았을까. 자신만 옆에 있다면 줄로 슨도 조금은 의연하게 귀족들에게 맞설 수 있지는 않겠느냐고.

하지만 역시나 그런 계략을 달가워 할 그라프 자자나 돈다 루가 아닐 터.

"너 같은 인간이 있다는 건, 틀림없이 든든한 일이야…… 내일은 너도 족장들에게 힘을 더해주렴, 야밀 레이……."

그렇게 말하며 지바 할머니는 요리 그릇을 줄로 슨 쪽으로 밀었다.

"자, 아스타의 요리를 먹도록 해, 줄로 슨…… 나도 길을 잃었을 때, 아스타의 요리를 먹고서 어떻게든 힘을 되찾을 수 있었단다…… 아스타의 요리에서 힘을 얻고, 너도 열심히 해주렴……."

탁한 눈동자에 불규칙적인 빛을 번쩍이며, 줄로 슨은 그 나무 그릇을 들었다.

떨리는 손으로 나무 숟가락을 붙잡고, 부드럽게 조린 『기바 통삼겹조림』을 떴다.

그리고 기바 고기를 힘없이 입에 넣고── 느슨해진 뺨 위로 한 줄이 눈물이 흘러내렸다.

"나는……."

"응, 어쩌니……?"

"나는, 아버지 자츠가, 무서웠던 거야……."

고기를 씹으며 줄로 슨은 몽유병 환자처럼 중얼거렸다.

지바 할머니는 조용히 그 말을 듣고 있었다.

"하지만 아버지 자츠가 개척한 길 외에, 다른 길을 찾을 수는 없었다…… 언젠가는 자자나 돔 같은 친족들과 함께 이 길을 걷고, 귀족에게 굴복할 일 없는 새로운 삶을 얻을 수 있다고…… 나는 그렇게, 아버지 자츠의 말을 믿을 수밖에 없었다…… 그러지 않으면 우리는 모두 루 일족에게 멸망을 당한다고 생각했던 거야……."

"아아…… 슨의 촌락에 사는 혈족 수십 명의 운명이 네 행동 하나에 걸려 있었구나…… 나도 옛날에는 가장이었으니까, 그 것이 얼마나 괴로운지 잘 알고 있지……."

지바 할머니는 어딘가 먼 곳을 바라보는 눈을 가늘게 떴다.

"하지만 네 어깨에는 더 이상 아무것도 걸려 있지 않아…… 소중한 가족의 존재도, 함께 죄를 저질렀던 혈족의 존재도, 다른 모두가 짊어지고 있지…… 그러니까 너는, 모두와 함께 그 존재를 짊어지고서, 가장 올바르다고 여겨지는 길을 찾으면 되지 않겠느냐……."

줄로 슨은 뚝뚝 눈물을 흘리며 나무 그릇의 요리를 계속 먹었다.

"……마지막으로 하나만 묻겠다, 줄로 슨."

그때 그라프 자자가 땅이 울리는 것 같은 목소리로 물었다.

"네놈은 정말로, 자츠 슨 일당이 마을에서도 대죄를 저질렀다는 사실은 몰랐던 거로군? ……숲가의 백성의 긍지를 걸고, 진실을 이야기해봐라."

"몰랐다…… 아니, 아버지 자츠가 어디선지 모르게 대량의 동화를 가져오는 걸 신기하다고는 생각했지만…… 무서워서 도저히 출처를 물어볼 수는 없었다……."

"네놈의 죄는 그 약해빠진 근성이다, 줄로 슨."

잔뜩 분개한 말투로 말하고, 갑자기 그라프 자자는 요리가 담긴 나무 그릇을 붙잡았다.

희고 튼튼한 엄니 같은 그의 이빨이 『기바 커틀릿』을 씹었다.

"네놈은 아버지 자츠 슨이 무섭고, 루 일족이 무섭고, 제노스의 귀족들이 무섭고—— 끝내는 친족인 자자나 돔마저도 무서웠다. 그것은 숲가의 백성에게는 있을 수 없는 약함이다. 네놈처럼 유약한 인간을 족장으로 떠받들었던 것을, 나는 평생의 수치라고 생각한다."

"…………."

"……하지만 네놈이 자츠 슨이나, 혹은 거기 있는 장녀의 반만이라도 당차다면, 자츠 슨은 모든 대죄를 네놈에게 밝히고 그것을 물려주고자 계획했을지도 모른다. 그때는 제노스에 더욱 많은 피가 흐르게 되었을 테지."

돈다 루에게도 지지 않는 야수 같은 눈빛을 불태우며 그라프 자자는 그렇게 말했다.

"네놈의 약함은, 숲가의 백성으로서 도저히 용서할 수 있는 게 아니었지만—— 그러나 그 약함이야말로 자츠 슨의 집념, 원념을 막아내는 역할을 해냈다는 건, 웃을 수 없을 정도로 얄궂은 이야기고…… 어쩌면 그것 또한 숲의 인도였을지도 모르겠군."

그리고 그라프 자자는 과실주로 『기바 커틀릿』을 삼켰다.

"여하튼 네놈을 처단하는 건 귀족들과 결판을 낸 다음이다. 숲으로 영혼을 돌려보내는 그 마지막 순간까지, 네놈은 숲가의 백성으로서, 살아라."

줄로 슨은 아무런 대답도 못하는 채, 줄줄 눈물을 흘렸다.

지바 할머니는 조용히 미소 짓고 있었다.

디가와 도드는 말없이 요리를 계속 먹고 있었다.

그라프 지자도 남아 있던 『기바 커틀릿』을 또다시 입에 넣었다.

그때 리미 루와 아이들이 "기다렸지—!"라며 새로운 요리 그릇을 들고 돌아왔다. 무척 늦은 귀환이었으니까, 지바 할머니의 이야기가 끝날 때까지는 다른 가족들이 붙잡고 있던 걸지도 모른다.

그리고 마침내 이 긴 문답도 끝이 나는가 싶었다.

하지만 생각하지 않은 방향에서 말을 던지는 사람이 있었다.

"흥! 결국 다들 새로운 족장들의 심판에 따르는 거구나!"

츠바이였다.

츠바이가 일어서서 야윈 가슴을 젖히고, 그 자리에 있는 이들의 모습을 노려봤다.

그 눈이 야밀 레이를 포착하고는 고정되었다.

"있잖아, 야밀. 자츠 슨의 후계자라는 이야기라면, 그건 야밀보다도 내가 더 어울리지 않겠어?"

"무슨 소리니? 남매 중에서 가장 어린 너한테 그런 역할은 안 어울려."

의아하다는 듯 야밀 레이가 츠바이를 마주봤다.

"흥!" 하고 츠바이는 다시 한 번 코웃음을 쳤다.

"하지만 죄인으로 심판을 받은 건, 자츠 슨이랑 테이 할아버지잖아? 내 몸에는 그 두 사람의 피가 똑같은 농도로 흐르고 있어! 그렇다면 죄인의 후계자에 가장 어울리는 건, 바로 나야!"

자츠 슨과 테이 슨은 모두 츠바이의 할아버지다.

그 테이 슨의 딸인 오우라는 무척 당황한 눈빛으로 딸을 바라 봤다.

"츠바이…… 죄인의 아이는 죄인이라니, 그런 이치는 존재하지 않는다고……?"

지바 할머니가 온화하게 말을 건넸다.

츠바이는 동그라니 커다란 삼백안에 반항심의 불을 붙이고, 그쪽을 노려봤다.

"뭐가 어떻든 상관없어! 이런 시시한 이야기, 나한테는 아무래도 상관없다고! 귀족과 싸움을 벌이고 싶다면, 마음대로 하면 되잖아!"

"츠바이!"

옆에 앉아 있던 오우라의 팔을 빠져나가서, 츠바이는 갑자기 등 뒤의 어둠속으로 모습을 감추었다.

나는 황급히 일어나서 그녀를 뒤쫓았다.

루의 촌락을 나가지 않는다면 위험할 일은 없겠지만, 내버려 둘 수는 없었다.

달빛을 의지해서 츠바이를 쫓았다. 다행히도 츠바이는 나보다도 다리가 느렸다.

"츠바이, 대체 무슨 일이야?"

원피스 같은 옷을 입은 자그마한 어깨를 뒤쪽에서 붙잡았다.

그 순간에 츠바이는 "건드리지 마!"라며 소리 지르고 내 손등을 할퀴었다.

그리고 불같은 눈으로 내 얼굴을 노려봤다.

"기분 참 좋겠네, 파가의 아스타! 슨가가 멸망하고, 모든 게 내 생각대로 됐어! 역시 숲가에서 최고의 영웅이야!"

"영웅이라니……."

말을 잃은 내 옆으로 갑자기 인기척이 있었다.

당연하게도 그것은 아이 파였다. 지바 할머니의 신병을 누군가에게 맡기고 따라왔을 테지.

화톳불의 불빛도 닿지 않는 어둠속에서 츠바이는 두 눈을 불태웠다.

"그건 저, 동화를 버는 인간이야말로 가장 대단하다는 이야기야? 그건 아마도 풍요야말로 힘이자 정의라는 자츠 슨이나 줄로 슨의 가르침일 테지만…… 그런 건 편향되고 잘못된 생각이야."

"흥! 그렇다면 너는 뭘 위해서 동화를 버는 거야?! 그건 가난한 숲가의 촌락에 풍요를 가져다주려는 작전 아니었어?!"

"응, 그건 그렇지만……."

"너희가 옳고 슨의 인간이 틀렸어! 그러니까 파가를 밀어주는 루가가 번영하고 슨가는 멸망했어! 아무런 잘못도 없잖아! 너희가 영웅이고 슨의 인간이 죄인이라는 거야!"

"그건, 족장이라는 입장이면서도 길을 그르친 자츠 슨과 줄로 슨이 죄인으로 취급되었다는 이야기다. 거기에 무언가 불만이라도 있나, 너는?"

조용한 목소리로 아이 파가 묻자 츠바이는 더더욱 격렬하게 두 눈을 불태웠다.

"죄인은, 자츠 슨이랑 줄로 아버지만이 아니야! 테이 할아버지도 그래! 테이 할아버지도, 죄인으로서 처단 당했잖아!"

"그건 테이 슨이, 우리나 마을의 백성에게 칼을 향했기 때문이──."

"테이 할아버지도, 자츠 슨을 거스를 수 없었던 것뿐이야! 슨의 인간은 누구 하나 자츠 슨에게는 거스를 수 없었는데, 어째서 테이 할아버지만 죄인 취급을 당해야 하는 거야!"

"그러니까 그건──."

"나도 알아! 테이 할아버지는 자츠 슨과 함께 마을의 인간을 몇 명이나 죽였어! 끝내는 아스타를 죽이려고 했으니까, 스도라의 가장에게 죄를 심판당했어! 너희는 아무런 잘못도 없어! 잘못한 건 테이 할아버지야! 테이 할아버지는, 목숨으로 죄를 갚았을 뿐이었어!"

발을 동동 구르며 츠바이는 소리쳤다.

그녀의 커다란 눈에서 갑자기 눈물이 넘쳐흘렀다.

"너희 같은 거, 정말 싫어!"

"츠바이……."

멍하니 서 있는 내 가슴팍으로 츠바이가 자그마한 손가락을 뻗었다.

"나만이라도, 너희를 싫어하지 않으면…… 테이 할아버지가,

불쌍하잖아!"

그리고 츠바이는 내 가슴팍에 이마를 대고 어린아이처럼 엉엉 울기 시작했다.

아니, 츠바이는 아직 열두 살—— 이렇게나 자그마한, 정말로 어린아이인 것이다.

말도 안 나오는 상태로 옆을 돌아보니, 아이 파는 살짝 눈매를 가늘게 뜨고서 조용히 츠바이의 뒷모습을 바라보고 있었다.

나는 츠바이의 가느다란 어깨에 손을 얹고 그 자리에 무릎을 꿇었다.

츠바이는 내 어깨에 얼굴을 묻고 더더욱 큰소리로 울었다.

"츠바이…… 돈다 루가 말했다시피, 어떠한 죄를 저질렀을지라도, 그 죄인들도 숲가의 백성이라는 사실에 변함은 없어."

양파 같이 묶어 올린 그 머리에 살며시 손을 얹으며 나는 말했다.

"자츠 슨도, 테이 슨도, 숲가의 백성으로서 살고, 숲가의 백성으로서 죽었어. 그들이 품고 있던 분노나 원통함을, 족장들은 가능한 한 올바른 형태로 이어받으려 한다고—— 나는, 그렇게 생각해."

"……너희 같은 거…… 정말 싫어……."

"응."

밤하늘에 뜬 반달은 그저 푸르고, 우리에게 다가오는 사람은 없었다.

그리하여 사이크레우스와의 결판을 앞둔 하얀 달 14일은, 각각의 사람이 각각의 생각을 가지고, 끝을 맞이한 것이었다.

입가심 /// ～ 너와 같은 길을 ～

그날, 라라 루는 아침부터 기분이 나빴다.

날이 밝는 것과 함께 눈을 뜨고, 언니들과 같이 물가에서 몸을 씻고, 그 자리에서 빨래를 정리한 뒤, 피코랑 리로잎을 따려고 숲 가장자리로 들어갔다. 그동안 거의 입을 열려고 하지 않았기에, 돌아가는 길에는 사티 레이 루가 걱정스러운 목소리를 건넸다.

"무슨 일이니, 라라? 오늘은 무척 기운이 없어 보이는데."

사티 레이 루는 라라 루의 오빠인 지자 루의 아내였다.

언니들보다도 연장자인 사티 레이 루는, 무척 다정한 눈빛으로 라라 루를 바라봤다. 그녀를 향해 라라 루는 "딱히"라며 짧게 대답했다.

"하지만 아침부터 전혀 말이 없잖아? 몸이 안 좋으면 무리하지 말고 쉬도록 해."

"몸은 괜찮아. 피코잎도 사티 레이보다 잔뜩 모았고."

기분이 나쁘니까 그만 쓸데없는 소리까지 나와 버렸다.

라라 루는 한순간 후회했지만, 사티 레이 루는 같은 표정으로 여전히 미소 지었다.

"그러네. 라라는 아직 아홉 살인데 훌륭하구나. ……하지만 어딘가 상태가 안 좋지? 몸이 아니라면 뭔가 걱정이라도 있는 걸까?"

아무래도 총명한 사티 레이 루 앞에서는 마음을 속일 수는 없을 듯했다.

그럼에도 라라 루는 완고하게, "아니"라고 고개를 가로저었다.

"정말로 아무것도 아니라니까. 일은 마쳤으니까, 얼른 돌아가자."

"그래……"라고 말할 뿐. 사티 레이 루는 그 이상 추궁하려 하지 않았다.

숲 가장자리를 걸으며 다른 언니들은 즐겁게 대화를 나누고 있었다. 어린 리미 루는 집에 두고 왔으니까, 지금 라라 루 주위에 있는 것은 사티 레이 루와 두 언니뿐이었다. 머리 위를 뒤덮은 나뭇가지와 이파리 사이에서는 강한 햇빛이 비쳐들어 중천이 다가오는 것을 살며시 알렸다.

이윽고 숲에서는 기바가 깨어나기 시작하고, 사냥꾼들의 일도 시작되는 것이다.

그렇게 생각하자 라라 루의 가슴에는 더더욱 답답한 기분이 가득해졌다.

"아, 어서 오렴. 일은 제대로 했니?"

숲에서 나오자 그곳에는 할머니 티토 민 루가 기다리고 있었다.

손에는 커다란 낫이 들려 있고, 발밑에는 장작이 잔뜩 쌓여 있었다. 혼자서 장작을 패고 있었던 것이다.

"응. 피코로 리로도 잔뜩 땄어…… 우리도 장작 패는 거 도울게……"

맏언니 비나 루가 그렇게 대답하자, 티토 민 루는 "그렇게 서두를 건 아니야"라며 미소 지었다.

"나도 좀 쉬자고 생각하던 참이야. 이제 곧 중천이니까, 뒷일은 육포라도 먹고 하자. 리로랑 피코는 식량 창고에 정리해두렴."

"알았어…… 그럼, 있다가 봐……."

평소처럼 별것 없는 일상이었다.

하지만 오늘은 특별한 날이다.

따온 향초를 식량 창고에 정리하고 집 쪽으로 돌아오자, 그것을 증명하듯 광장 쪽에서 환호성이 들렸다.

"어라? 무슨 일로 떠들썩한 걸까?"

둘째 언니 레이나 루가 어리둥절해서 고개를 갸웃거렸다.

라라 루는 입술을 깨물고 언니들을 돌아봤다.

"미안해, 잠깐 갔다 올게. 언니들은 먼저 돌아가."

"어, 라라……?"

걱정스러워 하는 사티 레이 루의 목소리를 뿌리치고 라라 루는 광장으로 뛰쳐나갔다.

소리의 출처는 안다. 루의 본가에서 조금 떨어진 곳에 있는 분가의 집 앞에 사람들이 모여 있었다. 라라 루의 아버지인 돈다 루의 동생, 랴다 루의 집 앞이었다.

집 앞에는 랴다 루와 신 루가 서 있었다.

그 모습을 보고 라라 루는 또다시 입술을 깨물었다.

신 루는 틀림없이 가족이 준비했을 새로운 사냥꾼 옷을 입고,

허리에는 칼을 차고 있었다. 어제 열세 살이 된 신 루는 오늘부터 견습 사냥꾼으로서 기바 사냥에 참가하는 것이었다.

"아아, 멋진 모습이구나."

"아직 몸은 좀 작지만, 랴다 루의 어릴 적이랑 꼭 빼닮았잖아."

"신 루는 분명, 훌륭한 사냥꾼이 될 거야."

그 자리에 모인 다른 분가의 여자들이 입을 모아 이야기했다. 그런 가운데, 신 루는 평소처럼 차분한 모습으로 조용히 서 있었다.

랴다 루보다도 머리 하나는 키가 작다. 랴다 루도 굳이 따지자면 호리호리한 편이지만, 그와도 비교가 안 될 정도로 신 루는 홀쭉했다. 라라 루는 아직 아홉 살 어린아이에 불과했지만, 신 루도 고작해야 네 살 차이. 칼은커녕 두꺼운 모피 외투마저, 지금의 신 루에게는 무겁게 보일 정도였다.

"굉장하네—. 드디어 신 루도 오늘부터 사냥꾼인가—."

익숙한 목소리가 라라 루 바로 옆에서 들렸다.

어느샌가 다가온 오빠 루도 루가 육포를 씹으며 신 루의 모습을 바라보고 있었다.

"어제까지는 같이 놀았는데 말이지. 나도 빨리 사냥꾼이 되고 싶네."

루도 루는 열두 살로, 사냥꾼이 되려면 아직 만 1년 정도의 시간이 남아 있었다. 몸은 신 루보다도 더욱 작고 여자처럼 홀쭉했다.

"……사냥꾼이 되면, 숲에서 기바랑 맞서야 하는 거지?"

낮은 목소리로 라라 루가 대꾸하자 "당연하잖아"라며 루도 루는 웃었다.

"그게 사냥꾼의 역할이잖아? 아—아, 빨리 생일이 됐으면 좋겠는데—."

"……어째서야? 루도랑 신 루는 이렇게나 작으니까, 기바랑 만나면 죽어버릴지도 모른다고?"

"숲에서 스러진다면, 그게 그 녀석의 운명이겠지. 아무리 힘을 가진 사냥꾼이라도 갑자기 영혼이 돌아가는 일은 있으니까, 몸의 크기 같은 건 관계없어."

계속 정면을 보며 루도 루는 혀를 날름 내밀었다.

라라 루가 그의 머리를 때려줄까 팔을 뻗으려고 했을 때, 인파가 갈라지고 신 루가 다가왔다.

"와 있었나, 루도 루, 라라 루. 돈다 루는 이제 일어났나?"

"글쎄—, 아직 자고 있지 않을까. 아니면 집 안에서 육포라도 씹고 있을까."

"그런가. 본가 가장에게는 미리 인사를 해두어야 하거든."

역시 신 루는 이제까지와 전혀 다르지 않은 모습이었다. 째진 눈도, 여자아이처럼 다정한 얼굴도, 좀처럼 웃지 않는 입가도 평소 그대로였다.

다만 날씬한 체구에는 사냥꾼의 옷을 입고, 허리에는 커다란 칼을 찼다. 그것만으로 신 루는 무척 어른스럽게 보였다.

작은 체구라도 해도 아홉 살인 신 루보다는 머리 하나만큼이나 크다. 딱 라라 루의 머리가 어깨에 닿을 정도다. 그런 라라 루의 모습을, 신 루는 평소처럼 차분한 눈빛으로 내려다봤다.

"너희는, 지금 휴식 중인가? 향초랑 장작 모으는 게 끝날 무렵일까."

"그래, 신 루는 이제 집안일을 안 도와줘도 되는구나―. 그것만으로도 부러워."

라라 루보다도 루도 루 쪽이 먼저 입을 열었기에 신 루의 시선은 그쪽으로 향해버렸다.

"집안일도 사냥꾼의 일도 똑같이 중요한 일이야. 그걸 가벼이 여기는 것 같이 말하는 건 좋지 않다 생각한다고, 루도 루?"

"하지만―, 향초를 모으거나 모피를 무두질하는 건 하나도 재미없잖아. 나는 신 루랑 힘겨루기를 하는 게 제일 즐거웠어."

"그래. 루도 루가 열세 살이 될 때까지는, 동생들의 수련을 부탁해."

"신 루의 동생이라니, 아직 요―만하게 작잖아! 막대기를 들려줘도 상대가 안 된다고."

두 사람은 무척 즐거워 보였다.

평소와 다름없는 모습이지만 신 루는 역시 더없이 자랑스러워하고, 루도 루는 그것을 축복하는 모습이었다. 그 또래 아이에게는 이것이 자연스러운 일이리라.

그런 가운데, 라라 루는 여전히 답답한 기분이었다.

"……신 루, 다치지 않도록 조심해야 돼?"

라라 루가 말을 건네자 신 루가 다시 그녀를 돌아봤다.

째진 그 눈이 기쁜 듯 살짝 호를 그렸다.

"모든 건 숲의 뜻이지만, 하루라도 오래 사냥꾼으로서의 일을 다할 수 있도록 열심히 하고 싶어. 라라 루도, 집안일 열심히 해."

라라 루는 감정이 정리되지 않았기에 대답을 할 수도 없었다.

기뻐하던 신 루의 눈이, 이번에는 조금 걱정스러운 느낌으로 구부러졌다. 하지만 그의 입이 다음 말을 꺼내기 전에, 랴다 루가 다가와 버렸다.

"신, 본가 가장 돈다 루한테 가자고. 최고 장로도 상태가 나쁘지 않다면, 숲으로 나서기 전에 인사를 해둬야 한다."

"어, 알았어."

신 루는 고개를 끄덕이고 라라 루의 얼굴을 다시 한 번 같은 눈빛으로 내려다본 뒤, 랴다 루와 함께 본가 쪽으로 떠나버렸다.

그리고 분가 여자들도 자신들의 일로 돌아가고, 뒤에는 라라 루와 루도 루만이 남겨졌다.

"뭐야, 너? 신 루랑 싸우기라고 했나? 평소하고는 태도가 엄청 다르잖아."

"……그런 거 아냐."

"그렇다니까! 신 루한테는 중요한 날이니까, 쓸데없이 걱정 끼치지 말라고."

그리고 루도 루는 머리 뒤로 손을 깍지 끼더니, 어디론지 모르게 걸어가 버렸다.

한숨을 내쉬려던 라리 루는, 집 앞에 아직 몇몇 사람들이 남아 있다는 것을 깨닫고 그쪽을 돌아봤다. 그곳에 있는 것은 신 루의 어머니인 타리 루, 누나인 실라 루, 그리고 어린 두 동생들이었다.

실라 루는 걱정스럽게 눈을 내리깔고, 타리 루가 그것을 달래듯이 어깨를 쓰다듬었다. 어린 동생들은 제대로 상황을 받아들이지도 못한 모습으로 육포 조각을 씹고 있었다.

가족이 마침내 위험한 사냥꾼으로서의 일에 몸을 던지는 것이다. 그저 자랑스럽다는 기분만으로 그치진 않을 터.

특히 마음이 약할 실라 루는 걱정스러워 보여서, 라라 루는 처음으로 같은 기분인 상대를 발견했다는 기분이었다.

◇

"그런가. 라라는 신 루가 걱정이 된 거구나."

아침에 따온 피코잎을 깔개 위에 펼치며 사티 레이 루는 그렇게 말했다.

같은 일을 하면서 라라 루는 "응" 하고 고개를 끄덕였다.

끝내 라라 루도 참지 못하고, 사티 레이 루에게 속마음을 털어놓은 것이었다.

이미 태양은 중천에 다다라서 남자들은 숲으로 들어갔다. 그중에 유달리 작게 보이던 신 루의 뒷모습을 떠올리며, 라라 루는 반쯤 울먹이는 표정을 짓고 말았다.

"라라는 신 루와 사이가 좋았지. 걱정이 되는 마음은 무척 잘 알겠어. 기바 사냥이라는 건 굉장히 위험한 일인걸."

"응......."

"하지만 견습 사냥꾼에게는 그렇게 위험한 일을 맡기지도 않겠지? 처음에는 힘이 있는 사냥꾼과 함께 행동하며 기척을 죽이는 법이나 기바를 찾는 법을 배운다고 그러니까."

"하지만 숲속을 걷는 것만으로, 갑자기 습격을 당할 때도 있잖아? 그래서 요전에도 분가의 남자가 영혼을 돌려보낸 걸."

"그러네. 물론 그런 일도 있을 수 있어. 모든 건 숲의 뜻이야."

사티 레이 루는 조금 전의 타리 루처럼 라라 루의 어깨를 쓰다듬어 주었다.

촉촉하게 맺힌 눈물을 손등으로 훔치고, 라라 루는 그녀의 얼굴을 바라봤다.

"사티 레이도 그렇고 다들, 어째서 그렇게나 침착할 수 있는 거야? 소중한 가족이나 반려가 숲으로 돌아간다면, 두 번 다시 못 만난다고? 그게 슬프지 않을 리가 없잖아?"

"물론이야. 그렇게 되지 않도록, 우리는 매일 숲에게 기도하고 있어."

"하지만 숲이 그 바람에 매번 응해주실 리가 없잖아. 나는 그런 거, 정말 싫어!"

이런 말을 부모에게 했다가는 틀림없이 혼이 날 것이다. 그래서 라라 루는 사티 레이 부에게 매달리는 깃이었다.

언니들보다는 연장자고, 이미 반려를 맞이했다. 하지만 나이는 열아홉이라 부모보다는 라라 루 쪽에 가깝다. 나이를 먹은 여자 정도로 달관하지는 않았을 텐데도 언제나 침착하고 온화하게 미소 짓는 사티 레이 루가, 지금의 라라 루에게는 누구보다도 믿음직하게 보인 것이었다.

"라라의 말대로, 가족이나 반려를 잃는다는 건 무엇보다도 슬픈 일이라고 생각해. 설령 그것이 숲의 인도일지라도, 좋아하던 상대와 두 번 다시 말을 나눌 수도 없게 되어버리는걸. 그렇게나 슬픈 일은 달리 없겠지."

"응."

"숲으로 돌려보낸 영혼은, 또다시 형태를 바꾸어서 동포 앞에 나타난다. 그것이 숲의 가르침이지만, 젊을 때부터 그런 일을 실감할 수 있을 리는 없고…… 어떻게든, 잃은 상대의 흔적을 쫓고 말겠지."

그렇게 말하고 사티 레이 루는 훗, 미소 지었다.

그것은 평소와 조금 다른, 어딘가 애절하게도 보이는 미소였다.

"라라, 나는 있지, 이미 부모님을 두 분 모두 잃었어."

"어?! 하, 하지만 사티 레이는, 레이 본가 출신이잖아? 레이의 가장은 요전에 수확 잔치에서도 봤을 텐데……."

"나는 원래 분가 출신이었어. 그리고 어릴 적에 부모님을 잃고 말았으니까, 본가 사람이 된 거야."

사티 레이 루가 어딘가 먼 곳을 보는 듯한 눈빛이 되었다.

"아버지는 사냥꾼으로서 숲에 스러지고, 어머니는 병으로 영혼을 돌려보냈어. 그리고 생각했는데…… 사람이 죽을 때, 남겨진 쪽은 그 한 사람을 잃을 뿐이지만, 죽어버린 쪽은 모든 인간을 한꺼번에 잃어버리는 거야. 하지만…… 어머니는 마지막까지, 남겨질 나만을 걱정해줬어."

"…………."

"그래서 난 생각했어. 남겨진 쪽의 인간이 언제까지고 슬픔을 갖고 사는 건 좋지 않은 일이라고. 아버지랑 어머니의 영혼은, 숲과 함께 우리를 지켜봐준다…… 그 가르침을, 진심으로 믿겠다고 생각한 거야. 그러지 않으면 모든 인간에게서 떨어져버린 부모님이, 너무나도 슬프잖아?"

"……나는 잘 모르겠어."

무엇에 대한 감정인지도 모르는 채, 그만 라라 루는 눈물을 흘리고 말았다.

사티 레이 루는 미소 지으며 라라 루의 머리를 살며시 끌어안았다.

"어린 라라한테는 조금 어려운 이야기였을지도 모르겠네. 내가 말하고 싶었던 건, 아버지도 어머니도 무척 행복해 보였다는 거야. 그 무렵의 나도 어렸으니까 그저 슬픔에 사로잡힐 뿐이었지만, 조금 자란 뒤에는 부모님처럼 행복하게 살고, 그 끝에 영혼을 돌려보내고 싶다, 그렇게 생각하게 되었어."

"응…….."

"죽음이라는 건 누구에게나 찾아오는 거야. 바로 그렇기에, 마지막까지 힘을 아끼지 말고 열심히 살아야 한다고 생각해. 죽음이 아니라 삶으로 시선을 향하는 거야. 그러면 틀림없이 우리 부모님처럼 충족된 기분으로 영혼을 돌려보낼 수 있지 않을까."

역시나 어린 라라 루에게는, 사티 레이 루의 말은 지나치게 어려웠다.

그때, 등 뒤의 광장에서 또다시 환호성이 들렸다.

놀라서 돌아보자 사냥꾼 몇 명이 기바를 짊어지고서 돌아오고 있었다. 아까 막 숲으로 들어갔는데도, 그들은 기바를 두 마리나 들고 있었다.

라라 루는 필사적인 표정으로 사티 레이 루를 돌아봤다.

사티 레이 루는 라라 루의 머리를 쓰다듬으며 다정하게 미소 지었다.

"다녀오렴. 피코잎은 내가 봐둘 테니까."

라라 루는 고개를 끄덕이고 또다시 광장으로 뛰쳐나갔다.

사냥꾼 넷이, 둘이서 한 마리씩 기바를 짊어지고 있었다. 그중 한 사람은 멀리서도 잘못 볼 리가 없는 신 루였던 것이다.

"신 후! 이렇게나 빨리 돌아왔어?"

"그래, 라라 루. ……음, 설치한 함정으로 가는 도중에, 이 녀석들한테 습격을 당해서. 촌락에서도 그다지 떨어지지 않았으니까, 먼저 전달해두자는 이야기가 됐거든."

그리기 막대기에 기바 다리를 묶고, 그것을 둘이서 어깨에 짊어졌다. 신 루보다도 큰 몸통을 가진, 무척 훌륭한 기바였다. 같이 짊어진 것은 아버지 랴다 루이고, 나머지 두 명은 다른 분가의 남자였다.

"기바한테 습격당했어? 어디 다친 곳은 없어?"

떨리는 목소리로 라라 루가 묻자 신 루는 "그래"라며 끄덕였다.

확실히 보기에 부상을 당한 모습은 없고, 게다가 이렇게나 큰 기바를 둘이서 함께한다고는 해도 가볍게 짊어지고 있었다. 숲가의 사냥꾼의 힘찬 모습이었다.

"끝을 낸 건 아버지 랴다지만, 내가 쏜 화살도 다리에 맞아서 움직임을 멈출 수 있었어. 그러니까 이 기바 모피는 우리가 받게 됐지."

"그렇구나…… 굉장하네, 신 루는."

"우연이야. 하지만 자기 역할을 다했다는 걸 기쁘게 생각해."

그러면서 신 루는 입가에 미소를 지었다.

신 루가 좀처럼 드러낸 적이 없는, 그것은 조금 어린아이처럼도 보이는 자랑스러운 미소였다.

신 루는 열심히 살고 있는 것이다. 그리고 사냥꾼으로서 사는 것을 무엇보다도 자랑스럽게 생각한다. 그러니까 이런 얼굴로 웃을 수 있는 것이었다.

라라 루는 가슴속에 소용돌이치는 답답한 감정 아래에서, 다른 감정을 억지로 끌어냈다.

마음에 거짓은 없다. 불안하다든지 슬프다든지, 그런 것에 짓눌려 있던 스스로의 감정을, 햇빛 아래에 드러낸 것이었다.

신 루가 이렇게 웃고 있는데도 자기만 훌쩍거리고 싶지는 않았다. 그렇게 생각하며 라라 루는 혼신의 힘으로 웃었다.

"축하해! 신 루가 멋지게 역할을 다해서, 나도 기뻐!"

그러자 신 루도 더더욱 기쁜 듯 웃어주었다.

라라 루가 아는, 정말 좋아하는 소꿉친구의 미소였다.

"이걸 정리하면 다시 한 번 숲에 들어갔다 올게. 무사히 역할을 마칠 수 있도록 기도해줘."

"응! 언니들이랑 같이 기다릴 테니까!"

랴다 루의 재촉에, 신 루는 자기 집으로 돌아갔다.

그 뒷모습을 지켜보며 라라 루는 또다시 촉촉하게 맺힌 눈물을 훔쳤다.

'나도 빨리, 어른이 되고 싶어.'

다음 탄생의 날을 맞이한다면 여자의 옷을 입는 것이 허락되고, 또 열세 살이 되면 어른과 다름없을 정도의 일을 배울 수 있게 된다. 그러면 사티 레이 루한테 들은 말도 제대로 이해할 수 있을까.

그런 것은 알 수 없었지만, 제대로 아는 것도 있었다.

라라 루는, 신 루와 같은 길을 걸어가고 싶은 것이었다.

숲가의 백성으로서, 올바른 삶을 걸어가고 싶다. 슨가처럼 영혼이 썩지 않고, 누군가에게 꺼려지지도 않고, 숲가의 가르침을 제대로 지키고—— 그리고 소중한 사람들과 기쁨이나 행복을 나누고 싶다. 라라 루는 절실하게 그리 생각했다.

　라라 루는 발길을 돌려, 자신이 있어야 할 장소로 다시 달려 갔다.

후기

 이번에는 본 작품 『이세계 요리의 길』 12권을 손에 들어주셔서, 정말 감사합니다.

 본 작품을 인터넷에 공개하기 시작한 지도 3년하고도 2개월, 서적판 제1권이 발행된 지는 2년하고도 8개월이 지나, 마침내 12권까지 다다를 수 있었습니다. 이것도 전적으로, 본 작품을 응원해주시는 여러분 덕분입니다.

 그리고 올해 9월 말부터는 마침내 본 작품이 만화화되었습니다.
 그것 역시도 저 혼자의 힘으로는 결코 이룰 수 없었던 일입니다. 거듭거듭 감사드릴 따름입니다.

 일반적으로 본 작품은 미디어믹스가 어려운 부류의 작품이 아닐까 싶습니다. 캐릭터 숫자는 방대하고, 아저씨나 할머니나 유아까지 모조리 등장하고, 요리나 기바 해체 등을 그려야만 하니까 그건 큰일입니다. 아직 서적화가 결정되기 전의 이른 단계에서, "이만큼 미디어믹스를 염두에 두지 않는 건 시원스럽다" 같은 감상을 받은 적도 있는 본 작품입니다.

본 작품의 집필 당시부터, 저는 상업 출판이라는 것을 염두에 두고는 있었습니다.

그때까지는 신인상 등에 응모했습니다만, 아무래도 규정 매수 이내에서 이야기를 마무리한다는 점으로 고생해서, 그렇다면 마음껏 계속 쓸 수 있는 인터넷 투고 사이트라면 어떨까, 그렇게 생각했던 것입니다.

그러나 또한, 자신의 작품이 서적화되는 것에 그렇게까지 구체적인 이미지를 가졌던 것은 아닙니다. 미디어믹스 같은 것은 더더욱 그 너머의 몽상에 불과했습니다.

그러니까 무슨 말이 하고 싶으냐면, 본 작품의 일러스트나 만화를 그리게 되시는 분의 노고 같은 것은 전혀 상정하지 않은 상태로 계속 써버렸다, 그런 이야기겠군요.

그러지 않고서야 처음부터 "루 본가는 열세 명" 같은 설정을 하지도 않았을 테죠. 그림을 그릴 사람의 입장도 되어봐라, 그런 것입니다.

그런 어리석은 저자의 소행으로, 한 몸에 노고를 떠맡게 된 것이 본 작품의 일러스트 및 만화까지 담당해주시게 된 코치모 님입니다.

코치모 님께는, 이 자리를 빌려서 깊은 감사의 말씀을 드리고 싶습니다.

1권 발행 전, 가장 처음으로 코치모 님께 받은 아스타와 아이 파의 캐릭터 디자인 러프화를 보면, 당시의 감동이 또렷이 되살아납니다.

아이 파가 파란 힘줄을 띄우고서 화내는 표정 등등, 저로서는 제대로 정곡을 찔러서 그야말로 대만족했습니다. 그리고 제 머릿속에서 태어난 캐릭터들이 이상적인 형태로 비주얼화된 기쁨에 더없이 감격했습니다.

그런 코치모 님의 손으로 본 작품이 만화화되어, 또다시 그 당시에도 지지 않는 기쁨과 흥분을 느끼고 있습니다.

독자 여러분과 마찬가지로, 저도 만화판의 전개를 즐기고 싶습니다.

그런 만화판 『이세계 요리의 길』은 하비재팬이 운영하는 인터넷 만화 사이트 『코믹 파이어』에서 연재되고 있으니, 흥미가 있으신 분께서는 모쪼록 봐주시길 부탁드립니다.

그래서 흥분한 나머지 만화판 이야기가 길어졌습니다만, 원작에 대해서도 이야기해야만 하겠죠.

1권부터 6권까지를 '슨가 편'이라고 하면, 7권 이후는 '사이크레우스 편'입니다. 그런 '사이크레우스 편'도 마침내 다음 권으로 클라이맥스를 맞이하는가 싶습니다.

'슨가 편'도 말하자면 '사이크레우스 편'과 한 줄기의 에피소드니까, 1권부터 이어진 '음모 편'이 완결된다고 할 수도 있겠죠. 저자로서는 여기까지가 1부라는 인식입니다.

여하튼 악랄한 귀족 사이크레우스와 딸 리프레이아, 아직 모습을 드러내지 않은 동생 시르엘, 그런 귀족들을 상대로 아스타 일행이 어떠한 길에 다다를 것인가, 지켜봐 주신다면 행복하겠습니다.

물론 그 후로도 이야기는 계속됩니다. 상당한 분량이 된 인터넷 연재 쪽도, 아직 완결을 맞이하지는 않습니다. 내년에는 마침내 완결인가 생각합니다만, 작년에도 그렇게 생각했으니까 역시나 예정은 미정입니다.

본 작품은 서적화에 만화화라는 행복한 발전을 이루었습니다만, 인터넷의 본편은 저 개인의 책임 하에 진행하고 있습니다. 적고 싶은 에피소드는 아낌없이 채워 넣고, 게다가 쓸데없이 질질 끌지 않고, 제 뇌리에 있는 최종화의 장면을 향해서 앞으로도 자신의 페이스로 조용히 계속 진행하겠습니다.

저로서는 이만큼 긴 시간을 들여, 이만큼 긴 이야기를 쓰는 것도 첫 경험이었습니다. 3년 이상의 세월이 지나도 권태감에 빠지지 않고 집필을 시작할 때와 다름없는 기분으로 계속 쓸 수 있는 것도, 함께 본 작품을 즐겨주시는 여러분 덕분이라고 생각합니다.

　물론 이 서적판이나 만화판에서도 뜻하지 않은 개변 따위는 하지 않고, 그저 제게 최선이라 여겨지는 이야기를 전할 생각입니다.

　스스로가 누구보다도 더 즐기며 그 즐거움을 여러분과 공유할 수 있다는 사실이, 제게는 가장 큰 기쁨이자 또한 작품을 만드는 원동력이 된다고 생각합니다.

　3년 이상의 세월이 지나서 수백만 자의 분량을 거듭하니, 집필 전의 초기 구상과는 무척 동떨어진 부분도 있습니다. 단역으로 생각해서 등장시킨 캐릭터가 주요 캐릭터로 올라오거나 파멸시킬 생각이었던 캐릭터가 구제되거나, 세어보면 끝이 없습니다.

　그런 부분도 모두 즐기며, 마지막까지 이 이야기를 그려나가고 싶습니다.

　그런 느낌으로 길게 적어 버렸습니다만, 앞으로도 인터넷판, 서적판, 만화판까지 다양한 미디어도 본 작품과 어울려 주신다면 행복하겠습니다.

　자, 그럼. 매번 똑같은 마무리를 하자면, 하비재팬 편집부 담당자님, 일러스트레이터 코치모 님, 본 작품의 출판에 힘써주신 모든 분들과 그리고 이 책을 손에 들어주신 모든 분들께, 거듭 두터운 감사의 말씀을 드립니다.

　다음 권에서 또 만나죠!

2017년 10월 EDA

먀무

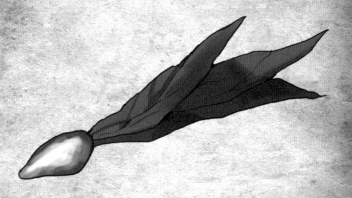

〔가격 &… 적동화 한 닢 : 한 개

직경 7~8밀리미터의 가는 구근. 색깔은 녹색. 길
이는 20센티미터 정도. 마늘과 고수를 합친 것 같
은 강한 풍미와 매운맛이 있다.
하나 당 가격은 고가이지만, 극히 소량으로 강한
향기를 내는 것이 가능하다.

Cooking with wild game.

채소 설정 자료집

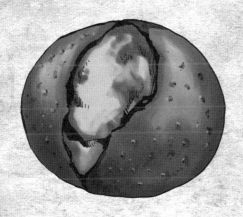

찻치

❧ 가격 ❧ …적동화 한 닢 : 네 개

껍질은 노랗고 감귤류 같은 겉모습이다.
크기는 직경 7~8센티미터 정도.
내용물은 희고, 맛이나 식감은 감자와 무척 닮았다.

타라파

가격 ⚬⋯ **적동화 한 닢 : 한 개**

크기, 형태는 호박과 닮았다. 다만 색깔은 껍질도
내용물도 선명한 빨간색.
맛이나 식감은 토마토와 무척 닮았지만, 산미가 강
하고 단맛은 약하다.

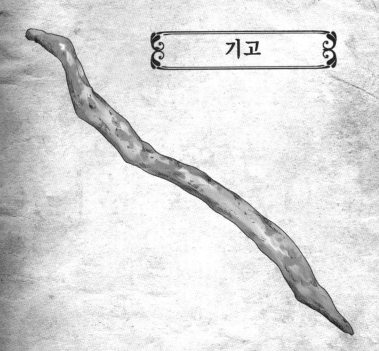

기고

가격 &··· 적동화 두 닢: 1개 (잘라서 판매 가능)

직경 10센티미터, 길이는 2미터에 이른다.
껍질은 짙은 갈색이고 우엉의 질감과 비슷하다.
껍질을 벗기면 내용물은 흰색.
맛이나 식감은 마에 가깝다.

ISEKAI RYOURIDOU 12
© EDA
Originally published in Japan in 2017 by HOBBY JAPAN Co., Ltd.

이세계 요리의 길 12

2023년 11월 15일 1판 1쇄 발행

저   자 EDA
일 러 스 트 코치모
옮 긴 이 손종근
발 행 인 유재옥
총 괄 이 사 조병권
본 부 장 박광운
담당편집자 정영길
편 집 1팀 박광운
편 집 2팀 정영길 조찬희 박치우 정지원
편 집 3팀 오준영 이해빈 이소의
디 자 인 김보라 박민솔
라이츠담당 김정미 맹미영 이윤서
디 지 털 박상섭 김지연 윤희진
인쇄제작처 코리아피앤피
발 행 처 ㈜소미미디어
등   록 제2015-000008호
주   소 서울시 마포구 토정로222, 403호 (신수동, 한국출판콘텐츠센터)
판   매 ㈜소미미디어
마 케 팅 최원석 박수진 박소연
경 영 지 원 최정연
물   류 허석용 백철기
전   화 편집부 (070)4164-3962, 3963 기획실 (02)567-3388
          판매 및 마케팅 (070)4165-6888, Fax (02)322-7665

ISBN 979-11-384-2271-0 04830
ISBN 979-11-5710-233-4 (세트)